UNE FEMME QUE J'AIMAIS

DU MÊME AUTEUR

Chez le même éditeur

La Femme manquée, roman, 2000
Baigneuse nue sur un rocher, roman, 2001
Helena Vannek, roman, 2002
Le Conseiller du roi, roman, 2003
Les Fausses Innocences, roman, 2005
Les Mystères de sainte Freya, roman, 2007
Tu ne jugeras point, roman, 2009
Les Eaux amères, roman, 2011
Loin des mosquées, roman, 2012
Le Bon Coupable, roman, 2013
Dans la gueule de la bête, roman, 2014
De regrettables incidents, roman, 2015
Et je serai toujours avec toi, roman, 2016
En son absence, roman, 2017

Chez d'autres éditeurs

La Reine des Spagnes, récit, L'Harmattan, Paris, 1995
La Malédiction de l'abbé Choiron, récit, L'Harmattan, Paris, 1998, et Weyrich, Neufchâteau, 2011
De la salade !, récit, Memor, Bruxelles, 2000
La Femme de saint Pierre, nouvelles, Labor, Bruxelles, 2004
Le Commandant Bill, roman, Mijade, Namur, 2008
Les Lunettes de John Lennon, roman, Mijade, Namur, 2010
Sept histoires pas très catholiques, nouvelles, Weyrich, Neufchâteau, 2016
La Mort pour marraine, théâtre, De Boeck, Louvain-la-Neuve, 2016
L'Évasion de Socrate, théâtre, Samsa, Bruxelles, 2017

ARMEL JOB

UNE FEMME QUE J'AIMAIS

roman

Robert Laffont

ISBN 978-2-221-21544-9
Dépôt légal : février 2018

Sequere naturam

1.

Il y a des histoires qu'on préfère ne pas entendre. Je le comprends tout à fait. À quoi bon remuer le passé, dévoiler ce qui a été si soigneusement occulté, rouvrir les plaies ? La vérité a ses droits, mais le secret n'a-t-il pas les siens ? Ceux qui ont caché ce qu'ils nous ont caché étaient peut-être plus sages que nous qui prétendons tout déballer.

Pourtant, l'intrus qui veut absolument vous confier ce qu'il sait insiste. Il assure que l'affaire pourrait changer la façon dont vous vous représentez votre existence.

C'est encore plus agaçant.

Jusque-là, vous vous êtes débrouillé pour vivre sans en être informé. Vous n'avez pas la moindre intention de tout chambouler. Mettre au point votre petit système maison vous a donné assez de mal. Qu'on vous fiche la paix ! Vous avez envie de vous boucher les oreilles.

Ce genre d'histoire, en conséquence, mieux vaut l'écrire. Pour qu'elle ne se perde pas, tout de même. Ce serait dommage.

De cette façon, elle reste là, malgré tout. Le texte dort gentiment sous sa couverture. Le réveillera qui veut. Et, s'il n'y a personne, il n'en vivra pas moins, au royaume infini des rêves.

Donc, ça a commencé il y a un bon bout de temps, plus de vingt ans, en 1994. Le 26 mars, exactement. Un samedi. À l'époque, j'étais encore aide-pharmacien à la pharmacie Brichard, boulevard Paul Janson, à Charleroi. Le pharmacien me louait un studio au-dessus de l'officine. Pas très cher, parce que j'étais censé m'occuper de la sécurité après la fermeture. Des toxicos en manque s'étaient introduits chez quelques apothicaires de la ville déjà. C'est moi qui enclenchais l'alarme et c'était mon numéro de téléphone qui figurait en tête des noms à contacter par la police en cas d'effraction.

Cela explique que j'ai été un des premiers à pouvoir sortir de ma poche un gros portable Nokia 1011 pour parler tout seul en pleine rue, tandis que les passants, pas encore accoutumés, se retournaient pour me regarder, comme on dévisageait seulement les fous jusqu'alors. Ce téléphone, c'est M. Brichard, mon patron, qui me l'avait confié après avoir supprimé la ligne fixe de l'appartement. Pratiquement, en 1994, il n'y avait que lui qui m'appelait, afin de s'assurer que j'étais bien dans l'immeuble ou, du moins, que je ne m'en éloignais pas trop.

Du coup, pour garder sa confiance et plus encore le studio, pendant la semaine, je ne sortais guère. Un verre en terrasse ; le cinéma, le plus souvent possible, je suis passionné – le Cinecitta, qui donnait de bons films en VO, se trouvait à proximité, sur le boulevard ; le cas échéant, je pouvais y emmener une fille levée au café voisin, Chez Leduche ; à l'occasion, je m'offrais un souper sur une table de la friterie Chez Nunzia, mais rarement. Le plus souvent, je me contentais d'aller chercher les frites dans un plat que j'apportais sous le bras. Je les consommais chez moi, dans la kitchenette, imprégnées de l'odeur du papier dont Nunzia les recouvrait soigneusement.

Le samedi à cinq heures, sauf exception, je rentrais à Vieusart, où habitaient mes parents. Sur la ligne de la basse Sambre, il y avait des trains toutes les heures. Je descendais à Tamines. Je trouvais toujours quelqu'un pour m'emmener jusqu'au village. J'aimais la campagne en ce temps-là, je ne pouvais jamais m'en passer très longtemps. Aujourd'hui, elle m'ennuie. C'est drôle comme on change.

En saison, j'allais à la pêche, pas dans la Sambre, dans les petites rivières, le plus souvent dans l'Ornale. Je pêchais au lancer si les eaux étaient claires, sinon, comme les gosses, au ver de terre. Je n'ai jamais été un artiste de la canne, dans le genre des pêcheurs à la mouche, dont la ligne dessine des arabesques en l'air avant de poser l'insecte délicatement sur la peau du cours d'eau. Ceux-là aiment vraiment pêcher. Moi, ce qui me plaisait, c'était surtout la berge. Un martin-pêcheur qui décolle d'une branche et rase les flots de ses ailes en arc-en-ciel m'a toujours donné plus de joie qu'une truite arrachée au courant, l'hameçon planté dans la gorge. Encore heureux qu'elle ne hurle pas.

En automne, je passais à la cueillette des champignons. Je m'y connais. Je servais de guide à des petits groupes de néophytes qui se donnent des frissons en contemplant une amanite phalloïde. À la pharmacie, il arrivait souvent que des amateurs m'apportent leur récolte pour examen, histoire d'éviter la fricassée fatale.

En 1994, mon père et ma mère étaient encore en vie. Mes deux sœurs mariées, avaient quitté la maison. Le samedi soir et le dimanche, sauf rare visite de l'une ou de l'autre, je me retrouvais seul avec mes parents. Mes sœurs n'habitaient pas loin. Elles passaient à tout bout de champ, mais plutôt pendant la semaine. Le week-end, c'est moi qui étais délégué aux devoirs filiaux.

Mes parents ne l'auraient jamais avoué mais, dans le fond, ils auraient préféré que je reste à Charleroi. Ça les turlupinait que le cadet de la famille, déjà vingt-neuf ans, soit toujours célibataire. Ils se demandaient si j'étais bien normal. Naturellement, je ne pouvais pas les brancher sur les cinéphiles délurées que j'emmenais dans mon studio pour nous étendre sur certaines scènes.

Autour de la soupière, l'atmosphère était souvent lourde. La pêche, les champignons, je n'avais rien de mieux à faire pendant mes loisirs ? J'aurais pu, au moins, aller au bal de la jeunesse, le jour de la ducasse de Vieusart. J'avais beau expliquer que j'étais trop vieux : les fiancées potentielles étaient des gamines de quatorze ans, qui se fagotaient dans des robes comme des peaux de saucisson, façon Eva Herzigová. Malheureusement, on n'avait pas inventé le *push-up* pour le cerveau.

Mes parents ne s'étaient pas aperçus que le monde avait changé depuis les années cinquante. Mon père avait travaillé aux Forges de la Providence, ma mère, aux ACEC. Dans leur jeunesse, les ouvriers et les ouvrières se retrouvaient au sein d'associations. Il y avait la JGS, la Jeune Garde socialiste, la JC, la Jeunesse communiste, et puis la JOC, la Jeunesse ouvrière chrétienne, à laquelle mes parents adhéraient. Le dimanche, ils s'endimanchaient. Verbe sorti de l'usage. Ils passaient leurs plus beaux atours à la place de l'uniforme des laborieux qu'ils portaient le reste de la semaine. Ils allaient danser dans les guinguettes au bord de la Sambre.

En 1994, tout cela était fini. La métallurgie était sur le flanc. Mes parents, la petite soixantaine, prépretraités. Tout le monde s'habillait pareil, en tout temps. Plus de dimanche ni de semaine.

La seule personne que j'aimais rencontrer alors à Vieusart, c'était ma tante Adrienne, veuve d'André Jansens, le frère de mon père. En 1994, elle avait cinquante-cinq ans. Elle habitait seule, une belle demeure de style Art nouveau, ceinte d'un petit parc. Villa Circé, c'était son nom. Mon oncle l'avait acquise en 1972, lors de la succession d'un notaire de la rue du Beffroi, qui y venait en villégiature.

Contrairement à mon père qui n'avait jamais quitté le travail en usine, André n'avait passé que deux ou trois ans à la Providence. Il avait fait son service militaire dans le corps expéditionnaire belge en Corée. À son retour, il avait laissé le bleu de chauffe pour le grand tablier blanc de boucher, qu'on appelle ici le *ventrin.* Il avait appris le métier en cours du soir, y compris la charcuterie – son boudin noir à l'ancienne était fameux. La boutique qu'il avait reprise, en s'endettant jusqu'au cou malgré les avertissements de mon père, se situait rue du Grand Central. Il s'était constitué rapidement une belle clientèle et avait remboursé bien avant l'échéance l'emprunt contracté auprès du même notaire de la rue du Beffroi, dont il n'imaginait pas encore posséder un jour la villa.

Sa réussite, il la devait pour une part à la qualité de la marchandise exposée dans un monumental comptoir en inox et en verre, mais pour une autre part, bien plus considérable sans doute, à la présence de ma tante Adrienne, de l'autre côté de l'étincelant édifice.

Ma tante Adrienne, quand je la revois en pensée aujourd'hui que j'ai entamé la cinquantaine, je peux bien le dire, c'est la plus belle femme que j'ai connue au cours de toute ma vie. Je n'ai qu'à fermer les yeux pour qu'elle soit là, devant moi. Des portraits d'elle à l'époque où je l'ai fréquentée, je n'en ai pas. Même si j'en avais, de toute façon, je ne les regarderais pas. J'ai conservé quelques semaines les photos de famille qu'on s'est partagées avec mes sœurs après la mort de ma mère, puis je les ai brûlées, parce que j'avais peur qu'elles ne finissent par remplacer les vrais souvenirs. Je possédais aussi une photo d'Adrienne que j'avais prise moi-même. Je l'ai donnée, j'expliquerai à qui plus loin. Les photos figent les gens, elles les épinglent comme des papillons dans les cases d'un tiroir entomologique. Le papillon n'était papillon qu'en vol.

Derrière mes paupières, Adrienne vient m'ouvrir la porte de la villa Circé, elle me sourit, je l'embrasse, je sens son parfum qui évoque les ruches quand on les ouvre, elle m'entraîne en serrant mon bras sur son côté. Devant le petit guéridon surmonté d'un miroir ancien au cadre sculpté, je ne puis m'empêcher de nous regarder passer. Nous allons à la cuisine, parce qu'elle a préparé du café et, souvent, finalement, c'est là que nous restons. Elle ne conçoit pas la conversation sans sa cafetière italienne Moka, deux petites tasses et un sucrier.

Qu'est-ce qui la rendait si belle ? Pour être jolies, les femmes n'ont pas besoin de grand-chose. Un corps svelte, un nez raisonnable, des lèvres franches, le cou dégagé. Les yeux, les cheveux ? Toutes les nuances de couleur conviennent. Avec ce peu, la nature n'a jamais manqué d'inspiration pour fabriquer beaucoup de personnes agréables.

La beauté, la vraie beauté, celle qui touche, celle qui nous serre la gorge, c'est une autre paire de manches. Les éléments de la joliesse ne lui suffisent pas. Elle vient d'autre part. Elle sourd de l'intérieur, elle inonde le visage, elle tient dans la lumière qu'elle lui communique.

Ainsi, chez Adrienne, il y avait une sorte de complicité entre ses lèvres et les petites rides qu'elle avait à la commissure des yeux, qui rendaient son sourire désarmant. Ses traits, d'ailleurs, n'étaient pas parfaits. Son nez aurait pu être plus gracieux. Il était très fin, mais un peu en arête. Personne n'y aurait perçu un défaut. Un signe d'indulgence, plutôt, pour se rapprocher du commun des mortels.

Une trop grande perfection rebute, elle nous met à l'écart.

La beauté d'Adrienne était bienveillante. Peut-être avait-elle plus d'assurance dans sa jeunesse, avant que quelque chose ne la rende modeste. Des expériences douloureuses, ce que les gens comme moi, qui n'ont jamais beaucoup souffert, appellent révérencieusement le creuset de la souffrance.

Aujourd'hui, je sais ce qu'il en est mais, en ce temps-là, j'ignorais tout de cette souffrance. Les enfants d'Adrienne, Julie et Philippe, mes cousins, n'en savaient pas davantage. C'est curieux à dire comme cela d'emblée, je m'étais persuadé qu'ils n'aimaient pas leur mère, ou, en tout cas, qu'ils avaient renoncé à l'aimer, à l'adolescence, probablement, quand on découvre avec amertume que nos parents ne nous ont jamais vraiment appartenu, qu'ils sont des étrangers, tout compte fait. En 1994, ils vivaient tous les deux à Bruxelles et ne rendaient visite à leur mère que de loin en loin, pour la nouvelle année et quelques autres fêtes.

Adrienne, elle-même, d'ailleurs, les mentionnait rarement. Apparemment, ils ne lui manquaient pas. Elle n'aurait jamais décroché le téléphone pour prendre de leurs nouvelles. C'était comme si, en leur donnant le jour et en les élevant, elle avait accompli sa mission de mère et de femme. La page était tournée.

Le seul, sans doute, dans son entourage, qui connaissait le fin mot de l'histoire d'Adrienne, c'était son mari, mon oncle, André. *Homo pinguis, homo bonus,* un homme gros est un homme bon. André incarnait parfaitement la maxime. Il avait certainement tenté de l'apaiser, de lui faire oublier les tourments de sa vie, mais ils étaient restés là, sur son visage, bien qu'elle n'en dît jamais mot. Peut-être n'y a-t-il rien de plus pénible à accepter que ce constat cruel, qu'on a beau faire, on n'est d'aucun secours à la personne aimée. Immanquablement, on s'éloigne, le cœur mortifié.

André était mort à la veille, pour ainsi dire, de se retirer des affaires. Un problème cardiaque. Alors que, pour une bouchère, Adrienne avait une taille de cousette, le corps d'André, on l'a compris, faisait honneur à la profession. Son ventre réclamait le bien nommé *ventrin.* Enfant, je me demandais ce qu'il pouvait bien contenir. Quant à sa grosse tête, elle m'impressionnait surtout par ses oreilles. Ce n'étaient pas des oreilles, c'étaient des crêtes de coq plutôt, tellement elles étaient amples, quasi flottantes, et écarlates. Quand il est mort, j'ai pensé qu'elles avaient explosé. Elles étaient toujours là, entières mais bleues, sur l'oreiller funèbre.

On était en 1992. Déjà, je fréquentais régulièrement la villa Circé, le samedi. Une chambre mortuaire avait été aménagée dans le petit salon orange à droite de l'entrée. Je suis venu m'incliner. J'étais seul avec ma tante, très calme. Elle ne pleurait pas. À un certain moment, elle s'est approchée du cercueil, elle s'est penchée vers le visage d'André. Je pensais qu'elle allait lui donner un baiser. En réalité, elle voulait seulement chasser une mouche qui menaçait de s'introduire dans sa narine. Au lieu de l'embrasser, elle l'a presque giflé.

Quand elle a estimé que nous étions restés pensifs un temps suffisant près du défunt, elle a soupiré et s'est tournée vers moi.

« On n'est pas grand-chose, hein, Claude ? »

Une parole de circonstance, qui ne demandait pas de réponse. J'ai acquiescé d'un signe de la tête.

« Mourir si jeune ! Il aurait eu soixante ans la semaine prochaine, a-t-elle ajouté.

— Il n'a pas vraiment regardé à sa santé.

— Non, mais tout de même. Je n'aurais jamais imaginé. Un jour, tu es là ; le lendemain, tu es mort. »

Elle s'apitoyait sans doute plus sur elle-même que sur son mari. Elle était sept ans plus jeune que lui, elle tenait la forme. Mais la mort des autres nous fait songer à la nôtre. Le plus clair de l'affliction dans ces moments-là, c'est rarement autre chose. Celui qui est passé à la trappe, on ne peut plus rien pour lui. On sait déjà qu'on va l'oublier. Cependant, on a senti le vent du boulet. La prochaine fois, qui sait ? on se le ramassera en pleine poitrine.

« Allons, allons, Adrienne. Tu es toujours jeune. »

Elle a haussé les épaules.

« Si tu savais comme je suis vieille, mon pauvre Claude ! Parfois, j'ai l'impression d'avoir vécu si longtemps. Plusieurs vies, je dirais. »

Elle est demeurée un moment silencieuse, la tête penchée, le regard accroché au visage étrangement satisfait du défunt. Puis elle m'a pris les mains.

« Avant que je meure...

— Adrienne !

— Laisse ! Avant que je meure, il y a quelque chose que je dois dire, maintenant qu'André est parti. Quelque chose qui me concerne. Il faudrait que quelqu'un le sache. C'est à toi que j'aimerais bien le dire, Claude. À toi et à personne d'autre. Tu veux bien ?

— Oui, oui, mais plus tard, plus tard... »

Finalement, elle ne m'a jamais confié son secret. Après les funérailles de mon oncle, elle n'est pas revenue sur notre conversation. Bien entendu, je ne voulais pas l'interroger. Je craignais même qu'elle ne se figure que je venais la voir plus souvent encore dans l'espoir qu'elle me fasse ses révélations.

Une seule fois, environ un mois avant le samedi 26 mars 1994 que j'évoquais en commençant, elle a failli parler.

« Tu te souviens, Claude, je t'avais dit qu'avant de mourir...

— Adrienne, non ! S'il te plaît ! Avant de mourir ? Qu'est-ce que tu vas chercher ? Enfin, c'est sinistre ! On reviendra là-dessus dans vingt ans, au plus tôt. Avant ça, je ne veux rien savoir. »

Elle paraissait préoccupée. Elle n'avait aucune raison, me semblait-il, de redouter une disparition prochaine et, pourtant, j'ai cru percevoir une lueur de frayeur dans ses yeux.

Son secret, de toute façon, j'étais sûr de l'avoir compris. Il ne fallait pas être grand sorcier pour deviner de quoi il retournait. C'était sûrement une histoire d'amour qu'elle avait vécue dans sa jeunesse. Belle comme elle l'était, comment aurait-elle évité les écueils du cœur, de la chair ?

Dans les années cinquante, évidemment, l'amour, ce n'était pas la même chanson qu'aujourd'hui.

Surtout pour les filles. On les élevait comme des canaris : belles plumes, beau ramage, petites cabrioles, mais à l'intérieur de la cage. Pas question de franchir les barreaux. Celles qui crochetaient la serrure, on ne le leur pardonnait pas. Elles se couvraient de honte. Même si, ensuite, on a envoyé toutes ces cages à la ferraille, celles qui s'en étaient échappées avant l'heure n'ont jamais pu retrouver bonne conscience. L'opprobre d'un jour, c'est comme une marque au fer rouge, ça ne s'efface pas. Qu'est-ce que les humains ont pu se faire souffrir pour contenir cet instinct si évident, si naturel, si nécessaire qui les pousse les uns vers les autres !

J'imaginais donc sans peine une romance à Adrienne, dans les élans juvéniles, avant son mariage, et, même après, quand mon oncle André avait adopté peu à peu le gabarit de boucher. Que pouvait-elle encore ressentir avec ce mastodonte dans son lit ? Elle avait peut-être cherché un peu de délicatesse, de fraîcheur, entre des bras moins charnus. Qu'avait-elle récolté au final ? Désillusion, dégoût de soi : le prix habituel de ce genre d'écart. D'où sa tentative, avais-je cru pouvoir déduire, de se confier à moi précisément devant la dépouille de l'homme si bon qu'elle aurait trahi.

Les deux samedis suivant cette dernière tentative pour me parler, il n'a plus été question de confidence. Adrienne, cependant, semblait lasse. Elle broyait du noir. Je n'étais pas plus inquiet que cela. Chaque année, au printemps, elle se payait une petite déprime de saison.

Une femme que j'aimais

Le samedi 26 mars 1994, vers dix-neuf heures, j'ai sonné à la porte de la villa Circé. Adrienne n'est pas venue m'ouvrir. Pourtant, elle savait que je viendrais. D'habitude, au premier coup de sonnette, ses pas pressés résonnaient dans le vestibule, sur le beau carrelage en damier noir et blanc. J'ai pensé qu'elle était peut-être sortie se promener dans le parc. J'ai fait un tour, je l'ai appelée. Revenu à la porte, je me suis aperçu qu'elle était ouverte. Je suis entré. J'ai appelé une nouvelle fois. Le cœur serré, comme si je savais déjà ce qui m'attendait, je me suis dirigé vers la cuisine.

Adrienne gisait sur le côté à même le sol, les jambes à moitié repliées, la bouche béante, les yeux fixes. Au milieu de la table, il y avait la cafetière Moka sur son support et les deux tasses. Mais le sucrier s'était brisé par terre. Les morceaux de sucre étaient éparpillés autour du corps comme les éclats d'une explosion.

2.

Ça ne m'est arrivé qu'une seule fois dans la vie de me trouver brusquement en présence d'un cadavre. Ça m'a suffi. Je comprends les gens qui se mettent à hurler. Même un cliché du genre « Ses cheveux se dressèrent sur sa tête » ne me semble pas totalement irréaliste. Je m'en souviens, j'ai senti une sorte de courant d'air glacial me hérisser le cuir chevelu. Sûrement, je devais avoir les yeux exorbités, le cœur battant la chamade, les genoux flageolants, puis tout le reste, comme dans les films d'Hitchcock. J'ai dû rester ainsi, cloué sur place, pendant un bon moment.

Presque aussitôt, cependant, une autre impression s'est superposée à cet effroi. Ce corps désarticulé allongé sur le sol, ce n'était pas vraiment Adrienne. C'était sa dépouille, une enveloppe seulement qu'elle avait utilisée, vide désormais, mais ce n'était pas elle. Elle s'était évadée. Elle m'avait brûlé la politesse. Sa mort, oserai-je le dire, était une sorte de plaisanterie. Pardon, si je choque. C'est ce que je ressentais.

Depuis cette minute-là, j'ai acquis la conviction que la mort n'est qu'une mise en scène. Ce qu'il en est vraiment des disparus, comme on les appelle si justement, je ne le sais pas, mais ce que nous en percevons, j'en suis sûr, ce n'est que de la poudre aux yeux.

Un peu rasséréné par ce sentiment, je me suis agenouillé près du corps. La main d'Adrienne était encore tiède. J'ai fermé ses paupières. Elles se sont closes aussi facilement que celles d'une poupée.

Je ne pouvais pas la laisser là. Je l'ai soulevée dans mes bras. Elle était si légère que, de nouveau, j'ai songé à une coquille vide. Sans réfléchir, je l'ai transportée dans le petit salon orange, où, deux ans auparavant, nous étions restés ensemble devant le cercueil de mon oncle André. Je l'ai déposée sur le canapé, un coussin derrière la tête, comme si je m'inquiétais qu'elle soit confortable, et j'ai ôté la chaussure qu'elle n'avait pas perdue.

J'avais beau avoir presque trente ans, je ne savais pas ce qu'il fallait faire au juste ensuite. J'ai téléphoné à mes parents. D'abord avec le Nokia 1011 de M. Brichard mais, à Vieusart, ça ne marchait pas encore. Je suis repassé à la cuisine, j'ai utilisé le bon vieux téléphone des années soixante fixé au mur.

Ma mère a décroché. Je m'attendais à lui faire un choc. Elle ne m'a même pas demandé de répéter. Je l'aurais prévenue qu'Adrienne s'était enrhumée que ça lui aurait fait le même effet. Elle arrivait. Cinq minutes. Tout de même avant de raccrocher, elle a insisté :

« Tu es bien sûr qu'elle est morte, hein ?

— Malheureusement, oui !

— Elle ne respire plus, quoi?
— Non.
— Bon. Je viens. »

Comme si elle n'avait pas voulu se déranger pour rien.

J'ai reposé le combiné. J'étais face au mur. En me retournant, j'ai eu sous les yeux les morceaux de sucre et les débris de faïence qui jonchaient le sol. J'ai attrapé le balai et la pelle à poussière, j'ai ramassé le tout et je l'ai jeté à la poubelle. L'autre chaussure, je l'ai retrouvée sous une armoire.

Adrienne avait été victime d'un AVC ou d'un arrêt cardiaque. Elle était occupée à préparer la table, elle allait déposer le sucrier, elle était tombée à la renverse. Devant ce chantier, n'importe qui, me semble-t-il, aurait pensé à une explication de ce genre.

Aussitôt sur place, ma mère a pris la situation en main. Elle a fait venir le docteur Tortoir, le médecin d'Adrienne, le nôtre aussi à l'époque, et celui des trois quarts de Vieusart. Il n'est pas resté plus de deux minutes dans le salon orange.

Il est venu s'asseoir à la cuisine pour rédiger les documents. Ma mère avait mis la cafetière Moka sur le gaz, elle avait posé tel quel sur la table un paquet de sucre en morceaux Tirlemont déniché dans une armoire. Elle semblait vraiment à son affaire. Elle avait apporté son propre tablier et une paire de souliers plats dans un sac en plastique. Elle a servi Tortoir. En touillant son café, il a soupiré :

« Pauvre Adrienne ! Elle est venue consulter, il y a trois ou quatre semaines. De la fatigue. Hypertension, aussi, depuis longtemps. Je lui avais fait une lettre pour un cardiologue de Saint-Joseph. Je suppose qu'elle n'a pas eu le temps d'obtenir un rendez-vous. C'est le problème avec les spécialistes. »

Lui, évidemment, était un des derniers praticiens à l'ancienne, disponible vingt-quatre heures sur vingt-quatre. Il soignait autant par ses bonnes paroles que par ses ordonnances griffonnées en vraie écriture de médecin, déchiffrable par les seuls aides-pharmaciens. Son torse fatigué au bord du lit, son stéthoscope qu'il réchauffait à son haleine de fumeur avant de le poser sur ma poitrine, la tape des trois doigts sur ma joue faisaient partie des charmes de mes maladies d'enfant.

« Tu as appelé Jacquet, Armande ?

— Oui, oui, ils sont en route », a répondu ma mère.

Tortoir faisait toujours appel aux pompes funèbres Jacquet, à croire, selon les mauvaises langues, qu'il touchait une commission.

Quand le croque-mort et sa femme ont débarqué, il a achevé sa deuxième tasse de café et il s'est levé, comme si les soins de la vie passaient le relais à ceux de la mort. Jacquet lui a serré la main et Tortoir a murmuré : « À la prochaine... »

Ma mère a accompagné Mme Jacquet dans le salon orange pour l'aider à faire la toilette d'Adrienne. Elle est allée chercher des vêtements dans sa chambre. Dieu sait pourquoi, on n'imagine pas ensevelir un mort dans les habits qu'il a sur le dos. Il faut se changer pour le grand voyage.

Pendant ce temps-là, à la cuisine, Jacquet tournait devant moi les pages de son catalogue de cercueils. J'ai objecté que c'était plutôt aux enfants d'Adrienne de choisir. Il m'a rétorqué : « Prends celui-ci (*un modèle traditionnel en chêne clair*). Il est chic et pas trop cher. Il sera encore temps de la remettre dans un autre demain. Mais, là, tout de suite, il faut qu'on la case d'une manière ou d'une autre. »

Les enfants d'Adrienne se sont présentés dans la soirée, Julie avec son mari, Philippe, seul, tous les trois dans la même voiture, en délégation pour ainsi dire, comme s'ils avaient eu peur de venir à titre personnel.

Le cercueil convenait. Je suis parti.

C'est le samedi d'après que les choses ont commencé à prendre une tout autre tournure. Les funérailles d'Adrienne avaient eu lieu dès le lundi après-midi, vu que les enfants ne pouvaient rester longtemps loin de chez eux. Les jours suivants, la météo s'était conformée à la *peineuse* semaine, comme on dit ici pour la semaine sainte, pendant laquelle le temps est censé s'unir à la passion du Christ. Le samedi 2 avril, un soleil tout autant de circonstance est apparu dans la matinée, ressuscité, en quelque sorte. Sensible à mon deuil, M. Brichard m'a donné congé. Je suis rentré à Vieusart dans l'idée de passer le reste de la journée près de la rivière.

J'étais chez mes parents en train de retirer mon attirail de pêche dans la cabane à outils au fond du jardin. Toutes les maisons de la rue sont identiques. Étroites mais à deux étages, avec, à l'arrière, un potager en forme de couloir. D'une habitation à l'autre, des haies plus ou moins hautes, selon le degré de sociabilité des propriétaires. J'ai entendu ma mère causer avec la voisine. Elle était occupée à débarrasser une plate-bande des mauvaises herbes de l'hiver en vue du bêchage, réservé à mon père.

La conversation portait naturellement sur cette pauvre Adrienne emportée si jeune encore par un coup de sang, d'après ce qui se disait sur le parvis de l'église, le jour de l'enterrement. Ma mère, qui pouvait se donner les gants d'avoir manipulé les restes mortels de sa belle-sœur, n'a pas résisté à fournir sa propre version des causes du décès, une version de première main.

« Coup de sang ou pas, elle y serait passée, si vous voulez mon avis.

— Comment ça ? s'est étonnée la voisine.

— Quand j'ai lavé le corps...

— Ah, c'est vous qui avez...

— Oui, je n'allais pas laisser la mère Jacquet se débrouiller toute seule.

— Je comprends. »

La voisine saisie de respect, ma mère buvait déjà du petit-lait.

« Donc, quand j'ai lavé le corps, comme je vous dis, sa nuque basculait en arrière. Pareil qu'un lapin, après le coup de bâton.

— Mon Dieu !

— Elle a dû cogner le coin de la table. Un vertige, un petit malaise et crac ! Passez muscade ! Pas besoin de crise cardiaque. Dans ces villas huppées, ils se paient de ces tables de cuisine en marbre, je ne vous dis pas. Voilà bien tout ce qu'on récolte avec la richesse. »

Inutile de préciser que ma mère n'avait jamais encaissé la réussite d'André, son beau-frère, dont le commerce n'avait pas eu le bon goût de prendre un bouillon conformément aux prédictions de mon père. Résultat : une habitation sociale pour elle et, pour Adrienne, la villa Circé.

Je suis sorti de la cabane. Ma mère et la voisine se sont tues aussitôt comme des commères prises en flagrant délit de commérage.

Je suis parti vers l'Ornale, je l'ai longée jusqu'à l'endroit où elle s'enfonce dans les taillis, le long de l'ancienne voie du tram vicinal. Et là, une fois sûr d'être seul, je me suis assis près de la berge, j'ai posé ma canne à côté de moi. Je n'avais pas la moindre intention de tremper le fil dans l'eau.

Ma semaine s'était passée dans une sorte d'hébétement. Les événements se déroulaient sous mes yeux comme un spectacle dépourvu de sens, y compris les funérailles d'Adrienne, l'office bâclé à l'église, l'affreux dépôt du cercueil sur le caveau béant qui contenait déjà mon oncle, les condoléances à la grille du cimetière. Je regardais sans voir, comme mon père regardait à la télé les séries que ma mère adorait, pour lui faire plaisir, incapable, une fois le bouton poussé, de raconter quoi que ce soit de ce qui s'était passé sur l'écran.

J'étais comme lui, le cerveau en stand-by. À la pharmacie, j'accomplissais mon travail comme on lace ses chaussures. Je dosais les préparations officinales machinalement, j'espère que je n'ai empoisonné personne. Tout mon être était englué dans la tristesse. Je ne peux même pas dire que je pensais à Adrienne elle-même, que je me serais remémoré nos rencontres, ses paroles, son visage. J'en étais incapable. Sa mort avait mis un couvercle sur mon esprit, elle l'avait plongé dans les ténèbres.

Près des eaux solitaires de l'Ornale, ainsi que je l'avais espéré, le couvercle s'est un peu soulevé, laissant enfin s'échapper le trop-plein de mon chagrin. Je me suis mis à pleurer comme un enfant. Les sanglots secouaient mes épaules, je reniflais, je gémissais. Après, une fois la crise passée, j'étais aussi recru que si j'avais bêché le potager à la place de mon père. Je me suis laissé aller sur le dos et je me suis endormi.

Je n'avais pas mesuré la part qu'Adrienne prenait dans ma vie. Même à ce moment-là, je ne l'ai pas vraiment comprise. C'est venu peu à peu, pendant les semaines et les mois qui ont suivi, quand je me suis mis en quête de ce qui lui était arrivé.

Les premières images qui me sont venues lorsque je me suis réveillé, ce n'étaient pas celles que j'avais thésaurisées de samedi en samedi pendant si longtemps. C'était une image que je n'avais pas pu voir, celle de son visage à la renverse, la nuque cassée, tandis que ma mère la soulevait par les épaules dans le canapé du salon orange où je l'avais déposée. En même temps, si sordide que cela paraisse, une autre scène entrecoupait celle-là par flashes, provoquée par les paroles de ma mère à la voisine. Je voyais, j'entendais un lapin, que mon père tenait par les oreilles, auquel il assenait une manchette dans les vertèbres à l'aide d'une clé anglaise. La pauvre bête poussait l'unique et horrible cri de sa brève existence recluse dans les clapiers derrière la cabane.

Pourquoi ne m'étais-je pas aperçu moi-même qu'Adrienne avait la nuque brisée ? Parce que, pour l'emporter dans le salon, je l'avais soulevée avec précaution dans mes bras, comme on enlève un petit enfant, en prenant soin de poser son cou fragile au creux de la paume. Et, sur le divan, j'avais, en la déposant, glissé aussitôt un coussin sous sa tête.

L'explication de ma mère, le coin de la table, tenait-elle la route ? Tandis que je me ressaisissais, que mes idées commençaient laborieusement à se remettre en place, le doute s'insinuait de plus en plus en moi.

Le désordre dans la cuisine, les morceaux de sucre par terre, le corps recroquevillé, est-ce que cela n'aurait pas étayé une autre hypothèse, qui me serait accourue à l'esprit si j'avais remarqué l'échine fracassée d'Adrienne : une agression, une lutte ? Un meurtre ! Quelqu'un aurait-il pénétré chez elle, avant mon arrivée, quelqu'un qui l'aurait tuée d'un coup derrière la nuque ?

Soudain, je me suis rappelé que la porte était ouverte quand j'étais entré, alors qu'Adrienne la fermait toujours soigneusement. Lorsqu'elle venait m'ouvrir, le déclic à deux temps de la serrure était suivi du cliquetis des targettes supplémentaires, au-dessus et au-dessous du montant. Sur le moment, j'avais pensé sans doute qu'Adrienne m'avait ouvert à l'avance, sachant que j'allais arriver, impatiente plus que d'habitude peut-être. Ou bien je n'avais rien pensé du tout, je ne m'en souvenais plus, j'étais trop inquiet de ne pas la trouver après l'avoir appelée dans le parc. Ensuite, j'étais tombé dans cette espèce de trou noir qui m'avait empêché de réfléchir à quoi que ce soit.

Désormais, c'était trop clair : Adrienne avait laissé s'introduire un indésirable, précisément parce qu'elle croyait que c'était moi qui poussais sur la sonnette. Son corps allongé sur le sol était encore tiède. L'agresseur s'était présenté peu avant mon arrivée, à peu près à l'heure où elle m'attendait. Elle ne s'était pas méfiée.

J'ai ramassé ma canne. Je suis rentré à la maison. Il fallait que je parle à ma mère.

Le samedi après-midi, mon père se rendait à la répétition de la fanfare ouvrière de Vieusart. Il jouait du cornet à pistons. Ma mère vaquait à ses travaux du samedi, qui consistaient à rendre le dimanche aussi oisif que possible. Elle préparait le repas du lendemain, auquel elle n'aurait plus qu'à mettre la dernière main, elle dressait la table dans la « grande place », comme on dit chez nous, la pièce qui sert de salle à manger et de salon – les autres jours, on mangeait à la cuisine –, elle apprêtait le linge à la salle de bains où, dans la soirée, mes parents, et autrefois toute la famille, se succédaient pour le grand récurage hebdomadaire. De cette façon, le dimanche, jour de repos absolu quand ils étaient ouvriers, était devenu, à la retraite, jour d'ennui radical.

Ma mère était occupée à débiter les légumes et les lardons de l'obligatoire soupe aux pois cassés du dimanche, qu'on étrennait au souper du samedi. Elle s'activait au plan de travail, près du fourneau, le dos tourné.

« Qu'est-ce que tu disais à la voisine à propos du cou d'Adrienne, tout à l'heure ?

— T'étais dans la cabane, tu m'as entendue.

— Il était brisé ?

— Oui.

— Mme Jacquet l'a vu aussi ?

— Forcément, c'est moi qui le lui ai fait remarquer.

— Qu'est-ce qu'elle a dit ?

— Ce qu'elle a dit ? Elle a dit : "Tiens, Adrienne est tombée ?" Je lui ai répondu que oui. "Des escaliers ?" elle a demandé. Je lui ai expliqué que tu l'avais trouvée sur le carreau, tombée à côté de la table en marbre.

— Et alors ?

— Alors quoi ?

— Elle n'a pas posé plus de questions ?

— Non. Elle a tout suite raconté que ça lui rappelait la femme je-ne-sais-plus-qui, qu'elle avait ensevelie quelques années plus tôt. Tombée dans les escaliers, elle. Son cou, c'était juste pareil. »

Ainsi, ni ma mère ni Mme Jacquet ne s'étaient davantage creusé la cervelle, vu que Mme Jacquet avait déjà une explication applicable à toute nuque brisée présente et à venir. Quand on a trouvé une solution à un problème, on ne se fatigue pas à en chercher une autre.

« Tu n'as pas pensé qu'on avait pu l'agresser ?

— Qui ça ?

— Adrienne !

— Agresser Adrienne ? Qu'est-ce que tu vas chercher ? Elle fichait la frousse à tout le monde avec ses manières de baronne.

— Maman ! C'était une femme seule.

— Oui, mais quelle femme ! Tu sais qu'elle avait un pistolet dans le guéridon de l'entrée ? Je cherchais un foulard pour lui faire une mentonnière. J'ouvre le tiroir et qu'est-ce que je vois ? Un pistolet ! Si quelqu'un l'avait attaquée, c'est lui, je te garantis, qu'on aurait mis en bière avec la mère Jacquet. »

Elle a versé les pois cassés dans la marmite, puis s'est occupée de faire dorer les lardons dans la poêle, ce qui lui a donné le temps de mijoter du même coup la réprimande qu'elle me réservait. Une fois le lard et les légumes en compagnie des pois, elle s'est retournée et s'est essuyé soigneusement les mains sur les cuisses de son tablier.

« Parce que toi, tu penses qu'on l'a attaquée ?

— Je ne sais pas.

— Eh bien, va voir les gendarmes, dis-leur que ta mère leur a caché quelque chose de suspect !

— Je n'ai jamais parlé de gendarmes, tu exagères.

— Il faudra l'exhumer. Ça nous fera une belle réputation.

— Je te dis que je n'ai pas l'intention...

— Puis y aura une enquête avec des flics de Charleroi. Autre chose que les gendarmes de Vieusart ! Qui est-ce qui s'est trouvé le premier sur les lieux du crime ? Toi ! Neuf fois sur dix, c'est l'assassin.

— Maman !

— Le sucrier dans la poubelle, c'est toi qui l'y as planqué, non ?

— J'ai mis un peu d'ordre, je te l'ai dit, mais je ne vois pas...

— Tu as fait disparaître des indices, tu as déplacé le corps ! Attention, Claude, tu risques de te retrouver dans de beaux draps.

— Enfin, c'est ridicule... Qui penserait jamais que j'ai voulu faire du mal à Adrienne ? Une femme que j'aimais comme... comme...

— Ah, ben, oui, justement ! Comme quoi ? On se le demande. Au lieu d'aller voir des filles de ton âge, tu étais toujours fourré dans ses jupes. Je préfère ne pas savoir ce qui se passait entre vous, Claude, mais laisse-moi te le dire : vos petites combines, je les ai toujours trouvées malsaines. »

3.

Je ne suis pas allé chez les gendarmes. Ma mère m'avait drôlement refroidi avec sa théorie du premier sur les lieux du crime. Je me voyais déjà dans le bureau des enquêteurs, sur la sellette, la lampe dans la figure. Pourquoi j'avais déplacé le corps, comment je n'avais pas remarqué la nuque brisée, dans quel but j'avais escamoté de possibles traces de lutte dans la cuisine : autant de questions auxquelles je n'aurais pas pu répondre. Tout ce que j'avais fait, je l'avais fait sans réfléchir, comme un automate.

Ensuite, j'aurais fourré ma mère dans le même guêpier. Quand elle avait vu la tête d'Adrienne à angle droit, elle aurait dû avertir la police. Sans compter le brave Tortoir, qui n'avait même pas pris la peine d'examiner le cadavre, qui distribuait les permis d'inhumer comme des cartes de visite.

La porte que j'avais trouvée ouverte en arrivant à la villa Circé, j'ai décidé de la passer au bleu. Je n'en ai parlé ni à ma mère ni à personne. Ouverte, qu'est-ce que cela voulait dire, après tout ? Adrienne avait pu sortir dans le parc l'après-midi pour prendre l'air, elle s'était attardée et, lorsqu'elle était rentrée, elle n'avait pas refermé, vu que j'allais arriver.

Bref, j'ai résolu de croire au coin de la table. Une explication tout à fait plausible. Et même, pourquoi pas, la vérité ? Pas la peine de se compliquer la vie pour le plaisir.

Et dès qu'un doute, malgré tout, rappliquait, je lui clouais le bec avec le plus noble des arguments : à aucun prix, il ne fallait jeter Adrienne en pâture au public. Il y aurait eu trop de gens ravis qu'on la traîne dans la boue. La baronne... Ma mère n'avait pas inventé ce surnom. C'est celui qu'on lui donnait à Vieusart, derrière son dos. La mêler à une histoire sordide, quelle jouissance pour tous ces baveux ! J'étais décidé à tout faire pour que son image reste intacte, rayonnant de l'amour que je lui avais voué. Il restait présent en moi, vivant et douloureux.

Je me reprochais de ne pas lui avoir permis de se confier. Elle tenait à parler avant de mourir. Je n'avais pas voulu l'écouter. J'ai évoqué, en commençant, les gens qui se bouchent les deux oreilles plutôt que d'en prêter une seule à la vérité. J'avais agi comme eux. Désormais, j'étais déterminé au moins à cela : chercher ce qu'elle avait voulu me révéler. Une sorte de mission, en somme, qu'elle m'avait laissée, à moi et à personne d'autre, qui me plongeait dans l'angoisse.

Ce que j'avais d'abord pensé, qu'il s'agissait d'une bagatelle, une bluette à laquelle elle avait accordé trop d'importance, était-ce si sûr que cela ? Ce genre d'affaire, qui devait remonter à des années, aurait-il justifié un pistolet à portée de la main dans le hall ? Sans la découverte de ma mère, je n'aurais jamais cru qu'Adrienne possédait une arme. Pour quoi faire ? Sans compter la serrure de sécurité à la porte d'entrée, plus deux verrous supplémentaires ! À Vieusart ! Un bled tellement perdu que même les voleurs en vadrouille sur l'autoroute estiment qu'il ne vaut pas le détour. Aucun vol à déplorer depuis la disparition d'un saint Roch du XVIe siècle à l'église, dans les années quatre-vingt. Si quelqu'un s'était introduit dans la villa Circé, ce n'était pas pour la cambrioler : rien n'avait disparu à la cuisine et les autres pièces n'avaient pas été visitées. C'est à Adrienne seulement qu'on en voulait.

Et voilà ! Mes élucubrations me ramenaient immanquablement au seul scénario que je refusais d'envisager, le meurtre d'Adrienne. J'étais mal. La nuit, je me réveillais en nage. Toujours le même cauchemar : mon père occupé à faire son affaire à un géant des Flandres de son élevage et moi qui lui criais d'arrêter. Un épisode véridique de mon enfance qui refaisait surface, qui m'avait valu, délivré à titre définitif, le label paternel de « poule mouillée ».

J'essayais de me remémorer mes conversations avec Adrienne. Résultat : rien. Elle ne parlait jamais d'elle-même, je m'en apercevais seulement maintenant. Une fois le café servi, elle commençait toujours de la même façon : « Alors, raconte ! » Je lui racontais ma semaine, une anecdote à propos de la pharmacie, ce qui se passait en ville. Quand j'avais commencé à la fréquenter, deux ou trois ans avant le décès de son mari, il y avait déjà pas mal de temps qu'elle ne se rendait plus à Charleroi. En 1982 ou 1983, elle avait abandonné le comptoir de la boucherie qu'elle avait tenu pendant des années. Elle avait assez donné. À sa place, mon oncle avait engagé la femme de son garçon boucher, à qui il devait céder son commerce. La cession était prête quand il était mort brusquement. Adrienne n'avait eu qu'à signer les papiers chez le notaire.

Dans sa jeunesse, me disait-elle, elle aimait bien aller au cinéma. À Vieusart, pas besoin d'insister, il n'y a jamais eu de salle. La télé, elle ne la supportait pas. Elle prétendait que le scintillement de l'écran couleur lui faisait mal aux yeux. Elle regrettait le noir et blanc. Du coup, elle ne voyait plus aucun film. Le cinéma italien avait sa préférence, Fellini en particulier. Pour m'éduquer, elle m'avait offert *L'Encyclopédie du cinéma* de Boussinot. Elle me demandait de lui parler des films récents que j'avais vus. Elle buvait mes paroles, elle posait des tas de questions, elle s'émouvait des personnages. Mes petites aventures d'après séance, je les ai toujours soigneusement gardées pour moi. Adrienne n'était pas bégueule pour deux sous. Mais ce genre de déballage entre nous, ça n'aurait pas collé.

Au total, je me suis aperçu que je ne connaissais pratiquement rien de la vie d'Adrienne. C'est toujours plus ou moins comme ça avec nos proches. On s'intéresse plus à des inconnus qu'à eux. Une fois nos parents morts, nous faisons souvent le même constat. Leurs vies, avant que nous n'y fassions notre si intéressante apparition, appartiennent à la préhistoire. Mon père, par exemple, avait fréquenté l'Académie des beaux-arts en cours du soir. Un jour, quand j'étais adolescent, j'avais trouvé quelques toiles de lui au grenier. Il les avait fourrées dans de vieux sacs d'engrais de jardin. Pourquoi avait-il renoncé ? Il n'avait pas cru en lui sans doute. J'aurais pu l'interroger mais, le soir même, je n'y pensais déjà plus.

Mon oncle André, de son côté, avait fait la guerre de Corée dans le Belgian United Nations Command, le bataillon belgo-luxembourgeois. Sur la cheminée du salon orange, il y avait sa photo en uniforme, *battle dress*, béret brun. Une médaille était accrochée dans un coin du cadre. Je ne le voyais pas souvent mais, tout de même, j'aurais pu m'intéresser à l'occasion. Je ne lui ai jamais posé une seule question.

Au sujet d'Adrienne, le plus facile était de sonder mes parents. J'hésitais à le faire. Ma mère ne la gobait pas. Relancer la conversation que nous avions eue sur les circonstances de sa mort, on ne m'y aurait pas repris. Quant à mon père, pas bavard en général, il avait gardé des pudeurs d'adolescent, il évitait soigneusement de parler des femmes.

Le mardi qui a suivi ce week-end de Pâques, dans l'après-midi, je suis allé jusqu'à la boucherie de la rue du Grand Central. Mon emploi du temps à la pharmacie se réglait de façon bon enfant avec M. Brichard, en principe toujours présent, encore que bien capable de décamper à tout moment, et avec Mme Robert, ma collègue aide-pharmacienne. Souvent, je travaillais bien plus que quarante heures par semaine, mais j'aimais encore mieux me trouver à l'officine que de me tourner les pouces dans le studio. Si Mme Robert devait aller chez le coiffeur ou conduire un de ses rejetons chez le dentiste, nous nous arrangions. Comme ça, de mon côté, d'accord avec elle, je pouvais prendre la tangente quand j'en avais envie. Pour M. Brichard, la seule chose qui comptait, c'est qu'il y ait au moins une personne en permanence. En ce qui me concernait, il se montrait particulièrement accommodant parce que j'avais en tout temps la charge supplémentaire de la sécurité grâce au Nokia 1011.

La boucherie, qui s'intitulait « Boucherie Jansens » du temps qu'elle appartenait à mon oncle, était devenue « Boucherie Ensor, ancien[nt] Jansens ». Les lettres de l'enseigne en bannière au-dessus de la porte d'entrée se détachaient sur la silhouette d'un cochon qui tournait un groin engageant vers les piétons. Ses pieds reposaient sur la mention « Gros~Détail ». Faute d'un espacement suffisant entre les deux mots, leur accolement formait un oxymore si plaisant qu'il était devenu le nom usuel de la boucherie. Quand on demandait dans le quartier : « Où as-tu acheté ce jambon ? », on vous répondait sans plaisanter : « Chez Gros Détail ». Ensor en personne, le successeur de mon oncle, était affublé du même sobriquet qui lui allait comme un gant, car il était petit et trapu.

Quand je suis entré dans la boucherie, j'ai trouvé une femme au comptoir. Mme Ensor sans doute. Avant de me présenter, j'ai demandé un morceau de boudin noir, en souvenir de la spécialité de mon oncle.

« Je suis le neveu de M. Jansens. Et d'Adrienne... »

Elle ne pouvait pas me connaître. Je n'étais venu que de rares fois bien des années auparavant, à l'époque où c'était Adrienne qui servait.

« Le neveu de M. et Mme Jansens ? Vous voulez voir mon mari ? Vous le connaissez ?

— Oui, bien sûr. »

En réalité, je craignais qu'Ensor n'ait aucun souvenir de moi.

« Attendez une minute. Je vais le chercher.

— Ne le dérangez pas.

— Mais si, voyons ! »

Heureusement, elle ne m'avait pas pris au mot. Elle est passée dans l'atelier et est revenue en annonçant : « Il arrive », puis s'est occupée d'un client qui était entré entre-temps.

Je n'avais pas eu Ensor devant moi depuis très longtemps, une bonne dizaine d'années. Sous le règne de mon oncle, sa taille allait de pair avec sa fonction subalterne de garçon boucher. Une fois devenu patron, on se serait attendu à ce qu'il grandisse. Il faut croire que c'était trop tard. Je n'escomptais pas voir apparaître un manche à balai mais, tout de même, j'ai été surpris de le trouver si court. En largeur, il avait atteint le développement de mon oncle au temps de sa splendeur. Une parfaite plénitude. Plus gros, il y aurait eu de l'exagération. C'était l'expansion coordonnée maximale du corps avant l'obésité. Son crâne chauve comme un genou, ses moustaches qui tombaient au coin de sa bouche faisaient penser à une otarie.

Il a fait semblant sans doute de me reconnaître et m'a tendu la main par-dessus le comptoir.

« Vous avez appris le décès d'Adrienne ?

— Oui. J'aurais voulu venir à l'enterrement mais, le lundi, c'est mon jour d'abattoir. Faut que je choisisse mes pièces au début de la semaine, sinon je ne trouve plus rien de bon.

— Je comprends.

— Qu'est-ce qu'elle a eu ?

— Crise cardiaque.

— Madame a toujours eu des problèmes de cœur. »

La bouchère, tout en servant le client et même en échangeant quelques banalités avec lui, n'en suivait pas moins la conversation. Ensor lui-même, à ce qu'il me semblait, lui jetait des coups d'œil embarrassés. Quand le mot « cœur » est sorti de sa bouche, Mme Ensor a émis une sorte de gloussement.

Deux autres clientes sont entrées et se sont mises à causer toutes les trois. Un ton plus bas, j'ai glissé à Ensor : « J'aimerais bien vous parler d'Adrienne. »

Apparemment, la bouchère avait une oreille derrière le crâne, elle ne lui a pas laissé le temps de répondre.

« Jean-Paul, s'il te plaît, tu peux aller chercher la blanquette de Mme Pestiaux ?

— J'y vais, j'y vais. »

Et, à mon adresse : « On vous offre un peu de tête pressée, monsieur Jansens, c'est ma spécialité ? En souvenir du vieux temps, avec Monsieur André. Jean-Paul, sers M. Jansens. »

Il m'a emballé une tranche et, en la faisant glisser à travers le comptoir, profitant que sa femme lui tournait le dos pour ouvrir l'armoire froide et que les deux clientes jacassaient de plus belle, il a murmuré : « Vendredi, vingt heures, au Cabaret vert, vous connaissez ? »

Le vendredi soir, je suis donc allé au Cabaret vert, rue Léopold. « Gros Détail » était déjà là, assis sur la banquette accolée au mur, un verre de bière entre les doigts. Derrière lui, dans un cadre protégé par une glace biseautée pleine de reflets, la reproduction de la célèbre photographie ovale de Rimbaud en adolescent maussade. Sous le cadre, une plaque : « Arthur Rimbaud fréquenta le Cabaret vert en octobre 1870. »

Si Rimbaud était entré en même temps que moi, je pense qu'il n'aurait pas été dépaysé. Le Cabaret vert, selon toutes les apparences, n'avait guère changé depuis son passage. Le sol était un parquet de chêne devenu noir comme de l'ébène. Des chaises cannées entouraient les tables rondes qu'on retrouvait également devant la banquette en cuir où était installé Ensor. La même sculpture en ronde bosse figurant une trogne hilare de Cambrinus ornait les trois panneaux du bar. Au plafond, les lustres à breloques en verroterie, au gaz à l'époque de Rimbaud, étaient passés à l'électricité, mais les ampoules étaient tout de même dûment poussiéreuses.

Le garçon a apporté tout de suite deux bières, Ensor ayant asséché le verre qu'il tenait dans sa grosse poigne pour lui éviter un déplacement. « Gros Détail » portait une chemise à carreaux, style texan, avec des poches à rabat ornées de boutons en cuivre. Toute la semaine, je m'étais demandé pourquoi il m'avait si facilement fixé ce rendez-vous. J'ai vite compris qu'il était rongé de remords à propos d'Adrienne.

« J'aurais dû aller à l'enterrement, je m'en veux. L'abattoir, je pouvais m'arranger. J'ai honte, après tout ce qu'elle a fait pour moi. Mais c'est Nelly qui n'a pas voulu.

— Nelly ?

— Ma femme. Elle n'a jamais pu encadrer Madame.

— Elles se connaissaient ?

— Bien sûr, c'est Madame qui l'avait engagée à la boucherie. »

Je ne saurais reproduire le fil de la conversation. C'était trop embrouillé. Toutes les demi-heures, Ensor avait besoin d'une nouvelle bière. Il contemplait d'abord les bulles qui remontaient vers la surface comme accrochées à des échelles de corde. Ses souvenirs sans doute grimpaient de la même façon jusqu'à son crâne luisant, tandis que son cœur s'enfonçait toujours plus bas dans la mélancolie.

Il avait commencé tout jeune, comme apprenti chez mon oncle, à l'âge de quatorze ans. Boucher, c'est rarement une vocation, mais c'est un bon métier. On peut gagner un paquet de sous, si on n'a pas peur de se fatiguer. Mon oncle s'était chargé de le convaincre, au moins de la proposition conditionnelle. Il ne le lâchait pas d'une semelle. Souvent, Ensor avait pensé tout plaquer, recommencer autre chose, entrer en usine.

Ce qui l'en avait retenu ? La patronne : Adrienne. S'il revenait chaque matin, c'est parce qu'elle était là, invisible la plupart du temps lorsqu'il se trouvait à l'atelier, mais présente tout de même, ne fût-ce que par sa voix qui lui parvenait du magasin quand elle s'adressait à ses pratiques. Elle ne se matérialisait tout entière que pour quelques instants qui s'égrenaient dans la journée comme des éclaircies dans un ciel terne. C'était quand il apportait les morceaux préparés à l'atelier pour regarnir le somptueux comptoir.

Elle l'accueillait d'un « Merci, mon petit Jean-Paul », qui devait ressembler au « Merci, mon petit Claude » que je connaissais si bien. Toujours pimpante, elle portait un impeccable chemisier blanc, bras nus, tablier sanglé autour de la taille. Une touche de rouge aux lèvres, elle accompagnait son sourire du haussement bienveillant de ses sourcils. En l'admirant, Ensor fondait comme le saindoux sur la poêle.

À la fin de son apprentissage, dès qu'il avait été engagé en tant que garçon par André, Adrienne avait décidé qu'il faisait partie de la famille. Quand il arrivait le matin, elle lui offrait un café de la cafetière Moka. André était déjà à l'étal, les enfants, Julie et Philippe, à l'école, elle rangeait le petit déjeuner en peignoir de satin, dans la cuisine au-dessus de la boucherie. Elle flânait, le commerce n'ouvrait qu'à dix heures. Le parfum de miel qu'elle avait mis après sa première toilette flottait dans l'air.

Imagine-t-on l'effet que pouvait produire une telle personne sur un jeune homme ? Quels rêves le visitaient sur l'oreiller ? Moi, je peux bien l'avouer, je me les représente aisément.

Cependant, il y avait un jour de la semaine, le vendredi, où Adrienne désertait le comptoir.

Elle s'accordait quelques heures de relâche. Jusqu'à la suppression des jours maigres par l'Église catholique à la fin des années soixante, le vendredi n'était pas un bon jour pour les bouchers. C'est André qui s'occupait du comptoir. Mais, quand le vendredi devint un jour comme les autres, où les croyants pouvaient consommer de la viande autant que les mécréants, il engagea une demoiselle pour le remplacer. Il avait confié à Adrienne le soin de la recruter. Elle avait le même âge que Jean-Paul. Elle s'appelait Nelly.

Une fille courageuse. Serveuse dans la boutique de confection où Adrienne achetait la plupart de ses vêtements. C'est là qu'elle avait fait sa connaissance. Le vendredi était son jour de congé. Nelly arrondissait son maigre salaire chez mon oncle.

Bientôt, elle avait jeté son dévolu sur Ensor. Dans une petite entreprise, il se crée spontanément une connivence entre les subordonnés. Moi-même, avec Mme Robert, j'ai éprouvé ce sentiment de coalition à l'égard de M. Brichard, qui était pourtant le meilleur des hommes, alors que Mme Robert, par bien des aspects, relevait plutôt de la catégorie « dragon ».

Nelly avait habilement fait comprendre à Jean-Paul qu'il n'était plus seul de son grade chez Jansens. Quand il venait regarnir la vitrine réfrigérée, elle ne l'accueillait plus d'un souverain « Merci, mon petit Jean-Paul », à la façon d'Adrienne, mais elle se précipitait pour l'aider, elle s'agenouillait à ses côtés, lui prenait les morceaux des mains pour les poser sur le rayonnage. Et, quand mon oncle, toujours à la bourre dans l'atelier, criait à Ensor de se grouiller un peu, elle lui donnait du coude et lui adressait un clin d'œil.

À ses rougissements, elle avait saisi du premier coup qu'il était timide, un caractère apprécié par certaines femmes, en particulier quand le timide est inconscient de ce qui pourrait fonder son assurance. Jean-Paul coltinait un demi-cochon comme une plume sur l'épaule, il maniait le hachoir, la scie, les couteaux, comme d'autres leurs couverts, il réduisait la bête en piles de lard, de filets, de côtelettes. Lorsqu'elle en avait l'occasion – par exemple, si André était sorti griller une cigarette –, elle se glissait quelques instants dans l'atelier, elle humait les effluves du sang et de la chair, elle parcourait des yeux la nudité à vif des viandes, qui lui donnait des frissons, et c'est elle, alors, qui rougissait devant Jean-Paul.

Pourquoi restait-il sur la réserve ? Elle n'avait pas été longue à le deviner. Quand Adrienne descendait de l'appartement le vendredi vers quatorze heures – impossible de manquer le martèlement de ses hauts talons sur les marches –, Jean-Paul s'arrangeait toujours pour apporter quelque chose dans le magasin. Adrienne, en effet, invisible la matinée, s'éclipsait l'après-midi, bichonnée comme si c'était dimanche. Elle sortait par le magasin, saluait Nelly et gratifiait Ensor d'un « À demain matin, mon petit Jean-Paul ! » Les yeux en extase, il la suivait à travers la vitrine jusqu'à ce qu'elle disparaisse au coin de la rue.

Une rivale, surtout plus âgée, n'était pas pour effrayer Nelly. Au contraire, cela l'excitait. Elle avait décidé de frapper un grand coup.

Un soir, après la fermeture, elle avait rejoint Ensor dans l'atelier. André était parti déposer la recette à la banque. Elle avait fait mine de prendre congé.

« Eh bien, à vendredi prochain, mon petit Jean-Paul. »

L'allusion n'avait pu lui échapper. S'il avait rougi, elle n'aurait pu le démontrer, car sa figure était déjà rouge à cause des vapeurs de l'eau bouillante dans laquelle il lavait ses couteaux, mais elle en était sûre.

« Demain, tu retrouveras notre chère Madame. Elle n'est pas trop fatiguée, le samedi ?

— Je ne sais pas... Pourquoi ?

— Jean-Paul, ce que tu peux être naïf ! Que fait-elle, à ton avis, le vendredi après-midi ?

— Ce qu'elle fait ? Qu'est-ce que j'en sais ? Les magasins, je suppose.

— Jean-Paul ! Tu es impayable ! Madame va rejoindre son amant.

— Quoi ! Quel amant ?

— Son amant, tiens, celui du moment, elle en change aussi souvent que de chemise.

— C'est... c'est impossible.

— C'est tellement possible que ma collègue à la boutique de confection, Anita, qui la connaît fort bien – tu sais qu'elle s'habille chez nous – la voit tous les vendredis à l'endroit où elle rejoint ses gigolos, au Cabaret vert. Tu vois le Cabaret vert ? Rue Léopold. »

4.

Ces scènes à la boucherie entre Ensor, Nelly et ma tante, je les ai reconstituées en imagination après la soirée au Cabaret vert, comme on le fait quand on revient sur les confidences que l'on a reçues. Elles étaient restées en moi, avec un certain flou. Maintenant que je viens de les coucher sur le papier grâce à mes notes de l'époque et que je me relis, je me dis que je les ai quelque peu arrangées à ma façon, même si, pour l'essentiel, elles correspondent à la vérité. Par exemple, le fait qu'Ensor lavait ses couteaux pendant que Nelly lui distillait son venin, je l'ai inventé. Normalement, à la fin de la journée, le boucher nettoie son matériel, c'est sûr, mais si Ensor le faisait réellement à ce moment-là, quand elle lui a parlé, je n'en sais rien. J'ai trouvé que ce détail collait avec la situation, qu'il la rendait plus authentique.

Est-ce ainsi que procèdent les écrivains? Pour gagner l'attention du lecteur, ils doivent être tentés d'introduire du pittoresque à toutes les pages. C'est absurde quand on y pense. La vie, la plupart du temps, est totalement dépourvue de pittoresque.

Elle s'éloigne rarement des sentiers battus. Plus on est banal, plus on est vrai.

Le comble, à présent, serait que je me prenne pour un écrivain ! Je vais m'efforcer de m'en tenir aux simples faits. Promis.

Donc, « Gros Détail » et moi, nous nous sommes séparés vers onze heures. Malgré la dizaine de Stella qu'il avait ingurgitées, quand il a quitté la banquette, il tenait d'aplomb sur ses jambes. Avantage de ses cent vingt kilos : il aurait pu tout aussi bien écluser une barrique. Quand il m'a serré la main, ses yeux se sont noyés de larmes. Il les a essuyées du bout des doigts qu'il a ensuite passés sur ses lèvres. Elles devaient avoir le goût du houblon. Puis il est reparti sur le trottoir, aussi stable que le tram sur ses rails.

Le lendemain, je ne suis pas rentré chez mes parents. Je suis resté en ville et, le soir, je suis retourné seul au Cabaret vert. À supposer qu'il y eût une parcelle de vérité dans ce que j'avais appris d'Ensor, il fallait que je sache ce qu'il en était exactement. Qu'est-ce que ma tante venait faire dans ce café ?

J'ai attendu un moment où le garçon aurait servi les clients et se serait replié au bar, près des pompes. Le coude sur la rambarde, mais un œil sur la salle, il s'est mis à causer avec le barman. C'était un de ces vieux serveurs qui passent leur vie entière dans le même établissement. La veille, j'avais déjà observé ses cheveux blancs, ses traits tannés. Il devait faire partie des meubles. Une cliente aussi régulière que ma tante n'avait pu échapper à son attention. Je me suis approché.

« Excusez-moi, je peux vous poser une question ? Est-ce que vous avez connu Mme Adrienne Jansens ?

— Mme Jansens ? Je ne vois pas, monsieur.

— Une dame élégante, bouchère à la rue du Grand Central. Elle fréquentait votre établissement.

— Nous ne connaissons pas toujours nos clients par leur nom, monsieur. »

Il s'était redressé et me parlait avec un accent rocailleux qui soulignait la délicieuse déférence des professionnels de sa fonction, trop souvent occupée par d'éphémères jobistes sans allure.

« Elle venait tous les vendredis.

— Vous faites allusion à quelle époque, monsieur ?

— Eh bien, dans les années soixante, septante.

— Tout s'explique, monsieur ! Je ne travaille ici que depuis 1981. Avant, j'étais au Cheval noir, rue de France, une maison très convenable, mais pas du niveau du Cabaret vert. J'ai remplacé M. Norbert, quand il est parti à la retraite. Vous avez connu M. Norbert ? »

Je n'avais pas connu M. Norbert pour la bonne raison que c'était seulement la deuxième fois de ma vie que je mettais les pieds dans l'établissement. Henrique – son nom figurait sur un badge épinglé à sa veste blanche – m'a indiqué la maison de retraite où je pourrais rencontrer son prédécesseur, au Val d'or à Marcinelle, s'il vivait encore. Il ne lui avait pas rendu visite depuis plusieurs années.

Le lendemain après-midi, j'ai pris le bus 86 jusqu'à Marcinelle. Le dimanche, jour de visite, le

Val d'or bruissait comme une ruche. Le printemps pointait. Sur les pelouses, quelques visiteurs agglomérés près des bancs à claire-voie le long des allées aéraient leurs vieux. Par prudence, la tête des mémés était encore enveloppée dans un châle, la nuque des pépés dans une écharpe bord à bord avec la casquette. Des enfants couraient sur le gazon d'un groupe à l'autre, comme des agents de liaison, en poussant des cris d'oiseau.

À l'intérieur, le réfectoire était rempli. Les aides-soignantes en blouse bleue passaient de table en table, la cruche en inox à la main, et versaient le café dans les tasses en porcelaine hôtelière. Les familles avaient apporté une tarte, un gâteau « bolus », quelques fleurs parfois. En face du Val d'or, on trouvait, en effet, trois commerces prospères : une pâtisserie, un fleuriste et une entreprise de pompes funèbres, qui exposait en vitrine des cercueils debout sur leur base.

J'ai demandé à voir M. Norbert Bonami. Il n'était ni dans le jardin ni au réfectoire, mais dans sa chambre. M. Norbert n'attendait personne. En fait, m'a dit la réceptionniste, il ne recevait jamais de visite.

« C'est vraiment gentil d'être venu le voir. Il va être surpris. Vous êtes de la famille ?

— Non, non, pas du tout. »

Elle m'a souri, plutôt rassurée sans doute d'apprendre que je ne faisais pas partie des déserteurs qui laissent mourir dans la solitude leur parentèle sans héritage. Elle se faisait une telle joie d'égayer l'après-midi de M. Norbert qu'elle a voulu m'accompagner jusqu'à sa chambre.

« Monsieur Norbert ! De la visite ! »

Elle avait ouvert la porte toute grande et s'était repliée contre le chambranle pour me livrer passage. Les portes dans les maisons de retraite sont assez larges pour qu'on puisse, le moment venu, y manœuvrer un lit médicalisé. L'embrasure offrait une vue panoramique sur la résidence entière de M. Norbert : un lit, une table de nuit, une autre table en Formica, une chaise et un fauteuil. Au mur, une télé sur un plateau, pas allumée.

J'ai fait un pas en avant. La porte s'est refermée, sans que j'aie eu le temps de remercier la réceptionniste. Je l'aurais voulu. L'humanité n'est pas entièrement mauvaise puisqu'on y rencontre encore des êtres qui se réjouissent d'un instant de bonheur accordé à un vieillard abandonné. Alors que je venais seulement chercher des informations, mon cœur lui aussi s'est trouvé tout à coup gagné par la compassion.

Devant moi, assis dans son fauteuil où il somnolait, M. Norbert clignait des yeux, l'air étonné, sinon même effrayé. J'aurais peut-être dû ressortir, frapper à la porte, attendre qu'il me dise d'entrer. N'est-ce pas une des minuscules et insidieuses cruautés de ce genre d'institution, que les médecins, les infirmiers et tout le personnel pénètrent chez vous comme dans un moulin ?

J'étais embarrassé. Je me suis nommé et j'ai ajouté : « Je travaille à la pharmacie Brichard, boulevard Paul Janson, vous voyez ?

— Boulevard Paul Janson ? Oui, oui.

— Mais ce n'est pas pour la pharmacie que je viens, c'est Henrique du Cabaret vert qui m'a dit que je pourrais vous trouver ici. »

Un moment, il avait cru sans doute que je venais lui proposer une fourniture avec ristourne pour la rangée de médicaments serrés dans une petite corbeille en plastique sur sa table de nuit. Le nom de son successeur l'a rassuré.

« Henrique ! Ah ? Comment va-t-il ?

— Bien, bien. Il vous remet ses amitiés. Il m'a dit qu'il viendrait vous voir un de ces jours.

— Ah, c'est un brave homme. On s'est toujours bien entendus. Il vient me dire bonjour bien souvent. »

Ce « bien souvent » en disait long sur la fréquence des visites qu'il recevait ! Il roulait les *r* exactement comme Henrique. Henrique devait être espagnol ou portugais d'origine ; Norbert avait simplement gardé la prononciation de tous les anciens dans la région.

« Asseyez-vous. »

J'ai transporté jusqu'à lui la chaise qui se trouvait de l'autre côté du lit. Je me suis trouvé presque contre ses genoux, vu l'exiguïté des lieux. Il s'est hissé sur les accoudoirs du fauteuil pour se redresser, car le sommeil l'avait ratatiné contre le dossier.

« Voilà ce qui m'amène, monsieur Bonami.

— Vous pouvez dire "Norbert", on m'a toujours appelé comme ça au café.

— D'accord. Eh bien, monsieur Norbert, j'aurais voulu savoir si vous vous souveniez de ma tante, Adrienne Jansens ?

— Jansens... Jansens ? Je ne vois pas.

— Elle fréquentait le Cabaret vert, à votre époque.

— Ah... Je ne peux pas me rappeler tout le monde, vous savez. J'ai travaillé pendant quarante-cinq ans, là-bas. Puis, les clients, souvent, on ne sait pas comment ils s'appellent.

— Une femme très bien de sa personne, qui venait tous les vendredis après-midi. Tenez, regardez plutôt ceci. »

M. Norbert fronçait les sourcils avec effort. Mais, cette fois, j'avais pris mes précautions contre d'éventuels embarras de mémoire. J'ai sorti de mon portefeuille la photo que j'avais emportée. Je l'ai tendue à M. Norbert. Aussitôt, il m'a souri de toutes les dents impeccablement alignées de son dentier.

« Ah oui ! Je la reconnais.

— C'est Adrienne Jansens.

— Adrienne ? Vous êtes sûr ?

— Plutôt ! C'est ma tante, comme je vous le disais.

— Je ne pense pas qu'elle s'appelait Adrienne. Attendez que je me souvienne... Elle s'appelait... Ah, je ne sais plus... Si ! Elle s'appelait Angela. Non, pas Angela. Angelina ! Voilà, c'est Angelina, tout à fait, je la reconnais parfaitement. Elle était un rien plus jeune de mon temps.

— Angelina ?

— Oui.

— Angelina comment ? Son nom de famille ?

— Ça, je ne sais pas. Mais qu'elle s'appelait Angelina, c'est elle-même qui me l'avait dit. »

Il m'a rendu la photo et je n'ai pas pu m'empêcher de l'examiner un instant, comme si je pouvais douter moi-même qu'il s'agît d'Adrienne. M. Norbert la confondait-il avec une autre cliente ?

Angelina, un prénom italien. Dans les années cinquante, le gouvernement belge avait conclu un accord avec l'Italie pour attirer des travailleurs dans nos charbonnages. Il fallait de la houille pour reconstruire l'Europe. On manquait de bras sur place. Les mineurs avaient fait venir les familles. Depuis, il y avait quantité d'Italiens à Charleroi. Des Angelina, on en trouvait à tous les coins de rue.

Adrienne, d'ailleurs, aurait pu facilement passer pour une Italienne. Elle avait les cheveux noirs, le teint uni, ambré, très méditerranéen. La photo ne montrait que son visage jusqu'aux épaules, légèrement de profil. Elle portait un simple chemisier blanc, ouvert sur son cou tendu vers l'avant, un peu en oblique, dans le style des madones de Botticelli.

Le cliché, c'est moi qui l'avais pris, à la mer du Nord, de loin, le zoom au maximum. Adrienne marchait, pieds nus, au bord de l'eau. Je m'étais laissé distancer. Elle ne s'était pas aperçue que je la photographiais. Elle ne faisait pas attention à moi, elle était perdue dans ses pensées.

Une fois la photo développée, je ne la lui avais pas montrée. Je l'avais gardée pour moi. Je lui avais seulement fait voir les autres vues que j'avais prises : la mer, un voilier, le môle, la façade de l'hôtel où nous avions passé le week-end. Elle les avait d'ailleurs à peine regardées.

C'était un peu avant la mort de mon oncle, l'année précédente si mes souvenirs sont bons. Elle rêvait d'une escapade à la mer. André, ses enfants, inutile de compter sur eux. Elle m'avait demandé de l'accompagner. Mes parents trouvaient cela complètement déplacé, si bien que nous étions partis sans le leur dire.

Adrienne était venue à Charleroi, un samedi matin, et nous avions pris le train. Elle avait tout préparé soigneusement. Elle avait réservé à l'hôtel De Sluis à La Panne. Un séjour des plus étranges. Elle était restée presque tout le temps silencieuse. Sur la plage, elle scrutait l'horizon, le front haut, elle humait l'air marin, elle me répondait à peine. Une attitude sauvage, quasi animale.

Le dimanche matin, elle avait voulu absolument se rendre à une petite chapelle, en dehors de la ville, dans les dunes. Un endroit qu'elle semblait connaître, encore qu'elle ait marqué un peu d'hésitation sur les sentiers à prendre avant que nous y parvenions.

La chapelle était déserte. Elle était restée assise sur un banc face à l'autel vermoulu, au centre duquel était enchâssée une grande peinture poissée par la fumée que les cierges y avaient déposée du temps où il y avait des offices. On y voyait le Christ allongé à la table d'un pharisien, un flacon de parfum renversé, et la pécheresse prosternée qui essuyait les pieds du maître avec sa longue chevelure. Ce qui attirait ma tante dans cette chapelle, elle n'avait pas pris la peine de me le dire. « C'était beau ? » m'avait-elle demandé en sortant et, dans le train du retour, comme si elle se réveillait d'un long rêve, elle avait repris, en guise de conclusion de notre échappée plutôt que de question : « Ça t'a plu ? »

La photo, je ne l'avais pas encadrée, je ne voulais pas qu'elle tombe sous les yeux de mes relations cinéphiles. Je la gardais dans une enveloppe, au fond d'un tiroir de mon bureau. Au début, je l'avais contemplée bien des fois, vaguement pris de mélancolie devant l'attitude lointaine d'Adrienne. Puis je m'étais lassé. Je l'ai déjà dit, je me méfie des photos.

Quand je l'avais déterrée pour venir voir M. Norbert, je l'avais posée sous la lampe du bureau et je m'étais demandé longuement à quoi Adrienne pouvait bien penser, là-bas, au bord de la mer. Cet air lointain, indifférent à l'observateur, l'entourait de mystère et ajoutait à son charme ordinaire.

M. Norbert y avait été sensible, lui aussi. Tandis que je replaçais la photo dans son enveloppe et la remisais dans la poche intérieure de ma veste, il souriait aux anges ou, du moins, à son petit ange, puisque tel est le sens d'Angelina, me semble-t-il, en italien. Sans doute y avait-il un peu de confusion dans son esprit. Pour ne pas le contrarier, j'ai demandé si Angelina venait bien au Cabaret vert tous les vendredis.

« Oui, tous les vendredis après-midi, pendant des années. Elle avait sa place, près d'une fenêtre. Elle aimait bien s'asseoir là. Je l'avais remarqué. Alors, je la lui réservais. Elle le savait. Un jour, elle est entrée quand je demandais à un client de se poser autre part. Elle était gentille avec moi. Toujours la grosse *dringuelle*, par exemple.

— Elle venait retrouver quelqu'un ?

— Non. Elle restait toute seule.

— Toute seule ? Toujours ?

— Ben, oui.

— Longtemps ?

— Ça dépendait. Des fois une heure, des fois plus, jusqu'à la *vesprée* même.

— Et qu'est-ce qu'elle faisait ?

— Rien. Elle regardait par la fenêtre. Puis, comme ça, tout à trac, elle s'en allait. Pressée, qu'on aurait dit. »

Qu'est-ce que c'était que ce manège ? Capable de contempler le vide pendant des heures, Adrienne l'était certainement. Il n'y avait pas que son attitude à la mer pour m'en convaincre. L'été, à la villa Circé, par exemple, quand les soirées étaient longues, que nous restions sur la terrasse devant la salle à manger, elle pouvait s'abîmer en silence, derrière ses lunettes noires, dans le spectacle du soleil couchant. Mais, à l'époque où elle vivait à l'appartement de la rue du Grand Central, venir rêvasser dans un bistrot quelques stations de bus plus loin, quel intérêt ? Pour boire quelque chose de particulier ? Je ne l'avais jamais vue consommer que du café.

« Qu'est-ce qu'elle prenait ?

— Un cappuccino. Souvent deux, si pas trois. Je n'avais pas besoin de lui demander ce qu'elle voulait. Je la servais tout de suite. “S'il vous plaît, Angelina !” Elle me répondait : “Merci, monsieur Norbert.” J'entends encore sa voix. Elle m'avait dit de l'appeler Angelina, sinon je ne me serais pas permis. Une femme si chic. »

Sûrement, il la revoyait devant lui : il rayonnait. Puis, se ravisant tout à coup, il a demandé, pris d'un doute face à ce neveu qui ne savait même pas que sa tante s'appelait Angelina :

« À propos, elle va bien ?

— Malheureusement, elle est décédée... »

Il a hoché la tête. En posant la question, il avait pressenti la réponse.

« Évidemment, elle n'était plus si jeune.

— Oh, pas très âgée non plus : cinquante-cinq ans.

— C'est vrai que je l'ai connue qu'elle n'avait pas l'air d'en avoir plus de trente. Et moi, j'avais déjà des kilomètres au compteur ! Voilà comment ça va, la vie, hein ? Elle est morte, et moi je suis encore toujours là. Y a pas de justice. »

N'empêche, il semblait content. C'est un des plaisirs les plus innocents des vieux dans l'antichambre de la mort de constater qu'ils en enterrent de plus jeunes.

« Et elle est venue longtemps chez vous, comme ça, le vendredi ?

— Des années. Pas loin de dix ans, je dirais, à peu près.

— Pourquoi a-t-elle arrêté ?

— Je ne sais pas. Un jour, on ne l'a plus vue. »

Je n'étais guère plus avancé. J'étais tenté de partir, mais je ne pouvais pas laisser tomber M. Norbert de but en blanc, sous prétexte qu'il n'y avait plus rien à en tirer. Je lui ai proposé de descendre prendre un café au réfectoire. Il préférait rester dans sa chambre.

« À cause de mes jambes. »

Il a retroussé quelques centimètres de son pantalon. Une vraie usine à gaz. Une tuyauterie bleue zigzaguait sur la peau terne de ses mollets.

« C'est ce qui nous tue dans le métier. Toujours debout. »

Je suis allé chercher deux cafés à l'accueil, plus un ballotin de truffes au chocolat Galler, mes préférées. Est-ce que les truffes, qu'il décollait de son palais avec de sonores claquements de langue au risque d'éjecter son râtelier, ont ravivé sa mémoire ? Au bout d'une longue déglutition, il a levé un doigt en l'air.

« Il s'était tout de même passé quelque chose avec Angelina quand elle n'est plus venue. J'y repense maintenant.

— Ah ? Quoi donc ?

— Une femme est entrée, pas contente, elle est allée la trouver, à sa place, près de la fenêtre. Elle lui a d'abord causé tout bas, puis ça a tourné au vinaigre. Elle lui a dit qu'elle ne voulait plus qu'elle vienne au Cabaret vert, qu'elle en avait soupé de ses manigances et qu'elle se plaindrait à la police si elle continuait à mettre la pagaille dans son ménage.

— Dans son ménage ?

— Comme je vous le dis.

— C'était qui, cette femme ?

— Quelqu'un de la rue. Son mari était électricien. Il avait un atelier de réparation et un petit magasin d'électroménager, en face du café. »

5.

Est-ce que j'avais bien compris ? Adrienne avec un type marié une dizaine d'années durant ! Un amant attitré qu'elle relançait tous les vendredis après-midi ! Elle se postait à la vitrine du Cabaret vert, les yeux rivés au magasin d'électricité, en face. Pour guetter quoi ? Un signal ? Un mouchoir ? Une lampe clignotante ? Ou tout simplement le moment où l'électricien quitterait les lieux et s'en irait vers leur rendez-vous, les mains en poche, en sifflotant ? Je l'imaginais. Elle se levait et le suivait à la trace comme un petit chien. Ils avaient leurs habitudes dans un hôtel, voire dans un de ces établissements complaisants du quartier du Triangle, où l'on peut louer une chambre pour une heure ou deux. Jusqu'au jour où l'électricienne bafouée avait découvert le pot aux roses. Clash sous le regard effaré de M. Norbert. Terminé...

Toute la soirée du dimanche après ma visite au Val d'or, j'ai ruminé cet affreux méli-mélo. En rentrant, j'avais acheté des frites chez Nunzia. Je n'avais pas pu en avaler la moitié. Déjà, les pralines que M. Norbert m'avait obligé à partager avec lui me restaient sur l'estomac. Ce n'était rien, pourtant, à côté de l'espèce d'écœurement que me causait la conduite inattendue de ma tante.

Le secret qu'Adrienne tenait tellement à me confier relevait de la rubrique sentimentale, comme je l'avais pressenti. Mais question romantisme, je pouvais repasser ! Quelle déconvenue ! Jamais je n'aurais soupçonné un vulgaire adultère. Même quand « Gros Détail » m'avait appris qu'Adrienne venait tous les vendredis au Cabaret vert, où sa future épouse suggérait qu'elle rencontrait des gigolos, j'avais immédiatement conclu à une calomnie de femme jalouse. Nelly voulait déniaiser Ensor, ça n'allait pas plus loin. Ensuite, j'avais espéré que les serveurs, Henrique puis Norbert, m'expliqueraient qu'Adrienne fréquentait leur établissement pour n'importe quelle bonne raison, pour sortir de chez elle, échapper aux steaks, aux cervelas, respirer un peu dans un endroit moins trivial, rêver peut-être à un amour de jeunesse qu'elle avait vécu là, et qui lui avait glissé entre les doigts. Qu'elle ait choisi l'estaminet où Rimbaud s'était arrêté apportait de l'eau à mon moulin. Elle avait appris par cœur des dizaines de poèmes à l'école. Pas de Rimbaud, c'est vrai – elle avait été élève chez les bonnes sœurs –, mais de Verlaine, son compagnon.

Le ciel est, par-dessus le toit,
Si bleu, si calme !

Ces vers (c'est bien du Verlaine ?) et tant d'autres, je l'entends encore me les dire de la voix haut perchée d'écolière qu'elle prenait pour réciter.

Sa silhouette fragile sous le portrait de Rimbaud s'accordait à la personne exquise que j'avais connue sur la terrasse de la villa Circé les soirs d'été et, plus encore, à la rêveuse de la mer du Nord où, à l'évidence, elle était partie à la recherche d'anciens émois. Quand, quelquefois, chez elle, elle posait sa main sur la mienne et me demandait innocemment, au point de me faire rougir : « Tu aimes quelqu'un ? », ses yeux, son sourire n'étaient pas ceux d'une femme qui avait roulé sa bosse pendant des années avec un électricien.

Cette profession, tout aussi respectable que n'importe quelle autre, et notamment que l'emploi médiocre d'aide-pharmacien, me semblait soudain le comble de la vulgarité. Des gens qui parlent de prises mâles et femelles, un vocabulaire de vicieux ! Adrienne s'était mise à la remorque d'un lascar en salopette, les poches hérissées de pinces et de tournevis. La honte ! Et l'altercation avec l'épouse dans un bar, un vrai vaudeville ! Pour garder l'incognito, elle se faisait appeler Angelina ! Même pas un nom franc, un diminutif qui sentait la guimauve, qui lui donnait des allures de lolita.

Au fait, quel âge avait-elle ? Une trentaine, selon M. Norbert. Deux enfants pas encore grands, donc. Même si mon oncle André n'était pas un tombeau des cœurs, j'avais du mal à encaisser.

Ce soir-là, je me suis couché, le moral dans les chaussettes. C'était bien fini, je ne creuserais pas plus profond dans le passé d'Adrienne, son image était déjà suffisamment éclaboussée.

Le matin, cependant, je me suis réveillé dans de tout autres dispositions. Mes nausées : un mauvais souvenir. Des idées pleines de fraîcheur, qui sans doute avaient germé pendant la nuit, poussaient dans ma cervelle aussi prestement que des champignons. Comme quoi, une mixture de chocolats au beurre et de frites est bien capable de vous précipiter dans le trente-sixième dessous. Il y a peut-être des gens qui se pendent sous le coup d'une indigestion. Un Alka-Seltzer les aurait sauvés.

La première pensée qui s'est présentée à moi au saut du lit, c'est qu'Adrienne n'aurait jamais eu l'idée de me mettre au parfum d'une pareille embrouille. Personne ne s'amuse à étaler les épisodes embarrassants de sa vie. Adrienne aurait su que ce parfum plutôt frelaté empesterait nos relations. Elle m'aimait trop pour me faire du mal. Le secret qu'elle voulait me partager ne pouvait consister qu'en une chose honorable, précieuse, fragile, qu'elle me réservait au nom de l'affection qui nous unissait.

Ensuite, il restait toujours les circonstances de sa disparition. Bien sûr, je ne voulais plus penser aux éléments suspects que j'avais cru relever, j'avais décidé que je m'étais fait mousser avec des idées genre thriller, complètement idiotes. Mais, tout de même, au fond de moi, je doutais. S'il était arrivé malheur à Adrienne, ce n'était pas pour une histoire pitoyable enterrée depuis si longtemps. Il s'était passé autre chose que je voulais savoir.

Dès la fermeture de la pharmacie, je suis retourné à la rue Léopold. Quand j'étais au Cabaret vert, je n'avais pas prêté attention aux immeubles qui se trouvaient de l'autre côté de la rue. Il y avait une laverie, un salon de coiffure et un snack turc, le Kebab Café. Pas d'électroménager.

M'adresser à la femme au fond de la laverie, absorbée dans la contemplation du linge qui tournoyait dans le hublot de sa machine, n'aurait manifestement servi à rien. À côté, par la vitrine du salon de coiffure, je voyais une fille rousse, disons même carrément rouge, occupée à shampooiner une cliente, tandis qu'une autre, sous un casque devant la glace, fumait une cigarette en feuilletant un magazine.

S'il y a bien un lieu qui me met mal à l'aise, c'est le salon de coiffure pour dames. Les femmes pour ainsi dire chauves tout à coup, les cheveux plaqués sur le crâne, les traits du visage à cru, l'odeur fade, la moiteur ! Quand j'étais enfant, ma mère m'emmenait lorsqu'elle allait se faire une mise en plis. Je passais sous la tondeuse pendant qu'elle séchait. J'avais l'impression d'être un petit eunuque dans un hammam. Je fermais les yeux de honte. Depuis, on ne me ferait pas plus entrer dans ce genre d'endroit que dans les toilettes des femmes.

Donc, j'ai franchi la porte du Kebab Café. Derrière le comptoir, un jeune cuisinier, teint de brique, poil dru et noir, qui aurait pu se passer de l'écusson avec son nom cousu sur sa veste – Kemal – pour signaler qu'il était turc. J'ai commandé une pita.

« À emporter ?

— Non, je la prendrai ici. Avec une bière. Une chimay bleue, si vous avez. »

Kemal m'a servi à une petite table contre un mur garni d'une photo ancienne du Bosphore sillonné par de petits bateaux à vapeur.

« Y avait pas un électricien dans la rue ?

— Si. Colbers. Guy Colbers.

— Où ça ?

— Ici. C'est moi qui ai repris son commerce.

— Ah... Et lui ?

— La retraite. Il a vendu pour acheter un appartement.

— À Charleroi ?

— À la tour Apollo. Un petit deux pièces, au quatrième ou au cinquième. Je suis allé chez lui, une fois. J'avais une fuite d'eau, ici, juste au-dessus de votre tête. Ça venait de la salle de bains. Je voulais qu'il m'explique où les tuyaux passaient exactement, pour ne pas devoir défoncer tout le carrelage. Pas très sympa. Il n'a pas voulu se déplacer pour me montrer. »

Bien obligé, j'ai dû demander comment la réparation s'était passée. Kemal m'a fourni tous les détails, plus le catalogue complet des autres aménagements qu'il avait réalisés pour transformer le magasin très mal en point, selon lui, et – le comble – pas aux normes pour l'électricité. Guy Colbers était un bonhomme désagréable. Lors de la visite de Kemal pour la fuite d'eau, il ne l'avait même pas fait entrer dans l'appartement. Il lui avait dit sur le seuil qu'il ne voulait plus rien avoir à faire avec son ancienne habitation. Et c'est ce grincheux qui aurait tenu mon Adrienne dans ses bras pendant des années ?

Il fallait absolument que je voie de mes propres yeux à quoi il ressemblait. Toute la journée du lendemain, tandis que je m'occupais distraitement des ordonnances que me soumettaient les malchanceux malades du printemps, je ne pensais qu'à lui. Une sorte de mauvais génie qui avait ensorcelé Adrienne, j'en étais sûr. Qu'elle-même ait entrepris de fréquenter cet individu, c'était impensable.

Je me suis arrangé avec Mme Robert et, le mercredi après-midi, je suis allé jusqu'à l'Apollo. Je n'ai jamais compris comment des gens pouvaient se condamner à vivre dans ce genre de HLM. Il ne s'agit pas de la qualité du bâtiment – je pense que tout fonctionnait à peu près correctement – mais plutôt de la perspective de se trouver compartimenté dans une case absolument identique à celle de tous les autres locataires. Ce n'est pas mon salon, ma kitchenette, ma chambre. C'est le salon, la kitchenette, la chambre répétés cinquante fois, qui finissent par vous faire croire que, vous aussi, vous êtes interchangeable. Vous pourriez tout aussi bien rentrer chez votre voisin, et votre voisin chez vous, sans vous en apercevoir.

Évidemment, dira-t-on, beaucoup de personnes n'ont pas le choix. Mais des retraités, comme Guy Colbers, auraient pu s'installer à la campagne. On appelle la région de Charleroi le « pays noir », un surnom qui date de sa splendeur industrielle. Noir des fumées d'usine, noir des scories, noir des terrils. On en déduit que toute la contrée est noire. Il suffit pourtant de s'éloigner un peu des banlieues pour plonger dans un océan de verdure. Partout, émergeant comme des îles dans la campagne, des villages paisibles en belle brique, à moitié déserts, où il est facile de trouver une maison avec un petit potager, comme la maison de mes parents à Vieusart.

Colbers était trop flemmard sans doute pour se bouger. Il avait préféré son clapier. Quand j'ai repéré son nom dans le hall à côté du bouton de sonnette sur le tableau des locataires, mon aversion pour lui s'était encore haussée de quelques crans. Ce n'était pas plus mal. J'avais besoin d'une dose de hargne pour l'aborder.

Qu'est-ce que j'allais lui dire, en effet? « Vous avez connu Adrienne Jansens? » Ça risquait de le braquer. Le plus probable, c'est qu'il m'enverrait au diable. Alors, je lui annoncerais la mort d'Adrienne, histoire de lui porter un coup qui le mettrait sur le flanc. À ce moment-là, il se radoucirait sans doute.

Le cœur dans la gorge, j'ai appuyé sur le bouton. Pas de réponse. Difficile de savoir si la sonnette marchait. Plus bas dans le tableau, un autre poussoir avait été arraché, les fils sortaient par le trou béant. J'ai pris l'ascenseur, je suis monté au quatrième et je me suis retrouvé devant la porte de l'appartement. J'ai frappé, mais sans succès.

J'allais repartir. J'étais fâché d'avoir fait tout ce chemin pour rien. J'ai ouvert mon portefeuille, j'ai sorti la carte de visite d'un représentant des sirops Teraplan pour la toux, un type très gentil qui insistait pour que je l'appelle si je passais à Bruxelles. J'ai barré ses coordonnées. J'ai griffonné quelques mots au dos, en prenant appui contre la porte.

Monsieur Colbers,

Je suis le neveu d'Adrienne Jansens. Je voudrais vous rencontrer à son sujet. J'ai quelque chose d'important à vous dire. Pouvez-vous me contacter au 0475-541564 ?

Claude Jansens

À l'instant où je glissais le carton sous la porte, une femme est sortie de l'appartement voisin, imperméable gris et cabas en jonc orange.

« Vous cherchez Gisèle ?

— J'aurais voulu voir M. Colbers.

— Ah, lui, vous ne risquez pas de le trouver ici !

— Vous savez où je pourrais le rencontrer ?

— Je ne peux pas vous donner l'adresse exacte, mais c'est dans une des allées du cimetière de Charleroi-Nord.

— ... Il est mort ?

— Eh oui, comme ça d'un seul coup, ça va faire trois semaines. On ne s'y attendait pas.

— Quel âge avait-il ?

— Dans les septante. Même pas malade. Un peu dépressif, seulement. Les vieux, ici, ils s'ennuient à cent sous de l'heure. Feraient mieux d'aller à l'hospice.

— Et son épouse ?

— Gisèle ? Elle doit être au cimetière, elle aussi, je veux dire devant la tombe de Colbers, encore heureux. Dans les premiers temps, on les visite souvent, les morts. Puis elle, en plus, une grenouille de bénitier ! Elle ne raterait pas la messe du dimanche.

— Vous croyez qu'elle va rentrer bientôt ?

— Aucune idée. Avant le soir, pour sûr, mais quand, je ne peux pas vous dire. Je pourrais lui remettre un message, si vous voulez. Vous êtes monsieur... ? »

Elle tendait son museau de belette vers moi. Je n'avais pas envie de lui donner mon nom. Un message, il y en avait déjà un sous la porte. La femme de Colbers le verrait. Si elle était aussi curieuse que sa voisine, elle me téléphonerait.

« C'est très aimable, madame. Je repasserai, plutôt. Vous descendez ? »

On s'est encaqués dans l'ascenseur. Ses vêtements sentaient le tabac froid. J'inspectais méticuleusement la pointe de mes chaussures pour échapper à son regard plein de reproches. On l'y reprendrait à donner des renseignements à un type trop chichiteux pour dire qui il était.

Devant l'immeuble, j'hésitais. Est-ce que j'allais attendre Mme Colbers malgré tout ? Pas le moindre bistrot dans les parages. En plus, la voisine continuait à me lorgner en s'éloignant, comme si je m'apprêtais à remonter pour cambrioler à l'aise l'appartement de la pauvre veuve. Je me suis dirigé vers l'abribus et, pas de chance, un bus est arrivé. Je suis reparti.

Naïvement, le lendemain, j'ai attendu que Mme Colbers me téléphone. Pourquoi l'aurait-elle fait ? Pour s'entretenir avec un inconnu des dérapages de feu son mari ? Le moment idéal pour déterrer ses casseroles ! Mme Colbers avait renfloué son ménage, sans doute, du jour où elle avait apostrophé Adrienne au Cabaret vert. L'affaire classée, ils avaient vécu le reste de leur vie commune comme si de rien n'avait été. Mme Colbers avait enterré un mari aussi bien réparé que les appareils électroménagers dont lui s'occupait. Elle pouvait chaque après-midi verser sur sa dalle funéraire d'honnêtes larmes de veuve inconsolable. Je n'allais pas retourner le fer dans la plaie.

Cette généreuse compassion s'est maintenue quelques jours. Ensuite – c'est hélas ! ainsi qu'évoluent souvent les bons sentiments –, mes propres intérêts, que j'avais fait taire un temps, sont revenus à la charge. Il fallait absolument que je sache ce qui s'était passé entre Adrienne et Colbers.

La digne épouse est rapidement passée de l'état de femme de caractère à celui de cerbère, une coincée qui n'avait jamais eu en tête que de rafistoler le contrat de mariage mis en pièces par les coups de canif de son électricien. D'ailleurs, c'était une grenouille de bénitier, la voisine me l'avait bien dit. Les batraciens m'ont toujours inspiré une certaine répugnance.

Conclusion, je suis retourné à l'Apollo. Je n'ai même pas essayé la sonnette à l'entrée. Si l'interphone marchait, Mme Colbers nouvelle version m'aurait immédiatement envoyé sur les roses. J'ai pris l'ascenseur. J'entendais des voix au-dessus de moi et, arrivé au quatrième, je suis tombé sur la voisine, cigarette au bec, et Mme Colbers qui bavardaient sur le palier.

« Tiens, mais voilà le monsieur qui voulait vous causer l'autre jour, Gisèle. Vous êtes monsieur comment, déjà ? »

Elles étaient toutes les deux devant la porte ouverte de leur appartement. L'une – la voisine –, avec son cabas orange d'où sortait la verdure d'une botte de poireaux, rentrait des courses. L'autre – Mme Colbers –, vêtue d'un imperméable noir, un sac de même couleur à la main, s'apprêtait à partir.

« Bonjour, madame Colbers, ai-je dit, sans m'occuper de la voisine. J'ai laissé un billet sous votre porte, mercredi passé. Vous l'avez vu ?

— Oui », a-t-elle répondu d'un air contrarié. Puis, plus à l'intention de la voisine qu'à la mienne : « Vous êtes la personne pour les sirops contre la toux ? »

J'ai eu une seconde d'hésitation avant que la carte de visite du représentant Teraplan me revienne à l'esprit. Je me suis rattrapé aussitôt : « Euh... oui, c'est ça.

— Eh bien, entrez une minute. J'allais sortir, mais bon... À tout à l'heure, Antoinette. »

Antoinette en a été pour ses frais, la suite lui est passée sous le nez : Mme Colbers m'a fait entrer et a refermé la porte.

Un hall minuscule. Mme Colbers s'est immédiatement repliée contre la petite commode en bois blanc surmontée d'une glace, qui se trouvait à côté de la porte ouverte sur le living. Comme si elle avait cherché un appui où s'arc-bouter pour me faire face. Dans la glace, outre son dos voûté, on voyait les tiges et les fleurs à peine ouvertes d'un bouquet de tulipes.

« Qu'est-ce que vous voulez, monsieur ?

— J'aurais souhaité parler à M. Colbers.

— Il est décédé.

— Je l'ignorais quand je suis venu mercredi. Je suis désolé.

— Eh bien, dans ce cas, je ne vois pas ce que nous avons encore à nous dire.

— C'était à propos de ma tante, Adrienne Jansens.

— J'ai lu votre billet. Je ne connais personne de ce nom.

— Ah... Mais, peut-être... Elle se faisait aussi appeler Angelina. Est-ce que ce nom-là... ?

— Angelina ! »

Un rictus lui a échappé. Une Mme Jansens qui s'affublait comme une starlette d'un pseudonyme langoureux, est-ce que cela méritait autre chose que son mépris ?

« Ni Adrienne ni Angelina, monsieur.

— J'ai pourtant le témoignage d'un garçon du Cabaret vert. Il m'a affirmé que vous aviez eu une altercation avec Adrienne en sa présence, il y a quelques années, bien sûr.

— Moi ? Une altercation dans un café ! Je n'ai jamais mis les pieds dans un café. Je ne fréquente pas ce genre d'endroit. »

Tant pis, il fallait crever l'abcès. J'ai repris, la voix tremblante malgré moi.

« La raison de cette altercation était apparemment que votre mari avait une liaison avec ma tante Adrienne.

— Mon mari ! Une liaison ! C'est n'importe quoi ! Mon mari n'a jamais eu de liaison, comme vous dites, ni avec cette femme ni avec qui que ce soit. C'était un honnête homme. Un peu de respect ! Il est mort, je vous le rappelle, jeune homme, il y a tout juste un mois aujourd'hui, le 18 mars. J'aimerais bien porter son deuil en paix, si ça ne vous dérange pas. »

Elle semblait si sincèrement outrée que je n'ai pas insisté. Je ne savais plus que penser. Tant qu'à faire, j'ai tout de même mentionné ce que j'aurais dit à Colbers.

« Mon intention était seulement d'informer votre mari du décès de ma tante. Elle est morte le mois dernier elle aussi, le 26... Je vous demande pardon si je vous ai offensée. Je vais vous laisser. »

Mme Colbers n'a rien ajouté. Toutefois, j'aurais juré que j'avais perçu un léger tremblement sur ses lèvres quand je lui ai annoncé la mort d'Adrienne. J'ai fait un mouvement vers la porte. Elle a baissé les paupières et s'est détachée de la commode pour m'ouvrir.

Tandis qu'elle saisissait la poignée, je me suis retourné une seconde vers le meuble et j'ai vu les photos qui étaient posées dessus de part et d'autre du bouquet de fleurs. D'un côté, il y avait un homme âgé, en buste, habillé pour un portrait. De l'autre côté, j'ai immédiatement identifié Adrienne, une Adrienne que je n'avais pas connue : adolescente, les traits moins marqués, mais avec l'unique, inimitable sourire narquois que j'avais tellement aimé chez elle.

6.

Pas la peine de me le dire : n'importe qui, à ma place, aurait freiné des quatre fers, aurait plongé ses yeux dans les yeux de Gisèle Colbers et lui aurait demandé ce que signifiait la photo de la jeune fille sur le meuble. Sauf que n'importe qui n'y était pas. Moi, j'y étais. Tellement estomaqué que je n'ai pas pu articuler le moindre son ni lever le petit doigt. Mes jambes, comme si elles n'avaient rien à voir avec ce coup de théâtre, ont poursuivi sur leur mouvement et elles m'ont transporté dehors, avant que j'aie pu leur donner un contrordre. Je me suis retrouvé sur le palier, avec, dans le dos, le claquement de la porte qui venait de se refermer sèchement.

Là, arrêt, l'esprit en suspens autant que le corps. Est-ce que j'avais bien vu ? La décision de pivoter, de me réaligner sur l'entrée, de toquer, d'insister s'il le fallait, allait sans doute se décider à émerger, quand la voisine, attirée par le bruit de ma sortie, qu'elle guettait peut-être, a reparu sur son seuil.

« Je pensais que c'était Gisèle qui partait. Excusez-moi... À une autre fois, peut-être, monsieur... ? »

À croire qu'elle voulait s'assurer de mon départ !

Je suis reparti, que faire d'autre ? Je suis monté dans le premier bus qui s'est présenté et ce n'est qu'en apercevant la Sambre que j'ai compris que je m'étais trompé de ligne. Je suis descendu, je me suis dirigé vers la berge pour faire quelques pas.

Peu à peu, mes idées complètement éparpillées ont commencé à se remettre en place. Qu'est-ce qu'Adrienne faisait à côté du portrait de Guy Colbers sur le bahut de l'entrée ? Pouvait-on imaginer que Mme Colbers ait installé, à côté de la photo de son défunt mari, celle de sa jeune maîtresse ? Quelquefois sans doute, la vie dérape de sa banalité ordinaire pour s'offrir des situations qui défient toute vraisemblance. Mais, tout de même, il y a des limites. La femme qui avait tancé l'amante de son mari au Cabaret vert ne pouvait décemment pas les réunir sur une sorte d'autel fleuri, au seuil de son appartement. Ou alors la jeune personne que j'avais aperçue n'était pas Adrienne.

Je cherchais à retrouver la vision fugitive que j'en avais eue. Elle me revenait par flashes et, chaque fois, l'assurance fulgurante que j'avais éprouvée sur-le-champ se renforçait. Il s'agissait bel et bien d'Adrienne. Il n'y avait aucun doute possible. Dans ce cas, comment justifier la réunion des deux portraits ? Il devait y avoir une explication plausible, mais laquelle ?

Je m'étais appuyé sur la balustrade verte qui court le long de la Sambre. Peu à peu, je reprenais mon calme. Une péniche venait sur moi, au fil de l'eau. Je l'observais distraitement. Est-ce que la solution elle aussi ne coulait pas de source ? Le premier visiteur venu, entrant chez Colbers, n'aurait-il pas tout naturellement pensé que les photos qu'il avait sous les yeux, c'étaient le père et la fille ? Adrienne : la fille de la maison !

J'ai dû lever les bras, pousser un cri, sans doute. Un type, un SDF avec un sac à dos et un chien, qui buvait une canette de bière sur un banc à quelques mètres, a tourné la tête vers moi.

« Ça va, mec ?

— Oui, oui, très bien ! »

Il se demandait peut-être si je n'allais pas me jeter à l'eau. Et, c'est vrai, d'une certaine manière, sa voix me rappelait à la vie. Il a levé la canette dans ma direction.

« Santé ! »

Ah oui, vraiment, il y avait de quoi trinquer ! Mon cœur, d'un seul coup, venait de se débarrasser des amours d'arrière-boutique d'Adrienne avec un homme marié. L'homme qu'Adrienne venait voir tous les vendredis, c'était son père ! Quelle joie ! Cette inversion du sordide en piété filiale me rendait mon Adrienne, intacte, magnifiée même, plus aimable encore que celle que j'avais connue quand j'ignorais son secret.

Je ne m'étais jamais demandé qui étaient les parents d'Adrienne. Est-ce qu'on se pose ce genre de question à propos d'une tante par alliance ? Lorsqu'on est soi-même adulte, les oncles, les tantes appartiennent à une génération qui, le plus souvent, n'est plus censée avoir ses parents.

Quel était son nom de jeune fille ? Je n'en savais rien. J'ai repensé à son faire-part de décès. Son nom « Madame Adrienne Jansens » en grand en haut de l'encadré était suivi d'une mention en plus petit « née... » Un nom flamand : Vanhool? Vanhalle? Vandamme? Je l'avais sur le bout de la langue. En tout cas, ce n'était pas « Colbers ». Qu'est-ce qu'elle avait à voir au juste avec la famille Colbers?

J'ai filé une pièce au SDF et je me suis éloigné. Des bords de la Sambre jusqu'à la pharmacie Brichard où je suis rentré à pied, j'ai eu le temps de laisser venir à moi l'explication que l'attitude de Mme Colbers m'avait involontairement suggérée. Gisèle Colbers prétendait qu'elle ne connaissait pas Adrienne. Si elle s'était plaquée contre la commode au premier pas que j'avais fait dans l'appartement, ce n'était pas par hasard. Elle voulait masquer la photo d'Adrienne. Pourquoi? Parce qu'elle était en froid avec sa fille? Elle l'avait reniée même. Adrienne ne rencontrait plus que son père qu'elle attendait au Cabaret vert à l'insu de sa mère.

Mais Adrienne ne s'appelait pas Colbers... Alors? Alors, peut-être qu'Adrienne n'était pas la fille des époux Colbers, mais seulement la fille de son mari, Guy Colbers! Une fille naturelle! Une fille qu'il avait eue à la suite d'une aventure avec Mme Vanhool, comme je m'étais résigné à l'appeler provisoirement.

Le visage d'Adrienne sur la photo était celui d'une jeune fille, à l'époque sans doute où elle avait appris la vérité. Elle avait voulu rencontrer son véritable père. Contre l'avis de ses parents officiels, naturellement. Elle s'était mise à fréquenter Colbers. Cela avait continué pendant des années, après qu'elle avait épousé mon oncle et la boucherie.

Vanhool, l'homme dont elle portait le nom, ne l'aimait pas. Adrienne lui rappelait l'infidélité de son épouse. Les filles, si souvent, aspirent à l'amour d'un père. Elles le cherchent parfois toute leur vie, d'homme en homme. C'est pourquoi Adrienne s'était tellement attachée à Colbers, jusqu'au jour où, au Cabaret vert, Gisèle avait mis le holà à ces rencontres qui lui étaient insupportables.

Elle détestait Adrienne. Elle-même, avait-elle des enfants ? Il ne semblait pas. Elle n'avait pu en avoir. L'amour décuplé que Colbers vouait à son unique fille la hérissait. Elle subodorait quelque chose de malsain. Elle avait décidé qu'Adrienne était ce genre de fille qui aguiche leur père, des vicieuses qui testent leurs charmes en évitant les risques. Gisèle avait avec peine réprimé un ricanement quand j'avais mentionné le pseudonyme que se donnait Adrienne : Angelina. Ce prénom doucereux cadrait tout à fait avec l'image d'allumeuse qu'elle se faisait de la fille de son mari.

Quel magnifique retournement de situation ! Pour les détails, mon imagination sans doute allait un peu vite en besogne mais, sur le point capital de la filiation des deux portraits dans le hall de l'appartement des Colbers, j'étais sûr d'avoir vu juste. Revenu au boulevard Paul Janson, j'étais si satisfait de moi que je suis entré chez Nunzia.

Depuis mon dernier passage, l'idée de manger des frites me levait le cœur. À présent que je reprenais goût à la vie, cependant, le goût des frites me revenait conjointement. Emporter un sachet de frites bien chaudes au creux d'une main, les manger dans la rue avec les doigts de l'autre main en faisant des mouillettes dans la motte de mayonnaise accrochée au coin supérieur du papier, c'est un des plaisirs les plus intenses que l'on puisse s'offrir et, même, un acte de foi dans l'existence. Les déprimés, les élégants, les prétentieux – toutes personnes qui grignotent la vie du bout des dents – ne mangeront jamais de frites sur le trottoir. Il n'y a que les optimistes pour se livrer en public à cette manducation jubilatoire. La frite est à l'homme libre ce que l'hostie est au dévot.

« La grande portion ou la petite, Claude ?

— La géante, Nunzia ! »

Nunzia m'a souri comme à un champion et s'est retournée vers le long bac rempli de candidates mises en condition par une première cuisson modérée. À l'aide de son écumoire, elle a garni le panier du quota exact de la portion géante, l'a plongé dans la cuve bouillonnante, et s'est mise à le secouer afin d'envoyer les récalcitrantes agglutinées les unes aux autres se dorer les quatre faces en solo. Les quartiers supérieurs que les bretelles en X de son tablier découpaient dans son dos plantureux tressautaient gaiement sous sa blouse. Le staccato du panier enchantait mes oreilles.

Une Italienne qui vend des frites, ça peut sembler curieux. Mais Nunzia avait ouvert son commerce en 1962 – cela figurait sous son enseigne : « Maison fondée en 1962 ». Les spaghettis et les pizzas n'étaient pas encore à la mode. Elle avait ajouté une touche personnelle à la recette. Les frites, en principe, on les prépare avec des bintjes. Elle utilisait une autre variété, italienne, s'il fallait la croire, mais secrète. En cuisant, la peau se soulevait légèrement sur la chair, donnant une impression de croquant unique sous la dent. Les Italiens eux-mêmes mangeaient des frites si elles venaient de chez Nunzia.

Quand elle m'a tendu mon sachet, j'étais de si bonne humeur que j'en aurais partagé la raison avec n'importe qui, du moins en partie, si bien que je lui ai demandé :

« "Angelina", c'est un prénom commun chez vous, en Italie ?

— "Angelina" ? Il y en avait plus autrefois, je pense. Ce n'est plus tellement fréquent.

— Mais de votre temps ?

— Au Piémont, j'en ai connu pas mal. Je me souviens, quand j'étais petite, il y avait une chanson, comment dit-on ? Une chanson que le jeune homme chante sous la fenêtre de la jeune fille ?

— Une sérénade ?

— *La serenata*, c'est ça ! Comment était-ce déjà ? »

Elle a marmotté des bribes de vocalises au hasard, puis un air s'est dégagé, parsemé de quelques mots incompréhensibles (du piémontais, j'imagine) d'où ont fini par émerger des invocations roucoulantes : « *Angelina, o bell'Angelina !* »

Elle rayonnait, tout heureuse d'avoir retrouvé des lambeaux de cette chanson de son enfance.

« Tu veux que je t'apprenne le refrain ? Tu as une amie italienne ?

— Non, non. J'ai connu une Angelina. Ma tante.

— Tu as une tante italienne ?

— Oui... Enfin, non... C'est compliqué. »

Drôle de réponse, évidemment. Nunzia voyait bien que je me prenais les pieds dans mes explications.

Elle n'a pas insisté. Les immigrés de la première génération restent des gens prudents, ils ne veulent pas donner l'impression de s'immiscer. D'ailleurs, mes frites risquaient de refroidir.

Je suis sorti, mais mon bel enthousiasme déjà ne battait plus que d'une aile. Il en restait des obscurités dans mon scénario ! J'avais beau me concentrer sur mes frites, à mesure que mes doigts s'enfonçaient plus loin dans le cône de papier, le doute, de son côté, s'enfonçait dans mon esprit. Pourquoi Gisèle Colbers aurait-elle exposé la photo d'Adrienne qu'elle détestait à côté de celle de son mari ?

Quand on tient à ses illusions, c'est fou ce que l'imagination peut aller chercher. De l'imagination, pourtant, j'aurais juré que je n'en avais pas un gramme. Du fait même, j'étais convaincu que mes trouvailles successives n'étaient que des déductions parfaitement logiques.

Donc, à la mort de son mari, Mme Colbers avait été saisie de remords. Toute sa vie, elle l'avait empêché de voir sa fille. Peut-être le pauvre homme avait-il rendu le dernier soupir en murmurant le nom d'Adrienne. En rangeant ses affaires, elle avait découvert, au fond d'un tiroir ou dans la poche d'un costume qu'il ne mettait plus depuis longtemps, enveloppé sous la cellophane du nettoyage à sec, une photo ancienne d'Adrienne. Elle avait compris que Guy venait la contempler quelquefois en cachette. Bouleversée, elle avait placé le portrait dans un cadre et l'avait disposé à côté de celui du défunt, sur la petite commode, de part et d'autre du bouquet de fleurs. Comme si, enfin, elle accédait au désir de Colbers de retrouver sa fille.

Malgré les apparences, ce n'était pas une méchante femme. Quand je lui avais annoncé le décès d'Adrienne, j'avais bien remarqué la grimace douloureuse qui contractait son menton et ses lèvres. Elle s'était représenté la douleur que cette mort aurait infligée à Guy. Dans leur disparition quasi simultanée, elle avait peut-être même senti une sorte de triomphe ironique du destin qui, en dépit de ses misérables manœuvres d'épouse offensée, les réunissait dans la mort et avait déjà guidé sa main, sans qu'elle le sache, lorsqu'elle avait juxtaposé leurs photos.

Le samedi, je suis retourné à Vieusart chez mes parents. Mon père était à la répétition de la fanfare. Le jardin était bêché à présent. La terre émiettée au croc puis au râteau ressemblait à du sable noir. Le petit tunnel en plastique était en place, sous lequel il semait de la laitue « feuille de chêne », qu'on pouvait récolter dès la fin mai.

Comme je n'étais pas venu la semaine précédente, ma mère m'a demandé s'il n'y avait rien de neuf. La seule nouveauté qu'elle aurait aimé entendre, c'était que j'avais rencontré une rosière qui serait bientôt sa bru, maintenant que je ne perdais plus mon temps avec Adrienne pendant les week-ends.

« Rien de spécial. »

Elle a soupiré.

« Je vais faire un tour jusqu'à l'Ornale.

— Dans ce cas, rends-toi utile : rapporte-moi quelques chicorées. C'est plein de taupinières par-derrière chez nous. »

Au printemps, ma mère allait toujours cueillir des chicorées dans les champs. Celles qui poussent dans les taupinières ont plus de blanc que les autres. Ce sont les meilleures.

J'ai pris ma canne à pêche et mon panier en osier. Après quelques lancers de cuiller, j'ai accroché une saloperie qui traînait sur le fond et j'ai cassé. Je suis resté tout de même une heure au bord de l'eau à mettre au point les questions que je voulais poser à table à mes parents.

Au retour, j'ai ramassé une dizaine de chicorées. Elles étaient blanches comme de l'ivoire. Ma mère a préparé la salade typique avec des lardons, qu'elle a servie accompagnée d'une tranche de jambon cru, avant qu'on ne passe à l'obligatoire soupe aux pois du samedi.

Je n'ai pas eu besoin d'amener la conversation en douce sur Adrienne, comme je m'y étais préparé, mon père s'en est chargé sans le vouloir.

« Alors, ils vont vendre la villa Circé.

— Qui ça ?

— Ben, les enfants forcément, Julie et Philippe.

— Comment tu le sais ? a demandé ma mère.

— C'est Binauche qui me l'a dit tout à l'heure. Ça se fera par le notaire Froissard. »

Binauche était trombone à la fanfare et, le reste du temps, clerc à l'étude Froissard. C'était un ami de papa, le seul peut-être, je ne lui en ai jamais connu d'autre. Parfois, il venait à la maison pour un petit duo qu'ils jouaient par plaisir, dans la cabane du jardin, car les seuls cuivres que ma mère tolérait à l'intérieur étaient ceux de ses marmites.

« Eh bien, ils ont raison. Que veux-tu qu'ils fassent avec cette baraque, eux à Bruxelles, avec tout l'entretien qu'il y a autour ? »

Ma mère était du genre à liquider tout ce qui lui semblait superflu. C'est ainsi qu'elle avait nettoyé par le vide la chambre de mes sœurs, le lendemain du mariage de la seconde, et elle aurait aimé que je débarrasse le plancher pour le même motif, sans doute.

« Ils auraient pu la garder comme maison de campagne, a suggéré mon père.

— Ah oui ! Deux ménages dans les mêmes murs, autant deux renards dans le même terrier !

— Si, au moins, elle pouvait rester dans la famille, ai-je placé stratégiquement. Une si belle villa.

— Ah oui ? Tu veux l'acheter ? »

Sur cette pique – avec mon salaire, j'aurais eu du mal à acquérir un chalet au camping de l'Ornale –, elle a rassemblé les assiettes de l'entrée et les a remplacées par les assiettes creuses qu'elle avait mises à chauffer au bord du fourneau. Quand le potage a été servi, j'ai tenté d'élargir la brèche que j'avais ouverte.

« Quand je dis la famille, ça pourrait être la famille du côté d'Adrienne. Elle avait des frères, des sœurs ?

— Si elle en avait, on ne les a jamais vus, a raillé ma mère.

— Elle n'en avait pas. »

Le ton tranchant de mon père indiquait clairement qu'il en savait davantage que ma mère sur la famille d'Adrienne.

« Tu as connu ses parents, papa ?

— Si on veut.

— Comment "Si on veut" ?

— Je les ai vus au mariage d'André.

— Et toi, maman ?

— Moi, je n'y étais pas, au mariage d'André. On ne se fréquentait pas encore officiellement avec ton père, hein, Roger ? Je n'étais pas invitée. »

Comme s'il avait senti un vieux reproche, mon père a ajouté : « Pour ce que c'était comme mariage, tu n'as rien perdu, tu le sais bien.

— Qu'est-ce que tu veux dire ? ai-je demandé.

— C'était en tout petit comité.

— Ah ? Pourquoi ? »

Mon père semblait embarrassé. Apparemment, il se mordait la langue d'avoir abordé le sujet.

« Les parents d'Adrienne ne voulaient pas d'un grand mariage.

— Ils n'avaient pas les moyens ?

— Pas les moyens, tu parles ! a marmonné ma mère.

— Si, si, ce n'était pas ça.

— C'étaient qui, ses parents ?

— Les Vanhout, des gens de la haute, le père était chirurgien.

— Et la mère ?

— La mère ? C'était sa mère, c'est tout, une petite femme timide, très gentille. »

Ici, ma mère a levé les yeux au ciel. Mon père s'est enfilé quelques cuillerées de potage.

« Ils sont encore en vie ?

— Mais non, ils sont morts depuis longtemps.

— Ils habitaient à Charleroi ?

— À Waterloo. Remets-moi une petite louche, Armande. »

Adrienne, l'épouse d'un boucher, fille d'un grand bourgeois, je n'y aurais jamais pensé ! Elle récitait du Verlaine, je l'ai déjà dit, et bien d'autres poètes dont je n'avais jamais entendu parler. Patrice de La Tour du Pin, par exemple, son nom me revient à l'instant : « Enfants de septembre », c'était si mélancolique. Elle avait lu un tas de livres, les romanciers catholiques surtout, Bernanos, Mauriac, Green, que je n'ai découverts que bien après, quand personne ne les lisait plus, vu qu'il avait été décidé alors que le talent et l'intelligence étaient réservés aux athées.

Toute cette culture, je l'attribuais à sa beauté, sans chercher plus loin. Mais, bien sûr, Adrienne avait suivi un enseignement classique, dans une école chic, catholique, pour les jeunes filles de bonne famille. Dans mon milieu, personne n'allait au-delà du degré inférieur de l'enseignement professionnel. Moi-même, je passais pour un phénomène, sous prétexte que j'avais réussi une filière technique entière.

Adrienne avait été pensionnaire. Sur la photo, chez Colbers, son visage juvénile se dégageait d'un col Claudine. Elle avait porté un uniforme certainement. Vanhout avait éloigné l'enfant du péché. Sa mère, qui était-elle ? Une femme comme les choisissaient alors ce genre de mandarins, jolie mais pas trop instruite, qu'on sortait pour la montre dans les cocktails, puis qu'on remisait dans sa boîte, à la maison. Un jour, un type, un simple électricien, l'avait regardée autrement qu'une potiche. Le chirurgien ne l'avait plus touchée depuis des mois quand elle s'était trouvée enceinte.

Dans ces milieux-là, à l'époque, on savait se tenir. On sauvait les apparences. Adrienne était une erreur, dont il fallait s'accommoder, jusqu'à ce que, le jour venu, on la refile à un mari assorti à son géniteur, un boucher, par exemple, pour fermer la parenthèse.

« Comment mon oncle André a-t-il rencontré la fille d'un chirurgien, papa ?

— Autre chose qu'une fille du peuple, n'est-ce pas ! a grommelé ma mère.

— Allons, Armande ! Adrienne n'a jamais été prétentieuse, tu le sais bien. On était à la JOC, la Jeunesse ouvrière chrétienne. Il y a eu des réunions avec la JEC, les étudiants, justement pour décloisonner les milieux.

— Ah, je vois. Et les parents ont accepté qu'ils se marient ?

— Difficilement. Faut comprendre. C'étaient des gens tellement importants.

— Tu en rajoutes, Roger ! Le père, d'accord. Mais la mère, c'était une rien du tout. »

Cette fois, ma mère a ramassé les assiettes creuses et les a posées dans l'évier sous le robinet d'eau chaude. Je me suis levé pour l'aider, mais mon père a dit : « Laisse. » Ils avaient l'habitude de faire la vaisselle ensemble, elle à la plonge, lui qui essuyait.

Ensuite, ma mère est allée chercher la télé dans la grande place. Elle la transportait sur une petite table à roulettes, histoire de ne pas déranger la pièce en dehors du dimanche. Profitant du bruit du roulement, mon père m'a glissé à voix basse : « Ce que ta mère a dit de la mère d'Adrienne, ce n'est pas vrai. La mère d'Adrienne, c'était quelqu'un de vraiment bien. Y avait du grabuge entre elle et son mari, elle était malheureuse, c'est sûr. Mais ça ne faisait pas d'elle une moins que rien. »

7.

Le lendemain matin, en prenant place à table, j'ai tout de suite constaté, comme je le craignais, que mes parents s'étaient disputés quand ils s'étaient couchés, après le grand bain hebdomadaire. De ma chambre, j'avais entendu leurs voix, surtout celle de ma mère, excédée, puis celle de mon père, lasse. Ils avaient dû remettre le drôle de mariage d'Adrienne sur le tapis.

Déjà, la soirée télé, devant un épisode de *Dallas*, avait été mortelle. Moi-même, je ne comprenais rien à l'intrigue, n'ayant suivi que quelques péripéties certains samedis précédents. Ma mère, d'habitude, se faisait un devoir de me fournir un rattrapage en cours de séance. Elle avait découvert la série sur le tard – c'était une rediffusion – et elle tenait absolument à me communiquer sa passion pour ces Texans fortunés dont les mœurs lui étaient aussi étrangères que celles des Martiens. Parmi les personnages, elle avait ses préférés, elle se faisait du souci pour eux la semaine durant. Sa bête noire, c'était l'infâme J.R. Souvent elle se retenait à grand-peine de lui balancer sa pelote de laine à travers l'écran. Car elle tricotait simultanément. Elle n'aurait pas imaginé regarder la télé sans s'occuper les mains.

Mais, là, elle n'avait pas desserré les dents. Le seul son qu'elle avait émis venait du cliquetis irrité de ses aiguilles à tricoter. Au matin, devant son bol de café, même mine renfrognée. Mon père s'est efforcé de la jouer tranquille, seulement cela sonnait faux. Pour finir, il a soupiré et s'est résigné à mâcher en silence les « pistolets » que le trombone de la fanfare, boulanger de son état, lui livrait à la répétition. Mes parents m'avaient évidemment dissimulé une bonne part de ce qu'ils savaient à propos de la famille d'Adrienne, en particulier à propos de Mme Vanhout, de sa conduite qui lui valait le mépris de ma mère. Naturellement, j'avais bien compris que je n'avais pas intérêt à rouvrir les débats.

Après la vaisselle dont il s'est acquitté consciencieusement à son poste, mon père s'est éclipsé. Par la fenêtre de la cuisine, je l'ai vu réapparaître dans le potager. Quelques mauvaises herbes pointaient déjà dans l'allée. Il s'est mis à les extirper à l'aide du vieux couteau à poisson qu'il avait reconverti à cet usage. Aller le rejoindre, inutile d'y songer : ma mère serait sortie aussitôt pour se fourrer dans la conversation. Et rester avec elle, claquemurée dans sa mauvaise humeur, autant se flageller.

Je suis sorti sans but précis. Il faisait très beau. Mes pas m'ont porté jusqu'à la villa Circé. Le parc se revêtait de la première frondaison printanière. La lumière ruisselait à travers le feuillage d'un vert quasi transparent. Cette beauté, loin de la maison morne de mes parents, me ramenait à Adrienne, à son univers où, par grâce, elle m'avait fait une place.

Les persiennes qu'elle ne fermait jamais étaient closes désormais. De part et d'autre des fenêtres, elles avaient découvert sur le crépi les rectangles plus clairs contre lesquels elles se rabattaient.

Je suis passé à l'arrière, pour voir la terrasse où nous nous tenions souvent dès les premiers beaux jours. Avec ce temps radieux, Adrienne aurait sorti la table, les sièges en rotin et son transatlantique. Au printemps, elle prenait toujours un peu le soleil, pas pour bronzer, pour reprendre des couleurs, comme elle disait. En quelques jours, son teint retrouvait son velouté. Le transatlantique, cependant, elle ne s'y installait que lorsqu'elle était seule, jamais en ma présence.

Un jour, quand je commençais à la fréquenter régulièrement, j'arrivais, j'allais presser le bouton de la sonnette, mais – qu'est-ce qui m'avait pris ? – mon doigt était resté en suspens. Mon cœur frappait comme un sourd, sans motif. J'avais fait le tour de la maison à pas de loup et je m'étais posté à l'angle d'où je pouvais découvrir la terrasse.

Adrienne était là, allongée sur le transat. Elle avait retroussé sa jupe sur ses cuisses. Pieds nus, lunettes noires, visage tendu vers le ciel. Son cou et ses épaules se dégageaient de son chemisier entrouvert, si bien que je pouvais suivre le mouvement si émouvant de sa poitrine soulevée par sa respiration. J'étais incapable de détacher mes yeux de son corps. Je tremblais d'émoi et de honte.

Je suis revenu à la porte d'entrée, mais je n'ai pas pu sonner. De retour chez mes parents, j'ai pris ma canne à pêche et j'ai erré au bord de l'Ornale jusqu'à la nuit tombée.

J'avais décidé que je ne verrais plus Adrienne. C'était trop risqué. Naturellement, je n'ai pas tenu ma résolution. La semaine suivante, j'étais à la villa devant elle, légèrement hâlée, qui me demandait pourquoi je n'étais pas venu l'autre samedi. J'ai inventé je ne sais plus quelle excuse. Un mensonge, de toute façon. En somme, on s'est toujours menti, moi par action, et elle par omission, comme disent les confesseurs.

J'aurais mieux fait, sans doute, de ne jamais la revoir. J'aurais eu une vie normale. Aux femmes que j'ai connues ensuite, je n'aurais pas opposé l'image d'Adrienne, objet de ma vénération et de mes remords, qui a rendu toutes mes amours lamentables.

Les jours suivants, revenu à Charleroi, j'hésitais. Je brûlais d'aller revoir Mme Colbers, afin qu'elle me confirme qu'Adrienne était bien la fille de son mari. Je l'aurais obligée à m'expliquer la présence de la photo qui m'avait tellement secoué dans le hall de son appartement. Mais je sentais bien que ma démarche était vouée à l'échec. Gisèle Colbers ne voudrait plus me recevoir. Dans la porte d'entrée, il y avait un œilleton. Elle ne m'ouvrirait pas.

N'empêche que j'y suis retourné une fois. J'ai frappé. J'ai insisté. Tout ce que j'ai obtenu, c'est l'inévitable apparition d'Antoinette, comme Mme Colbers l'avait appelée, la voisine de palier.

C'était presque comique, cette bonne femme qui avait l'air de renifler ma présence. Un peu plus, la moutarde me montait au nez mais, brusquement, j'ai pensé que je pourrais peut-être me servir de sa manie de l'espionnage. Si elle était si curieuse de moi, elle devait l'être autant des Colbers.

« Mme Colbers n'est pas là ?

— Si. Vous avez toqué ?

— Oui.

— Tiens, elle serait sortie... Je l'aurais entendue. Ou alors, peut-être qu'elle ne veut pas vous voir... Toujours dans les sirops ?

— Les sirops ? Ah oui... La pharmacie, en fait. Je voulais lui parler de sa fille. »

J'ai aperçu une lueur de gourmandise dans ses yeux. Je me suis éloigné de la porte de Mme Colbers, comme si je craignais qu'elle n'entende notre conversation, et je me suis rapproché. Antoinette restait campée dans l'encadrement de sa porte. Elle n'avait pas l'intention de me faire entrer, mais elle a croisé les bras sous la poitrine, signe qu'elle était disposée à prolonger l'entretien.

« Vous la connaissez, la fille de Mme Colbers ? ai-je demandé un ton plus bas.

— Pas vraiment. Vous avez dans l'idée de lui vendre du sirop, à elle aussi ?

— Non... Il se fait que je l'ai pas mal fréquentée.

— Vous m'en direz tant...

— Elle était plutôt en froid avec Mme Colbers.

— Bien possible. En fait, je ne l'ai jamais rencontrée. Ici, je ne sais pas si elle est jamais venue. Et, avant, quand ils habitaient leur magasin, les

Colbers, moi, je ne les connaissais pas. Du coup, je ne sais pas de quoi elle a l'air, leur fille.

— Il y a une photo sur le meuble dans le hall de l'appartement.

— Ah oui, je l'ai vue aussi l'autre jour, vous avez raison. Une photo d'école, sûrement, sur la commode. Même que j'ai demandé à Gisèle : "C'est votre gamine ? Elle ressemble à son pauvre père." Histoire de la dérider. "Ça, je ne vous le fais pas dire !" qu'elle m'a répondu sèchement. J'ai bien vu qu'elle aimait autant ne pas en causer. Pas la peine d'insister, que je me suis dit. C'était le lendemain de l'enterrement de son mari. Je venais lui présenter mes condoléances. J'aurais été à l'enterrement, mais elle n'avait fait savoir le décès à personne dans l'immeuble. Même pas d'annonce dans le journal. Il est vrai que ça coûte les yeux de la tête. De toute façon, Gisèle, elle n'est pas liante. C'était la première fois que je mettais les pieds chez elle, vous imaginez ? Elle ne vient pas chez moi non plus, faut bien le dire. Entre voisins, on reste prudents, des fois qu'on se disputerait. C'est vite arrivé. Par contre, Guy, lui, il était causant. Il m'avait dit qu'il avait une fille, mais qu'elle n'habitait pas dans la région. Maintenant que j'y repense, il avait l'air triste de ne pas la voir plus souvent. Pourquoi ? J'en sais rien. Je ne lui ai pas demandé. Je ne suis pas du genre à fourrer mon nez dans les affaires des autres.

— Vous avez bien raison. Allons, je vous laisse. Je repasserai.

— Comme vous voulez, mais je vous le répète : Gisèle, elle n'est pas liante. Si vous voulez, je peux lui laisser un message de votre part. Ce que vous aviez l'intention de lui dire, c'est quoi ?

— Je préfère le lui expliquer moi-même.

— Ah, ben, oui. C'est normal.

— Au revoir, madame.

— Au revoir, monsieur...

— Jansens. »

Je lui ai laissé mon nom en trophée. Elle le méritait bien. Avec ce qu'elle m'avait raconté, je n'avais plus besoin de rencontrer Mme Colbers. Mes hypothèses étaient confirmées au-delà de tout espoir.

Adrienne était la fille de Guy Colbers. Une fille embarrassante dont sa femme ne voulait pas parler à la voisine. Seul Guy lui avait mentionné son existence. Adrienne ne venait jamais à l'appartement, forcément. Elle n'avait pas davantage habité au magasin d'électroménager. Son père, elle l'avait guetté quand elle avait connu le secret de sa naissance, elle l'avait rencontré en cachette, à l'insu de Mme Colbers. Il aurait voulu une photo, elle lui en avait donné une, qu'il avait dissimulée précieusement jusqu'à sa mort. C'était devenu son bien le plus cher après que leurs relations avaient été brusquement interrompues par l'algarade de Gisèle Colbers au Cabaret vert.

Il ne restait à éclaircir que le nom qu'Adrienne se faisait donner par le garçon de café : Angelina. C'était vraiment curieux. Le mystère, cependant, n'est pas pour décourager le croyant. Un croyant serait bien capable de changer de l'eau en vin. Et moi, je voulais de tout mon cœur transmuter Angelina en Adrienne. Je n'attendais qu'une ultime révélation pour couler mes désirs en dogme.

Par hasard, un des jours suivants, j'ai entendu à la radio la chanson *Farewell Angelina* par Joan Baez dans l'émission *Back to the Sixties*. Un tube de cette époque-là. Adrienne avait une vingtaine d'années. Elle venait de découvrir la vérité sur son père. Adrienne n'était plus Adrienne. Elle était quelqu'un d'autre. Elle s'était saisie de cette chanson pour se donner une autre identité. Cela tenait drôlement mieux la route que la sérénade piémontaise de Nunzia.

Voilà. Cette explication fut le dôme étincelant que, dans ma dévotion, je posai sur la chasteté rétablie d'Adrienne. Quelques jours encore et ma construction allait s'effondrer comme un château de cartes.

Au début de la semaine suivante, j'ai reçu un coup de téléphone non pas sur le Nokia 1011, mais sur l'appareil de la pharmacie. Le récepteur se trouvait dans l'officine proprement dite, le petit laboratoire où l'on effectuait les préparations extemporanées. On y accédait par une porte battante derrière le comptoir. Quand la sonnerie retentissait, aussi sec, Mme Robert allait décrocher. Elle adorait le téléphone. Si elle servait un client, elle le laissait en plan et me lançait une œillade pour que je prenne la relève.

En général, il s'agissait d'une personne qui demandait un renseignement. Est-ce que les vaccins pour la grippe étaient arrivés ? La pharmacie louerait-elle une orthèse pour un éclopé ? Fallait-il vraiment une ordonnance pour un antibiotique que le docteur donnerait de toute façon ? Mme Robert se mettait d'abord en devoir de plaindre le correspondant, qui, le plus souvent, était une correspondante. « Comme je vous comprends ! » « Comme ça doit faire mal ! » Toutefois, cela ne présageait en rien une réponse affirmative. Au contraire, ce que Mme Robert préférait, c'était le refus catégorique, lorsqu'elle pouvait se draper dignement dans la déontologie pharmaceutique. Quand elle revenait au comptoir, elle prenait un air quasi outragé et lançait aux clients supposés raisonnables : « Il y en a qui ne doutent de rien, je vous jure ! »

Ce matin-là, à la première sonnerie, Mme Robert s'est transportée dans l'officine, en s'excusant auprès de sa cliente. Mais elle n'a pas eu l'occasion de se livrer à la phase de compassion. Après deux ou trois répliques sèches, elle est réapparue avec la mine de quelqu'un qui vient d'être dépouillé d'un privilège ancestral.

« C'est pour toi, Claude.

— Pour moi ? Qui ça ?

— Une femme. Pas pour une question professionnelle, j'aurais pu lui répondre. C'est privé, paraît-il... »

Elle m'a transmis le message avec une certaine discrétion, assez haut tout de même pour que les trois clientes présentes puissent l'entendre et cautionner sa mine offusquée.

C'était ma cousine, Julie, qui m'appelait, la fille d'Adrienne.

« Je n'ai pas trouvé ton numéro dans l'annuaire. Ça ne te dérange pas que je t'appelle au boulot ?

— Non. Pas de problème.

— Tu as appris que nous vendions la villa Circé ?

— Oui, je sais.
— Écoute, je serai sur place samedi. Je vais voir ce qu'on va garder dans les meubles de maman. Tu pourrais passer ?
— Samedi ? Oui, après midi... Mais, pourquoi ?
— Je voudrais que tu prennes quelque chose.
— Ah ?
— Je dois te laisser. Je t'expliquerai. »

Pour moi, Julie était presque une étrangère. Au moment du décès d'Adrienne, nous avions échangé quelques mots. Des propos de circonstance, dont je n'aurais pas pu me rappeler le premier mot. À la villa Circé, je ne l'avais jamais vue, ni elle ni son frère, Philippe, et à l'appartement au-dessus de la boucherie où ils habitaient autrefois à Charleroi, je n'étais allé que très rarement.

Le plus clair de mes souvenirs remontait à l'époque où Julie, enfant, venait en vacances à Vieusart, chez mes parents. En échange, mes sœurs allaient passer quelques jours ensuite à Charleroi. En ce temps-là, les familles s'arrangeaient souvent ainsi.

En toute autre occasion, mes sœurs m'associaient à leurs jeux. J'étais le plus jeune, elles s'occupaient de moi. Mais, dès qu'elle arrivait, Julie avait l'art de les coaliser avec elle contre ma petite personne. Elle mettait en place une cellule féminine répulsive à toute présence de l'autre sexe. Si je m'approchais, elle me toisait de la tête aux pieds et me demandait : « Qu'est-ce que tu veux, minus ? » Mes sœurs, si affectueuses autrement, gloussaient en chœur à sa suite.

Un jour qu'elles s'amusaient toutes les trois en maillot dans l'Ornale, où elles construisaient un barrage avec des pierres, j'avais voulu me joindre à elles, malgré tout, vu que, moi aussi, j'adorais patauger dans l'eau. Quand j'étais apparu dans mon caleçon de bain, Julie s'était esclaffée, sans explications, elle se tenait les côtes en visant, me semblait-il, un endroit précis de cet équipement rikiki, si bien que j'étais resté pétrifié, puis que je m'étais enfui, accompagné des rires ralliés de mes sœurs qui me faisaient bien plus mal que le sien. Je m'étais caché dans la cabane du jardin, honteux de je ne sais quoi, et j'avais pleuré jusqu'au soir.

Quand je me suis présenté à la villa Circé, le samedi, la BMW de Julie stationnait dans l'allée. Les persiennes étaient dégagées des fenêtres, pas attachées cependant aux arrêts fixés dans le mur. Comme je le faisais à l'époque si proche où Adrienne m'attendait, j'ai sonné à la porte, le cœur un peu chaviré. J'aurais donné cher pour entendre encore le staccato si vif de ses pas sur le carreau. Mais la porte s'est ouverte sans autre préambule. Julie était devant moi, en baskets, jean et pull à col roulé.

Elle m'a emmené à la cuisine, a proposé du café.

« Tu es seule ?

— Oui.

— Et Philippe, il ne vient pas ? »

Non, son frère ne venait pas. Il s'était déchargé de la vente de la villa sur elle. À la tête d'un cabinet d'avocats, il avait mieux à faire. Julie, elle, était prof d'anglais ou de flamand, je ne sais plus trop, à mi-temps seulement. Son mari avait monté une boîte d'ingénierie médicale. Plein aux as et « *very busy* » lui aussi, naturellement.

Pas nécessaire de faire un dessin : comparé à mes cousins, j'étais un véritable plouc. Julie avait beau ne pas faire de façons, j'étais convaincu qu'elle avait toujours en tête un certain petit garçon en culotte, ravalant ses larmes au bord de la rivière.

Quelques banalités, puis on en est arrivés au fait. Julie et Philippe vendaient la villa, ils n'y étaient pas attachés. Ils n'y étaient venus que très peu pour voir leur mère. Les meubles et tout le reste, un brocanteur allait s'en occuper. Julie était là pour choisir quelques souvenirs. Elle était en train d'apposer des étiquettes rouges sur ce qu'elle voulait conserver. Le brocanteur réglerait l'affaire au début de la semaine. Raison pour laquelle elle m'avait demandé de passer.

« J'ai pensé que tu voudrais garder quelque chose de maman.

— Ah... C'est gentil, mais je ne sais pas... Est-ce que vraiment... ?

— Mais si, je t'assure. Tu étais très proche de maman. Bien plus proche que moi. Que nous. Philippe, c'était pareil.

— Je l'aimais beaucoup.

— Et elle t'aimait tout autant. Tu sais que, plus d'une fois, je lui ai téléphoné pour lui dire que j'allais venir le samedi, puis qu'elle me répondait : "Ne viens pas" ? Parce qu'elle attendait ta visite.

— Je suis désolé.

— Il ne faut pas. Je préfère savoir qu'elle avait quelqu'un, qu'elle n'était pas seule. C'est peut-être curieux à dire de sa mère, mais je pense qu'elle ne m'aimait pas. Ni Philippe. Elle n'aimait pas ses enfants.

— Allons, Julie, ne dis pas ça !

— Pourquoi pas ? L'amour maternel, on s'imagine que c'est instinctif, qu'il faudrait qu'une femme soit dénaturée pour ne pas aimer ses enfants. Est-ce si sûr, tout compte fait ?

— Ta maman était une femme très affectueuse.

— D'accord, Claude. Avec toi, je n'en doute pas. »

Il y avait une pointe d'ironie dans sa voix. Elle m'a reversé un peu de café.

« En revanche, tu vois, avec moi, elle n'était pas affectueuse. Aimable, seulement. Très aimable. Par exemple, elle m'embrassait, il ne faut pas croire. Je me rappelle ses baisers. Secs, pincés. Les mères dévoreraient leurs enfants, elles les barbouillent de salive sur les joues. Elle, on aurait dit qu'elle n'avait pas faim.

— Peut-être que quelque chose la tourmentait, que ça l'empêchait de se comporter normalement. »

Ballon d'essai. Julie savait-elle, soupçonnait-elle que sa mère vivait avec un secret ? J'aurais voulu le savoir. Mais elle a froncé les sourcils.

« Qu'est-ce qui aurait pu la tourmenter ?

— Ben, son enfance, par exemple. Elle avait eu une enfance heureuse ?

— Elle n'en a jamais parlé.

— Tes grands-parents, ses parents, ils étaient comment ?

— Je ne les ai pas beaucoup connus. On faisait une visite par an avec maman, sans papa. Ma grand-mère était très gentille. Grand-père, c'était autre chose : un fagot d'épines. Il ne pouvait pas voir papa en peinture. Il le méprisait. Tu comprends :

il était chirurgien, avec un beau-fils boucher ! C'est pourtant presque le même métier ! »

On a ri. Je n'ai pas insisté. Le peu qu'elle m'avait dit collait avec mes hypothèses. Elle m'a invité à faire le tour de la maison pour choisir ce que je voulais pour moi, même un meuble, si ça me chantait, puisqu'elle allait tout liquider. J'allais sortir de la cuisine quand elle m'a retenu.

« Au fait, en rassemblant ses vêtements, je suis tombée sur une grosse enveloppe. Je l'ai laissée sur son lit, dans sa chambre. Tu peux aller la chercher. Dessus, elle a écrit : *À remettre à Claude.*

— À moi ? »

Comme je ne pouvais dissimuler mon étonnement, elle a ajouté avec un nouvel accès d'ironie : « Mais oui, à toi, mon petit Claude ! Des Claude, elle n'a pas dû en avoir beaucoup dans sa vie, à part toi. »

8.

L'enveloppe, je ne l'ai pas ouverte tout de suite. Même pas lorsque je suis rentré chez mes parents après avoir quitté la villa. Je n'aurais pas pu. Le contenu me remplissait d'appréhension. Il fallait que je sois absolument seul pour affronter le message qu'Adrienne m'envoyait d'outre-tombe en quelque sorte. J'ai attendu le lendemain, de retour à Charleroi, dans mon studio. J'avais besoin de retrouver un peu de sérénité d'abord.

J'avais découvert l'enveloppe dans la chambre d'Adrienne où j'étais monté seul. Julie avait extrait de la garde-robe tous les vêtements de sa mère. Ils étaient entassés sur les deux fauteuils de la pièce. Un rouleau de sacs-poubelles noirs était à la disposition du bénévole de la Croix-Rouge qui viendrait les trier. Sur le lit, quelques paires de draps au carré et un autre entassement de linge : les sous-vêtements d'Adrienne. J'aurais voulu détourner les yeux, mais l'enveloppe était là, tout à côté, sur un des deux oreillers sans taie que Julie avait laissés dans leur disposition.

Mon nom, calligraphié au marqueur bleu d'une ronde écriture féminine, s'étalait sur le large papier gris. Julie aurait pu emporter l'enveloppe à la cuisine, elle aurait pu la placer n'importe où ailleurs dans la chambre. Elle l'avait mise en évidence sur l'oreiller, comme s'il s'agissait d'indiquer la place qui était la mienne dans le lit de sa mère.

Je me suis précipité pour l'enlever, pour quitter la pièce. Mais, en me retournant, j'ai découvert Julie, qui était montée après moi et se tenait devant la porte.

« Tu l'as trouvée facilement ?

— Oui, évidemment. »

Je devais être rouge comme une écrevisse. Je serais sorti immédiatement si, en quelque sorte, elle ne m'avait barré le chemin.

« Tu as choisi quelque chose à emporter ? Un bibelot, une gravure, un vêtement même, si tu veux... Ne sois pas gêné.

— Non. Je ne veux rien. »

Qu'est-ce que j'aurais pu prendre que ses sarcasmes n'auraient pas aussitôt dénaturé ? Je n'ai rien emporté. J'ai fini par me dépêtrer de cette entrevue. J'ai quitté la villa, le parc. C'était la dernière fois que j'y venais. Après, je n'y suis jamais retourné.

Le dimanche soir, je me suis donc installé à mon bureau, devant la grande enveloppe bombée, sous la lampe. J'ai enlevé l'attache parisienne qui la fermait, soulevé le rabat, glissé la main à l'intérieur. Dedans, le papier était molletonné comme autrefois, avant les enveloppes matelassées à bulles. J'ai tiré le contenu à la lumière.

Des feuillets couverts d'écriture, des enveloppes postales ordinaires, des fleurs séchées sont sorties. Mais, surtout, un paquet de photos en noir et blanc aux bords dentelés. Plus tard, je les ai comptées : il y en avait exactement trente-six, c'est-à-dire, pour qui s'en souvient, le nombre de clichés dans une cartouche de pellicule argentique 35 mm. Elles avaient été prises d'affilée dans les mêmes circonstances, le même jour ou à peu de jours d'intervalle.

Je les ai regardées rapidement, puis je les ai reprises une à une plusieurs fois, l'esprit totalement chamboulé. La plupart représentaient Adrienne, seule. Quelques-unes, un jeune homme inconnu. Trois seulement la montraient avec ce type, ensemble. Les lieux, je les ai identifiés immédiatement, d'où un premier coup au cœur : la mer du Nord, la plage de La Panne, l'hôtel De Sluis et même la chapelle dans les dunes, où nous nous étions rendus en week-end tous les deux. La plupart de ces endroits étaient passés aussi par mon objectif quand j'avais fait mes propres instantanés, à l'époque. Presque identiques, sauf que l'hôtel en noir et blanc n'avait pas encore été flamandisé, il portait toujours son nom d'origine : L'Écluse.

Adrienne, je la reconnaissais, bien entendu, malgré la légère hésitation qui m'avait saisi de prime abord, parce qu'elle était très jeune, adolescente, un visage parfaitement lisse, avec un reste de plénitude enfantine. Toutes les photos avaient été prises à l'extérieur. Sur la plage, le vent retroussait ses cheveux, elle tendait le cou en avant, comme on le fait instinctivement quand on le reçoit de face. La même attitude que je lui avais vue moi-même à la mer, qui m'avait fait penser à un animal qui hume les embruns. Elle souriait, ses yeux se plissaient légèrement à la lumière. Elle portait une robe légère, bras nus, quelques boutons détachés au cou, une petite ceinture ou plutôt un cordon autour de la taille, qui en soulignait la minceur.

À l'évidence, elle avait pris plaisir à se faire photographier. Elle rayonnait. Quand elle posait devant la chapelle dans les dunes, en particulier, son visage respirait un bonheur tellement serein qu'elle aurait pu sembler une madone sortie un instant du sanctuaire pour une brève apparition. Le jour et la nuit, en comparaison du visage mélancolique que j'avais saisi lors de notre escapade.

Le jeune homme ? Inconnu au bataillon. Sa tête ne me disait strictement rien. C'était évidemment Adrienne qui l'avait photographié, comme il l'avait fait pour elle. Pas très grand et, curieusement, en costume, une chemise blanche, mais sans cravate, large col rabattu sur le revers de la veste. Sur un des clichés, il l'avait ôtée, il la tenait soigneusement pliée sur un bras. Ses cheveux noirs étaient plaqués en arrière, sauf quelques mèches qui balayaient son front. Un grand nez très droit, des lèvres minces, en coup de sabre, lui conféraient un air raffiné, un peu contrarié peut-être, comme s'il avait d'abord refusé de se laisser prendre en photo.

Les trois vues où ils étaient ensemble, Adrienne et lui, avaient été réalisées devant l'hôtel. De son bras, l'homme l'attirait contre lui. La saillie de l'épaule d'Adrienne disparaissait dans ses doigts étonnamment larges et forts, qui auraient pu tout aussi bien la broyer. Quelqu'un leur avait proposé de les photographier l'un près de l'autre. Cela se faisait alors. On confiait l'appareil au passant sympathique, en lui montrant le bouton sur lequel il fallait appuyer.

Les impressions que me provoquaient ces photos, je ne saurais les rapporter de la façon dont elles se sont présentées à mon esprit. Car, aussitôt après les avoir examinées, je m'étais jeté sur les textes qui se trouvaient dans l'enveloppe et tout s'était mélangé, les images et ce que j'avais lu. J'étais pris dans un tourbillon d'émotions qui ne s'est décanté que peu à peu, même pas ce jour-là, seulement les jours qui ont suivi.

Si je reprends aujourd'hui mes sentiments d'alors en les ordonnant, ceux qui concernent les photos en premier lieu, puis ceux qui regardent les lettres d'Adrienne et de cet homme ensuite, c'est pour la clarté. Mon affaire est déjà suffisamment embrouillée. Avant de me mettre à écrire, je n'aurais jamais imaginé combien il est difficile de rendre compte de la simple réalité. Pour présenter les choses avec une certaine cohérence, on est obligé de tout réorganiser. Mais les faits eux-mêmes se produisent dans un fouillis inextricable qui se fiche éperdument des enchaînements que les narrateurs prétendent y déceler.

Donc, premièrement, en ce qui concerne les photos, j'avais identifié tout de suite l'endroit où elles avaient été prises, mais de quand dataient-elles ? Dans les documents écrits, il n'y avait aucune indication, sauf qu'on pouvait comprendre qu'Adrienne était lycéenne. Elle avait seize ou dix-sept ans. Cela nous mettait en 1955 ou 1956. Le costume de l'homme cadrait tout à fait avec cette époque. Le pantalon, en particulier, style feu de plancher, très haut sur les hanches, avec un pli impeccable, aurait pu être celui de Cary Grant dans les films d'Hitchcock. La robe d'Adrienne, plus intemporelle, descendait tout de même sous les genoux.

Naturellement, j'ai repensé au portrait qui se trouvait dans le hall de l'appartement des Colbers. Il appartenait à la même époque. Les photos, cependant, au lieu de se recouper, me brouillaient un peu plus les cartes. Autant j'avais été sur-le-champ certain de reconnaître Adrienne chez les Colbers, autant, je l'ai dit, au premier coup d'œil à l'ouverture de l'enveloppe, j'aurais pu hésiter à la remettre, si l'évidence ne s'était aussitôt imposée à moi qu'il ne pouvait s'agir de personne d'autre qu'elle.

Cela semblait tenir à une certaine différence entre les visages. Mais laquelle ? La trentaine de photos sorties de l'enveloppe absorbaient rapidement la vision fugitive et déjà lointaine du petit cadre dans le hall des Colbers. Peut-être, en tentant de la retenir, me semblait-il que, dans l'entrée de l'appartement, les traits d'Adrienne avaient l'air plus dégagés, plus durs, plus proches déjà, en somme, de ceux que j'avais connus des années plus tard.

À propos de Colbers, l'idée s'est présentée un moment à moi, comme on l'imagine, que c'était lui, le type en costume Cary Grant. Lui aussi avait son portrait dans l'appartement, mais avec sa tête de vieux, à laquelle, d'ailleurs, je n'avais pas vraiment prêté attention. Il aurait pu emmener sa fille en week-end à la mer, en cachette de sa mégère de femme. Dans ce cas, cependant, comment interpréter la manière dont l'homme endimanché pressait de sa main l'épaule nue d'Adrienne ! Ce n'étaient pas des façons de père.

Dieu merci, la lecture des feuillets de l'enveloppe m'a ôté des affreuses suppositions qu'aurait pu m'inspirer la présence de Guy Colbers. Je pouvais respirer, le laisser à Charleroi, pour plus tard, dans les parages du Cabaret vert.

Toutefois, sans lui à la mer, l'histoire d'Adrienne s'emberlificotait davantage encore. Qu'est-ce que cet épisode sentimental avec un inconnu venait faire dans ses secrets ? Comment l'emboîter au reste que j'avais découvert ? C'était bien dans l'intention d'étayer ses révélations qu'Adrienne m'avait préparé ces documents. L'enveloppe remontait à l'époque des photos, sans doute, mais mon nom avait été écrit récemment avec un gros marqueur qui n'existait pas à ce moment-là. L'encre luisait encore sur le papier kraft. Adrienne s'apprêtait à me parler, elle m'aurait tout expliqué, seulement la mort l'avait surprise avant qu'elle en ait eu l'occasion.

Pour ce qui concernait sa naissance, forcément, elle ne disposait d'aucun élément matériel. Pas plus que sur ses années à guetter Colbers. Elle ne possédait que ces modestes traces d'une idylle qui devait certainement avoir un rapport avec le reste.

Elle me l'aurait dévoilée. Désormais, je devais me débrouiller seul.

Le contenu des feuillets couverts d'écriture, auquel je viens maintenant, ne m'a d'abord été d'aucune aide. Au contraire, je dois avouer qu'il m'a plutôt empêché de réfléchir.

C'étaient uniquement des lettres d'amour, les unes d'Adrienne, les autres signées Calogero, l'homme au beau costume, bien sûr. J'ai dû les relire, à tête reposée, les jours suivants, avant de pouvoir en retirer quelques éléments. À chaud, ces missives interminables – Calogero, au bout du verso, en rajoutait encore verticalement dans la marge – me brisaient le cœur. Les siennes, parce qu'il avait l'audace de déverser ses flots d'amour éthérés sur Adrienne ; celles d'Adrienne, parce qu'elle s'y baignait avec ravissement, y ajoutait ses propres ondes délicieuses et ne cessait de l'appeler à venir s'y tremper en sa compagnie. J'étais vert de jalousie.

Ne me dites pas que c'était ridicule : je ne suis pas idiot. Seulement, j'avais entre les mains tout ce que j'aurais voulu connaître, non pas, qu'on me comprenne bien, avec Adrienne à l'âge où je l'avais fréquentée, mais avec Adrienne jeune. Pourquoi notre amour, le véritable amour, je veux dire, celui qui pourrait combler toute une vie pour toujours, pourquoi cet amour sans bornes, infini, doit-il se contenter de nos seuls contemporains ? J'avais connu assez Adrienne pour pressentir de toute mon âme quelle jeune fille délicieuse elle avait dû être. Et cette jeune fille était en train de parler, j'entendais sa voix innocente à travers chaque ligne de ses lettres, comme si elle était réellement présente dans mon petit studio. Elle répandait ses sortilèges sur un individu qui avait usurpé ma place dans le temps.

Voilà ce qu'elle disait par exemple :

Mon cher amour, où es-tu ? Que fais-tu en cet instant ? Je me languis de toi. Je t'aime si fort que mon cœur m'élance comme s'il était transpercé. Quoi que je fasse, il n'y a qu'une partie de moi qui agit. Le reste pense à toi, sans cesse. Tu ne me quittes jamais. Je te porte en moi. Je sais déjà ce que ce sera d'avoir un enfant. On vit, on s'occupe, on s'agite, mais l'enfant est là, en nous, tout le temps. Il suffit que la mère passe distraitement la main sur son ventre, elle le sent. Tu es mon enfant.

Elle pouvait même embrasser par correspondance, mieux que bien des gens dans la réalité.

Je t'embrasse sur le front, sur les yeux, sur les lèvres, dans le cou. Tu vois le rectangle que j'ai dessiné ? Pose ta bouche dessus. J'y ai laissé la mienne toute la soirée. La sens-tu, mon amour ?

Tel était le genre de choses que je découvrais dans ses lettres à côté de bien d'autres folies que je ne veux pas retranscrire. Pour un œil étranger, il n'y a rien de plus niaiseux que la littérature amoureuse des autres. On n'y perçoit que de la mièvrerie. Soi-même, quand un amour vient à s'éteindre, on est gêné de ce que l'on a pu écrire sous son emprise. Pourtant, ces élans naïfs, cet abandon de la pudeur, ce retour à une expression enfantine sont peut-être le meilleur de nous-mêmes. Et il y aurait du sacrilège, me semble-t-il, à exposer à la moquerie les mots fragiles qu'un être désemparé a pu prononcer dans l'exaltation de son cœur.

Ce qu'il y avait à retirer de concret des lettres d'Adrienne se résumait à peu de chose tant elles étaient occupées par ses sentiments. J'ai pu comprendre qu'elle était pensionnaire chez les Dames de Saint-André, à Bruxelles, un institut catholique huppé pour jeunes filles. Calogero était manifestement interdit de visite, mais elle le voyait malgré tout. Elle lui donnait rendez-vous à la grille peu surveillée d'un parc dans l'enceinte de l'établissement. Il y venait quelquefois, trop rarement au goût d'Adrienne, quand il le pouvait. Ça se passait dans la pénombre de la récréation du soir. Ils se parlaient en chuchotant, ils se touchaient comme ils le pouvaient, ils s'embrassaient à travers les barreaux.

Les parents d'Adrienne l'avaient évidemment placée dans cet internat pour l'éloigner de Calogero. Je n'y voyais aucune contradiction à mon intuition que son père s'était défaussé d'elle parce qu'elle lui rappelait l'adultère de sa femme. Simplement, ce béguin d'adolescente lui avait fourni une bonne raison.

Car, supposé même qu'il n'y aurait eu aucune ombre sur la naissance d'Adrienne, abstraction également faite de son extrême jeunesse, Calogero n'aurait pas été du tout le genre de soupirant bienvenu dans la famille. Calogero était un immigré italien, un jeune gars venu comme tant d'autres chercher du travail dans les mines du Borinage. Ses parents étaient de pauvres gens qui tiraient le diable par la queue. Il ne pouvait rester là-bas, sans espoir de travail, à leurs crochets. Alors il était parti. En Belgique, il gagnait bien sa vie. Ses mandats nourrissaient ses parents, désormais.

Il était facile de découvrir ce tableau entre les lignes des lettres que Calogero adressait à Adrienne. Il fallait s'appliquer un peu, cependant, parce qu'il estropiait gaiement le français. D'abord, il était à coup sûr partisan d'une simplification radicale de l'orthographe. Il écrivait comme il parlait, exactement au fil des mots qui se présentaient à lui, cahin-caha, simplement décalqués de l'italien au besoin – par exemple, il répétait qu'il était « fortuné » parce qu'il avait le bonheur d'aimer une jeune fille comme Adrienne. Souvent aussi, il ne se gênait pas pour fourrer des expressions wallonnes dans les phrases.

Le wallon, en effet, était la langue commune de la mine où toutes sortes de nationalités se côtoyaient – Allemands, Flamands, Russes, Yougoslaves venus suppléer les autochtones. Les Italiens n'avaient pas de mal avec cette langue, bien plus proche de la leur que le français, inutilisé de toute façon dans les galeries, même par les ingénieurs. C'était seulement au grand air, courtisant une fille de la bourgeoisie comme Adrienne, qu'il devait se colleter avec la langue de cette classe.

Calogero évoquait volontiers la mine. On s'attendrait à ce que les mineurs décrivent leur travail comme une sorte d'esclavage inhumain. C'était tout le contraire. Calogero aimait la mine. Pour toutes sortes de motifs.

Sans doute, parce qu'il était bien payé. Il faisait partie des équipes de pointe, celles qui excavent de nouvelles tailles au marteau pneumatique. D'un puits à l'autre, les patrons se disputaient ces stakhanovistes, qui rivalisaient dans les tonnes de charbon abattues. Entre eux, il y avait une camaraderie unique, une solidarité à la vie, à la mort. Chez les gueules noires, la houille mâchure toutes les différences, quels que soient l'origine ou le passé de chacun.

Mais la raison principale, qui avait rendu la mine si précieuse à Calogero, c'était, comme il l'expliquait à Adrienne, qu'elle conférait à la vie de la surface une beauté sans égale.

« Quand tu remontes du fond, quand tu arrives à la lumière, tu es complètement *esblawé* (ébloui). La vie te *spite* (saute) aux yeux et tu comprends qu'il n'y a rien de plus beau que ce que tu vois : le ciel, le soleil, les arbres. Si tu n'as pas été dans la mine, tu ne sauras jamais comme le monde est beau. »

Avec ce style qui n'était qu'à lui, il s'efforçait sans cesse de communiquer à Adrienne une joie de vivre étonnante dans la bouche d'un exilé astreint à un travail de forçat. Elle jaillissait de la fosse qui, chaque jour, lui offrait l'expérience d'un retour à la vie, d'une nouvelle naissance, d'une résurrection.

Pour autant, il n'envisageait pas de faire de vieux os dans le métier. La mine, il ne l'ignorait pas, ronge aussi les hommes. Dans les cages d'ascenseur, quand le noir soudain acère l'ouïe, il entendait la respiration sifflante des anciens. Son plan :

turbiner quatre ou cinq ans, puis rentrer en Italie. Avec Adrienne, ça va de soi.

Comment l'avait-il connue ? Pas la moindre indication. Le passé ne l'intéressait pas. Il était entièrement tendu vers l'avenir enchanteur où ils vivraient tous les deux.

En attendant, il vouait à Adrienne une affection d'une totale pureté. Parmi les merveilles du monde que la mine lui avait révélées, elle était la merveille des merveilles. Il la respectait, il la vénérait, il la préservait. Rien à voir avec le play-boy italien.

Souvent, chez Adrienne, transparaissait une sensualité difficilement contenue. Calogero la recevait avec une certaine gêne, il lui opposait une extrême pudeur. Il vouait à Adrienne une sorte de culte désincarné. D'ailleurs, il ne l'appelait que rarement Adrienne. Il l'avait rebaptisée son « petit ange » : Angelina.

9.

Évidemment, c'était assez curieux qu'Adrienne soit en possession des lettres qu'elle avait envoyées à Calogero. Comment les avait-elle récupérées ? Une rupture au bout de laquelle elle les avait exigées ? Certaines de ces lettres avaient été replacées dans leur enveloppe affranchie, sur laquelle figurait l'adresse « Monsieur Calogero Sarto, 110 *bis*, rue des Sarts, Marcinelle ». Comme on l'imagine, je brûlais du désir d'en savoir plus. Je m'y suis donc rendu.

La rue des Sarts ressemblait à toutes les rues de la banlieue de Charleroi. Des maisons modestes mais tout à fait convenables, en brique, très semblables les unes aux autres, comme si aucune ne voulait froisser le sentiment d'égalité si vif dans la classe ouvrière.

Au 110 *bis* vivait une famille de Congolais. Une belle femme m'a ouvert, vêtue d'une robe turquoise, un collier de perles autour du cou, élégante comme si elle s'apprêtait à sortir. Naturellement, elle n'avait jamais entendu parler de Calogero. Néanmoins, elle tenait absolument à me faire entrer. Quand j'ai protesté que je ne voulais pas la retarder, elle m'a répondu qu'elle n'avait pas l'intention de s'en aller. Elle surveillait les devoirs de ses enfants. Et, en effet, il y avait quatre gosses autour de la table du séjour, normalement penchés sur leurs cahiers, mais redressés pour me voir apparaître. À leur âge, j'aurais bien aimé être sous la férule d'une maman si gracieuse.

La maison, elle et son mari l'avaient acquise sept ans auparavant. De qui ? Une veuve. Elle avait le nom sur le bout de la langue. Le temps qu'elle regarde dans ses papiers pour chercher l'acte notarié, je pouvais prendre une tasse de café. C'est l'aînée des enfants qui me l'a servie, sous les regards muets et parallèles des trois autres.

Mme Potelle ! Le nom de la veuve était Hortense Potelle. La vente avait été conclue non seulement à son bénéfice, mais à celui de ses trois enfants. Sur l'acte que mon hôtesse m'avait fourré dans les mains, j'ai immédiatement repéré le nom de Henri Potelle, un pharmacien de la rue de Turenne, confrère de mon patron. M. Brichard m'en avait suffisamment rebattu les oreilles, car ce Potelle venait de lui souffler la présidence de l'Union des pharmacies du Centre.

La jolie maman a octroyé une petite récré aux enfants qui ont disparu et, dès la porte franchie, ont retrouvé l'usage simultané de leurs quatre voix perçantes. Elle s'est assise dans le fauteuil en face du mien, en veine de confidences.

« Pauvre Mme Potelle, elle était si triste de quitter sa maison... Je me rappelle quand elle nous l'avait fait visiter. Une habitation est toujours pleine de défauts. Soi-même, on y est habitué, mais quand il faut les montrer à des étrangers... Vous savez, il y a deux étages ici. Le deuxième était abandonné depuis longtemps. Ce qu'elle était embarrassée en nous le faisant voir ! Le plafond écaillé, le papier peint décollé. J'étais plus gênée qu'elle. Quand on est redescendus, elle avait les larmes aux yeux.

— On peut comprendre. C'était toute sa vie.

— En partant, j'ai dit à Christian, mon mari, que je ne voulais pas acheter. Puis, vous savez comment les choses vont. Je me suis faite à l'idée. Christian disait que j'étais trop sentimentale, c'est vrai d'ailleurs. La maison était très bon marché. Il est dans la banque, prêts hypothécaires. Ce genre de situation, il connaît. Pauvre Mme Potelle...

— Elle ne pouvait plus rester seule sans doute. Vous savez où elle est passée ensuite ?

— Pas dans une maison de repos, Christian me l'a juré. Je n'aurais pas voulu l'envoyer en prison. Chez un de ses fils, je crois. Elle était très âgée, elle est peut-être morte, maintenant.

— Possible. En tout cas, merci.

— Mais alors, ce monsieur Cala... ?

— Calogero Sarto. Je ne sais pas. Peut-être qu'il a habité ici avant Mme Potelle.

— Ou avec elle, au deuxième étage ? Une location ? Il y avait tout ce qu'il faut pour ça : des toilettes, une douche, un coin cuisine. »

C'était une piste. Mme Potelle aurait-elle loué une chambre à Calogero quand il était arrivé d'Italie ? De la rue des Sarts, on pouvait apercevoir les hautes silhouettes des chevalements avec leurs énormes poulies par-dessus les anciens puits.

Calogero aurait été à quelques enjambées de son travail.

Une logeuse est souvent au courant des petites affaires de ses locataires. Mme Potelle devait en savoir plus long sur les amours d'Adrienne et Calogero, si toutefois l'hypothèse de la location tenait la route et que la vieille dame était encore en vie. Dans ce cas, il y avait une chance sur trois qu'elle habite chez son fils pharmacien.

Le lendemain soir, je me suis rendu à la rue de Turenne, en m'arrangeant pour débarquer cinq minutes avant la fermeture. Potelle était penché sur le comptoir, les lunettes sur le bout du nez, occupé à servir un client. Son crâne déplumé luisait sous les néons. Une jeune aide-pharmacienne s'est avancée, mais je lui ai fait signe que j'aurais voulu m'adresser plutôt au pharmacien. Un cas de figure que nous connaissons bien dans le métier. Elle a souri avec compréhension. Chez M. Brichard, par exemple, si un monsieur venait chercher du Viagra, en général, il préférait avoir affaire à moi plutôt qu'à Mme Robert. J'allais retirer la boîte dans la réserve et je la fourrais discrètement dans un sachet en plastique avant de revenir la poser à côté de la caisse enregistreuse. Le client m'en savait gré.

Quand Potelle a eu terminé avec son client, il était sept heures moins une. L'aide-pharmacienne a éteint les spots de la vitrine et est passée dans l'officine pour reprendre son manteau.

« Et pour monsieur ? a demandé Potelle.

— Moi, rien, en fait. Je voudrais seulement vous parler. Je suis employé chez M. Brichard. Jansens. Claude Jansens. »

L'aide-pharmacienne est réapparue, en route vers la sortie.

« À demain, monsieur Potelle.

— À demain, Stella. »

Potelle est allé baisser le rideau métallique, puis est revenu vers moi, l'air goguenard.

« Alors, ce brave Brichard vous envoie en ambassade !

— Non, pas du tout. Pourquoi ?

— Eh bien, pour me présenter ses excuses. Il m'a traité d'épicier en plein conseil d'administration de l'Union des pharmacies, vous savez. »

J'ignorais tout des préventions de M. Brichard contre son challenger à la présidence, celle-là pourtant n'était pas pour m'étonner. Mon patron prêchait la croisade contre les produits de la parapharmacie – cosmétiques, cures d'amaigrissement, herboristerie, etc. – qui, d'après lui, déshonorait notre noble profession et dont j'avais observé l'invasion chez Potelle.

« Mon patron est certainement désolé de s'être laissé emporter. C'est un homme un peu vif, mais le cœur sur la main, je le connais bien.

— Sans doute, sans doute.

— Je ne viens pas pour lui, je viens pour une affaire personnelle.

— Ah bon... Et on peut savoir ce que c'est, votre affaire ?

— Cela concerne madame votre mère. J'aurais voulu la rencontrer, si toutefois...

— Maman ? Vous voulez voir maman ?

— C'est cela. »

Soulagement ! Au ton de Potelle, il était évident que sa mère était en vie.

« Est-ce qu'elle habite... ?

— Ici, chez moi, monsieur Jansenne.

— Jansens.

— Pardon. C'est à quel sujet ?

— Ça remonte aux années cinquante, j'aurais voulu savoir si elle n'avait pas loué une chambre à quelqu'un... quelqu'un... de ma famille.

— Maman louait une chambre, en effet. Allons la voir, si vous voulez. Mais je vous préviens. Elle a nonante ans. Alors, sa mémoire... »

Potelle m'a fait passer à l'étage, à son appartement, où sa femme était occupée à dresser la table.

« Une visite pour maman.

— Ah... Bonsoir, monsieur.

— Jansens.

— Je viens justement de lui monter son apéritif.

— Allons-y dans ce cas-là. Je redescends tout de suite, Madeleine. »

Mme Potelle mère avait ses quartiers au deuxième. Chez son fils, elle occupait maintenant la position que ses locataires avaient occupée chez elle. Retournement de situation : un des tours préférés de la vie.

L'ameublement de la pièce jurait avec celui de l'étage inférieur où le mobilier que j'avais aperçu était sobre, très chic, en acajou, de marque Grange ou quelque chose dans ce goût-là. Chez Mme Potelle, le décor faisait penser à une sorte de garde-meuble. Un buffet, deux commodes, un bahut, une vitrine, un secrétaire, des coffres se serraient les uns contre les autres au point qu'il ne restait pas un centimètre carré de mur libre en dehors des embrasures des fenêtres. Le tout comme une exposition à la gloire du Formica. Un bric-à-brac qui venait sans doute de la rue des Sarts à Marcinelle. La vieille dame n'avait pas voulu s'en séparer.

Au milieu de la pièce se trouvait une longue table entourée de cinq chaises. Mme Potelle était assise devant un verre de vin. Elle regardait une petite télé en noir et blanc posée sur un napperon brodé au bord d'une des commodes. C'était l'heure, sacrée à l'époque, des *Chiffres et des Lettres.*

« Maman, voilà un monsieur qui voudrait te parler. »

Mme Potelle a tourné vers moi un visage desséché mais délicat autant que les fleurs dans l'enveloppe d'Adrienne. Dans ses yeux, une lueur d'incrédulité, celle du regard de M. Norbert au Val d'or, la braise un instant ranimée de tous les vieux que personne ne visite plus.

« Monsieur est un parent d'un de tes anciens locataires. »

Potelle avait haussé la voix comme si sa mère était un peu dure d'oreille.

« Bonsoir, madame. Je me présente : Claude Jansens.

— Asseyez-vous, monsieur Jansens, m'a enjoint Potelle en me désignant une place à la table. Je ferme la télé, maman, si tu permets. »

Il a éteint d'autorité le petit récepteur tandis que je tirais une chaise en face de Mme Potelle, attendant qu'elle m'adresse la parole. Mais le fils a repris aussitôt : « Maman est une grande fan de Julien

Lepers. Vous voulez prendre quelque chose, monsieur? Maman a l'habitude de boire son petit chianti à cette heure-ci, n'est-ce pas, maman? Un chianti?

— Non, non, je vous remercie.

— Allons, vous lui feriez plaisir. Je descends vous chercher un verre. Ou autre chose si vous voulez, une bière, une limonade?

— Comme madame, si vous insistez.»

Potelle s'est retiré sans que sa mère ait manifesté l'intention d'ouvrir la bouche. J'imagine l'humiliation que cela représente d'entendre vos proches commenter vos propres actions devant des étrangers – maman aime ceci..., maman fait cela... – comme si vous étiez un enfant en bas âge ou un demeuré. Je souriais à la vieille dame. J'espérais qu'elle comprenait que j'étais de son côté, que je patientais moi aussi jusqu'à ce que Potelle ait terminé son numéro de fils attentionné. Quand la porte s'est refermée, elle a soupiré. Je me suis excusé : «Je vous empêche de voir votre émission.

— Ça n'a aucune importance, vous savez.»

Il y avait de la complicité dans sa voix encore très ferme. Cette émission, elle ne la regardait pas comme ma mère se repaissait de *Dallas*. Elle, c'était faute dc micux, apparemment.

«J'aurais aimé vous parler d'une personne qui, sauf erreur de ma part, a loué une chambre chez vous, rue des Sarts. Il s'agit de Calogero Sarto.»

À ce nom, aussitôt, elle a dressé l'oreille.

«Vous vous souvenez de Calogero?»

Ses traits se sont détendus, ses yeux brillaient.

« Si je m'en souviens ? Mais, bien sûr... Calogero...

— Il a habité chez vous ?

— Deux ans, oui, presque trois. Il est venu chez moi tout de suite en arrivant d'Italie, en descendant du train, je dirais. Je le vois encore avec sa valise tout élimée.

— Il était mineur ?

— Comme tous les autres. Oh, un bon ouvrier, pour ça ! Vous êtes de sa famille ?

— Pas exactement. Calogero fréquentait ma tante.

— Votre tante ? C'était qui, votre tante ?

— Adrienne Jansens.

— Ça ne me dit rien. »

Une tante, a priori, quand un type de vingt-neuf ans la mentionne, c'est une personne d'un certain âge. Mme Potelle devait chercher une femme de ce genre dans sa mémoire. J'avais apporté quelques photos de l'enveloppe d'Adrienne, je m'apprêtais à les lui montrer quand Potelle est revenu tenant mon verre de chianti à la main. J'aurais pu m'étonner qu'en dépit de toutes les armoires contre les murs de la pièce, il n'y avait pas de place pour ranger une fiasque et deux verres. Une attention supplémentaire de Potelle fils, naturellement, qui veillait en bon pharmacien au régime de maman : un verre, ça passe mais, quand on perd la notion du temps, on se paierait trois apéritifs par jour !

« Voilà, monsieur Jansens. Alors, maman s'est souvenue de votre parent ?

— Oui. Parfaitement.

— Ah, très bien, maman ! »

Mme Potelle n'a pas réagi. Il a fait le tour de la table et s'est placé derrière elle. D'un geste affectueux, il a posé ses mains sur ses épaules.

« Ma petite maman est une femme très courageuse, vous savez, monsieur Jansens. Elle n'a garde de vous le dire elle-même, elle est bien trop modeste. Elle vous a expliqué pourquoi elle louait notre deuxième étage ?

— Non. Pourquoi ? »

Je fixais Mme Potelle en face de moi, pour l'inciter à répondre elle-même. Mais, visiblement, elle ne voulait pas priver son fils de son intermède sentimental. D'ailleurs, elle portait son verre à ses lèvres et, du même mouvement, m'invitait discrètement à trinquer avec elle.

« Mon père a été victime d'un accident dans la mine en 1948. Un éboulement. Des choses qui arrivent, enfin qui arrivaient. Ses camarades l'ont dégagé, mais il a fallu plus d'une heure. Donc, maman s'est retrouvée veuve avec trois grands fils qui faisaient des études. Rare, très rare pour des fils de mineurs, mais papa avait juré qu'il serait la dernière gueule noire d'une lignée qui en comptait quatre générations. Bien sûr, elle touchait une petite pension et, pour l'aider, nous avons toujours travaillé, tous les trois, pendant nos études. Mais ce n'était pas suffisant. Elle a loué une chambre, toujours à des mineurs, en souvenir de papa. Quand j'ai quitté la maison pour m'installer ici, en 1953 – j'étais le plus jeune, le dernier à m'en aller –, j'ai voulu l'emmener. Elle a refusé. Elle ne voulait vivre aux crochets de personne. C'est une petite madame qui a son honneur, l'air de rien. Elle préférait se fatiguer à faire son ménage et celui de son locataire. Je vous assure que ça *blinquait* partout. Les araignées n'avaient qu'à bien se tenir. Et, avec ça, elle cuisinait pour deux. Ses pensionnaires étaient comme des coqs en pâte. Ça ne s'est arrêté qu'avec la fermeture des mines. Et, pour l'attirer ici, il a fallu attendre son quatre-vingt-cinquième anniversaire. Mais, maintenant, c'est elle, le coq en pâte, n'est-ce pas, maman ? »

Elle n'a pas répondu. Tout de même, elle a souri, bien que son fils ne pût la voir. Il s'est penché et l'a embrassée sur ses cheveux ramassés en chignon, striés de fils blancs.

« Votre parent, c'était lequel des locataires ? »

Je n'ai pas eu le temps d'ouvrir la bouche, elle s'est entremise précipitamment : « Tu ne l'as pas connu, c'était après ton départ. »

Alors, comme s'il avait enfin compris qu'il dérangeait, Potelle s'est esquivé.

« Eh bien, je vous laisse causer... »

Et avant de franchir la porte : « On soupe dans une demi-heure. Je viendrai te chercher. »

Il est sorti.

« Mon fils m'aime beaucoup, a concédé Mme Potelle. J'ai de la chance, il est très gentil. »

Je suppose que bien des bêtes sauvages dans les zoos se féliciteraient pareillement de leur gardien.

J'ai sorti de ma poche les photos de l'enveloppe. D'abord une sur laquelle Calogero était seul. Mme Potelle a ouvert le tiroir de la table, elle en a retiré un étui à lunettes. Elle les a chaussées et aussitôt a murmuré : « Mon Dieu, Calogero... »

Ses doigts qui s'étaient emparés du cliché dentelé tremblaient légèrement. Ses paupières battaient comme si elle allait pleurer.

« Vous le reconnaissez ?

— Bien sûr, bien sûr... Pauvre garçon... »

J'ai avancé une autre vue où Calogero et Adrienne cette fois étaient ensemble.

« Et celle-ci, madame Potelle ? »

Une larme se frayait un chemin dans le sillon entre sa joue et son nez. Elle a tiré un petit mouchoir de sa manche pour l'essuyer, mais elle ne me répondait pas. J'ai ajouté les autres photos où on voyait Adrienne et Calogero enlacés devant l'hôtel L'Écluse. Je les poussais une à une à travers la table jusqu'à elle. Chacune semblait provoquer une nouvelle larme, qui s'écoulait en un maigre filet, comme d'une source presque tarie.

« Ça vous dit quelque chose, madame Potelle ?

— Ce sont mes photos. Je les reconnais, mes photos.

— Vos photos ?

— Je suis allée les retirer chez Courtois.

— Quel Courtois, madame Potelle ?

— Le photographe de l'avenue Paul Pastur. Je me souviens très bien. Il n'a pas voulu que je les paie. »

C'était assez confus, mais ce qu'il me tardait d'apprendre, c'était ce que Mme Potelle savait d'Adrienne.

« La jeune fille, vous la reconnaissez aussi ?

— Oui, oui.

— C'est ma tante. »

Elle a levé des yeux désappointés, puis elle a secoué la tête pensivement. Elle prenait conscience certainement que le temps avait filé depuis le jour où ces photos avaient été prises. La belle jeune fille avait eu tout le loisir de se transformer en une vénérable tante.

« C'est ma tante Adrienne. »

Froncement de sourcils.

« Adrienne... Calo l'appelait Angelina plutôt.

— Oui, vous avez raison. Vous l'avez connue ?

— Elle est venue ici avec sa maman. Elle était là, à la table, en face de moi, et sa maman, à côté d'elle. Elle avait un imperméable beige, sa maman.

— Ici ? Chez votre fils ? »

Elle a secoué la nuque, un mouvement de contrariété contre elle-même.

« Non, je veux dire rue des Sarts, bien sûr. Oh, je me rappelle comme on a pu pleurer toutes les trois.

— Pourquoi pleuriez-vous, madame Potelle ?

— À cause de Calogero, évidemment.

— Qu'est-ce qui se passait avec Calogero ?

— Eh bien, la catastrophe...

— Quelle catastrophe ?

— Le Bois du Cazier. Tous les mineurs qui y sont restés, vous savez bien. Plus de deux cent cinquante. On a attendu Calogero des jours. Il n'est jamais remonté... Pauvre Calo... »

À nouveau, des larmes sont accourues. Sa poitrine se soulevait douloureusement. J'étais embarrassé. J'attendais que son chagrin s'apaise, ne sachant que faire. J'avais encore un tas de questions à poser mais, tout à coup, Potelle est revenu la chercher pour le souper. Quand il a vu l'état dans lequel j'avais mis sa mère, il s'est précipité.

« Maman, maman ! Qu'est-ce qui se passe ? »

Il s'est agenouillé près de sa chaise. Une drôle de scène, ce vieux petit garçon au crâne dégarni, qui couvait sa maman de ses yeux désolés, qui tentait de lui attraper les mains. Il s'est retourné vers moi, le front brusquement assombri.

« Écoutez, monsieur Jansens, ma mère est une vieille dame fragile. Ce n'est vraiment pas la peine de la faire pleurer. »

Puis, avisant les photos sur la table : « C'est à vous ? »

Est-ce que c'étaient mes photos ou celles de Mme Potelle, comme elle l'avait affirmé, j'aurais pu hésiter désormais.

« Oui, c'est à moi.

— Eh bien, reprenez-moi tout ça et laissez maman en paix, je vous prie. »

J'ai rassemblé les photos, je me suis levé.

« Tout à fait navré, madame Potelle.

— Je vous raccompagne, monsieur », a coupé Potelle.

Il s'est redressé, m'a accompagné. Dans l'escalier, il m'a averti hargneusement : « Je ne vous invite pas à vous représenter chez moi, vous l'avez bien compris, j'espère. »

10.

Toute personne de la génération de mes parents en présence de laquelle on aurait fait allusion à un mineur italien présent à Marcinelle dans les années cinquante aurait immédiatement pensé à la catastrophe du Bois du Cazier. Je suis né en 1965, j'en ai entendu parler dans mon enfance, c'est-à-dire dans la décennie suivante mais, pour moi comme pour tout le monde, je crois, les événements antérieurs à ma naissance se perdent dans un flou artistique. Je n'aurais pas pu dater la catastrophe avec précision et, quand je m'étais rendu à la rue des Sarts, d'où j'avais cependant aperçu les chevalements de la mine en question, je n'avais pas plus songé au drame qui s'y était passé qu'un automobiliste sur la N5 près de Ligny ou de Waterloo ne songe aux milliers de cadavres qui couvraient sa route il y a deux cents ans. Le temps, à la longue, a raison des pires horreurs.

Pourtant, en fait d'horreurs, le Bois du Cazier n'y était pas allé de main morte. Le 8 août 1956, à huit heures onze du matin, fausse manœuvre dans un ascenseur : les deux wagonnets engagés arrachent des câbles électriques, crèvent une conduite d'huile sous pression, déchirent l'arrivée d'air comprimé. Un feu d'enfer se déclenche. Les flammes ravagent les deux puits d'accès au fond. Impossible d'envoyer les secours. La fumée mortelle envahit les galeries.

Ce jour-là, on sauve une poignée d'hommes. Ensuite, on n'extraira plus que des morts. Des jours durant, les femmes alertées dès le début par le hurlement des sirènes s'accrochent aux grilles fermées du charbonnage, espérant une cavité, une poche, un trou de rat où l'homme aimé aurait pu s'abriter. Le 23 août, un sauveteur, remontant exténué, leur lance dans un sanglot : « *Tutti cadaveri...* » C'est fini. Plus aucun espoir. Deux cent soixante-deux mineurs ont péri, dont cent trente-six Italiens, des immigrés venus travailler en masse en Belgique, parfois par villages entiers, comme les vingt-deux victimes de Manoppello, dans les Abruzzes.

Calogero était donc mort avec ses camarades le 8 août 1956. Le jeune homme qui s'était enivré de l'air marin et de l'amour d'Adrienne avait succombé, asphyxié à mille mètres sous terre. Lui qui magnifiait si bien la beauté du monde en surface ne devait jamais la revoir.

Est-ce qu'Adrienne avait serré dans ses poignets délicats les barreaux de la grille du charbonnage ? Probablement. Quelle ironie cruelle, cette grille où elle se retrouvait, comme derrière celle de l'Institut des Dames de Saint-André, quand Calogero venait la voir en cachette ! J'imaginais que, prise de pitié, sa mère l'avait accompagnée malgré son père. Mme Potelle les avait reçues. Elle lui avait rendu ses lettres, elle lui avait donné les photos, qu'elle appelait *ses* photos, parce qu'elle avait trouvé le rouleau de pellicule sans doute en rassemblant les affaires de Calogero et l'avait fait développer.

Quelques scènes du passé d'Adrienne m'apparaissaient ainsi, comme extraites d'un film, séquences morcelées d'une sorte de bande de lancement. Mais le scénario lui-même m'échappait. Comment relier les plans épars de l'épisode Calogero avec les scènes où Adrienne guettait Colbers au Cabaret vert? Les seules personnes qui devaient en savoir davantage, je ne pouvais plus les interroger. Mme Colbers refusait de me recevoir. Mme Potelle aurait eu sans doute d'autres révélations à me faire, l'émotion l'en avait empêchée, mais son fils m'avait pour ainsi dire fichu à la porte.

J'étais découragé. Qui pourrait m'aider? À la fin de la semaine, en rentrant à Vieusart, j'ai décidé de me rabattre sur mon père. Il savait certaines choses, je le sentais, des choses qui irritaient ma mère visiblement. Il fallait que j'arrive à lui parler seul à seul.

Le samedi, vers cinq heures, je suis allé jusqu'au café Chez Leduche, où les musiciens de la fanfare ouvrière avaient l'habitude de prendre un verre après la répétition. Ils étaient une dizaine, installés autour des petites tables rondes à trépied sur lesquelles reposaient les instruments les moins volumineux. Les autres, posés par terre, encombraient le passage. Ça parlait haut et fort, comme de juste pour des gens qui avaient été obligés de tenir leur langue pendant une heure et demie. Les fumeurs fumaient à qui mieux mieux, ils rattrapaient le retard. Un brouillard bleuâtre montait au plafond. Mon père était assis au fond, en compagnie de son ami Binauche, le boulanger trombone.

« Tiens, te voilà, toi ! »

Je ne venais jamais Chez Leduche. La dernière fois que j'y avais mis les pieds, c'était après l'enterrement d'Adrienne, quand la famille avait fait servir le café et le gâteau des morts pour les gens venus à l'office. Sinon, qu'est-ce que j'aurais fait dans un bistrot le plus souvent désert ? Mon père était aussi étonné que Binauche qui cherchait une plaisanterie.

« Tu viens t'inscrire à la fanfare ?

— Vous recrutez ?

— Un triangle. »

Je me suis assis. Mon père a adressé un signe à la petite serveuse, une jeune fille dont les cheveux queue de vache reproduisaient exactement ceux de la patronne derrière la pompe à bière. Elle secondait sa mère sans doute, vu l'affluence. J'ai commandé une chimay bleue.

Je n'avais encore avalé qu'une ou deux gorgées quand les soifs de toute la fanfare se sont trouvées étanchées. Les musiciens se levaient les uns après les autres. Binauche aussi a pris le large. Mon père attendait que je finisse. J'ai reversé un peu de mon verre dans son verre vide.

« Je voulais te parler.

— Ah ?

— À propos d'Adrienne. »

Il a opiné de la tête, comme si, en fait, il avait deviné depuis mon arrivée la raison de ma présence.

« Est-ce que tu savais qu'elle avait connu un type, quand elle était pensionnaire chez les bonnes sœurs à Bruxelles ?

— Un type ? Quel type ?

— Un Italien qui s'appelait Calogero Sarto.

— Non...

— Un mineur... Il est mort au Bois du Cazier en 56.

— Ça ne me dit rien. »

Mon père semblait intrigué, sincère certainement, vaguement contrarié aussi.

« "Connu" cet Italien : qu'est-ce que tu veux dire ?

— Elle était sa petite amie.

— Tu es sûr ?

— Tout à fait. Adrienne m'a laissé des papiers. Julie me les a remis l'autre jour. Il y avait des lettres. Des lettres d'amour.

— D'amour ? De ce type ?

— Mais oui. »

J'observais le visage de mon père qui se rembrunissait de plus en plus. Ce que je lui apprenais ne lui plaisait pas, cela crevait les yeux. Je n'ai pas voulu en rajouter. J'ai passé les photos sous silence.

« Alors, comme ça, Adrienne t'a laissé des papiers ?

— Oui.

— À toi ?

— Ben, oui. »

Il est resté un moment silencieux, les lèvres pincées, les yeux rivés à son cornet qu'il avait posé sur la chaise abandonnée par Binauche.

« Elle n'avait rien laissé... pour moi ?

— Pour toi ? Non... Enfin, je ne sais pas. Julie ne m'a rien dit. Peut-être...

— Oh, c'est bon, va. Je demandais juste comme ça. »

Il était tout remué.

« Bois un coup, papa. »

Il a avalé le fond de son verre. J'ai redemandé deux chimays, il n'a pas protesté. Cette fois, c'est la patronne qui nous a servis, sa fille s'était éclipsée.

« On ne te voit pas souvent, Claude.

— Le travail... »

Devant elle, mon père a repris contenance. Il a entamé son verre, a passé la main sur la mousse qui s'accrochait aux poils de sa barbe toujours un peu négligée autour de sa bouche, puis il a recommencé lentement, avec des pauses, comme pour ménager son souffle.

« Je ne savais pas qu'elle avait connu quelqu'un. Quand je l'ai rencontrée, je t'ai expliqué, hein, c'était dans les réunions de la JOC avec ceux de la JEC. En 58. Elle était en dernière année dans une école à Waterloo. Pas à Bruxelles. En tout cas, je ne crois pas. Elle n'a jamais parlé de cette histoire avec un mineur. Ni de rien d'autre d'ailleurs. Pourquoi l'aurait-elle fait ? D'autant qu'il était mort, son bonhomme. C'est bien ça, ce que tu m'as dit ? Il était mort ?

— Oui, dans la catastrophe.

— Elle était drôlement jeune alors, quand elle lui écrivait. En 56, elle avait quoi ? Seize, dix-sept ans ?

— Calogero était jeune, lui aussi.

— Tout de même, il devait avoir quelques années de plus qu'elle. Les Italiens, on les a vus à l'époque, ce n'étaient pas des gamins. Ils venaient avec femme et enfants. Il était marié ?

— Non.

— Encore heureux... Eh bien, tu m'en apprends. Je ne savais rien de tout ça. Rien du tout... J'aurais jamais pensé... »

Je commençais à me rendre compte qu'il n'y aurait pas grand-chose à tirer de mon père. Il ignorait tout de la vie d'Adrienne avant que lui et son frère André ne la rencontrent à ces réunions des mouvements catholiques. J'aurais pu m'en douter. Tous ces jeunes qui se retrouvaient pour une journée ne passaient pas leur temps à se raconter leur vie.

J'imagine bien comment se déroulaient leurs réunions. Moi-même, j'y suis allé, des années plus tard, ça ne devait pas être très différent. Un prêtre, style branché, faisait un speech, de préférence sur les relations entre les filles et les garçons, après quoi, on se réunissait par groupes pour discuter. C'étaient les « carrefours ». Ou bien on regardait un film, on écoutait des chansons engagées et le carrefour s'appelait un ciné-forum ou un disco-forum. Les confidences, ce n'était pas à l'ordre du jour. De toute façon, dans tous ces échanges, il y avait souvent plus de frime que de franchise.

Si Adrienne s'était épanchée, c'était évidemment auprès d'André, quand elle l'avait choisi parmi tous les garçons, qu'ils s'étaient fiancés puis mariés. Elle n'avait aucune raison de déballer ses secrets à mon père.

Mais alors, pourquoi mon père semblait-il tellement ébranlé par l'épisode amoureux d'Adrienne et Calogero ? Il avait quelque chose sur le cœur, quelque chose qu'il gardait pour lui depuis trop longtemps. Est-ce par l'effet de ce tête-à-tête inattendu avec son fils habituellement si distant, ou par la vertu de la troisième chimay bleue qu'il était occupé à éponger ? tout à coup, il s'est jeté à l'eau.

« Tu as bien compris, je suppose, Claude ?

— Compris quoi ?

— Moi et Adrienne.

— Je... je ne sais pas.

— Ne fais pas semblant. J'étais fou d'elle... »

Il a levé les yeux. Ce n'était plus son air de chien battu. Il y avait même une sorte de défi dans son regard.

« Quand je l'ai vue pour la première fois au foyer Don Bosco à Charleroi, j'étais... Comment est-ce que je pourrais te dire ? J'avais l'impression que mon cœur voulait sauter hors de ma poitrine. Elle n'était pas comme les autres. Plus âgée déjà. Elle avait redoublé une année, à cause d'une maladie, je croyais. Évidemment, après ce que tu viens de me dire, j'imagine que c'était une dépression plutôt. Elle était calme, réservée, timide même. Pas du tout à glousser comme la plupart de ces filles de bourgeois que ça excitait de se trouver avec nous autres. La vie lui avait déjà administré une fameuse leçon. Elle ne regardait pas les ouvriers comme des bêtes curieuses. Forcément, après avoir fréquenté un mineur. Tu imagines ? C'est seulement maintenant que je comprends. Il a fallu presque quarante ans. Quarante ans ! Je n'osais pas lui parler. Il fallait toujours que je remorque André avec moi.

— Et c'est ainsi qu'elle et André...

— Mais non ! Elle n'aimait pas André. Elle ne l'a jamais aimé. C'est moi qu'elle aimait.

— Dans ce cas, pourquoi s'est-elle mariée avec André ?

— Je ne sais pas. Je n'ai jamais compris. Un jour, elle m'a dit : "Écoute, Roger, je préfère que ce soit clair, je vais épouser ton frère. Ne me demande rien." Maintenant, avec ce que tu me racontes... À cause de cet Italien, peut-être.

— Comment ça ?

— Pour ne pas tuer son ancien amour avec un nouvel amour, pour que rien ne l'efface jamais. Elle a préféré faire sa vie avec quelqu'un qu'elle n'aimerait jamais. André, elle l'aimait "bien" seulement, comme un brave gars, sans plus. »

Abasourdi, j'entendais la confession d'un homme qui brusquement venait de découvrir au bout d'une vie à se creuser la tête la clé du mystère qu'il avait cherchée en vain. Depuis des années déjà, je n'éprouvais plus de réelle affection pour mon père. Parfois seulement, le souvenir de mon amour d'enfant me revenait et me provoquait de fugitifs attendrissements. De son côté, il avait pris ses distances vis-à-vis de moi, sans doute parce que je n'incarnais pas le modèle de virilité qu'il avait vainement rêvé pour lui-même. À ses yeux, je l'ai dit déjà, j'étais une poule mouillée vu que j'aurais été incapable d'ôter la vie à ses volailles ou ses lapins. Sans la mort d'Adrienne, nous n'aurions jamais eu de véritable conversation, jusqu'à sa propre disparition. Je découvrais la souffrance qui l'avait rongé et qu'il avait gardée pour lui depuis sa jeunesse. Il me faisait pitié.

Je l'ai déjà dit : on passe sa vie avec des étrangers. Plus on est proche, moins on s'interroge. On n'imagine pas un instant qu'un être aussi banal qu'un père que l'on croit connaître comme sa poche ait quelque chose à nous cacher.

Après un moment, la gorge serrée, j'ai repris pour le réconforter :

« Mais, tout de même, tu as rencontré une autre femme, tu as eu maman... »

Il m'a regardé de bas en haut, avec un sourire sarcastique.

« Ça, oui, tu peux le dire, j'ai eu ta mère ! Heureusement... »

Je me suis aperçu que la patronne occupée au comptoir à essuyer les verres de la fanfare tendait l'oreille vers nous depuis un bon moment. Je me suis levé, je suis allé régler. Mon père a compris. Il a terminé sa bière, a repris son cornet sous le bras et nous sommes rentrés à la maison.

J'avais pensé lui parler de Colbers, j'y ai renoncé. Si Adrienne ne l'avait pas mis dans la confidence à propos de Calogero, elle ne lui avait certainement pas avoué que Vanhout n'était pas son vrai père, à supposer d'ailleurs qu'elle l'ait déjà su à l'époque. De toute façon, mon père faisait tellement peine à voir que je m'en serais voulu de continuer à lui tirer les vers du nez.

À la maison, il s'est tout de suite réfugié dans la cabane du jardin où il est resté cloîtré jusqu'au souper. Ma mère s'activait à la cuisine. Sur la table, elle avait étendu les pages sportives du journal, que personne ne lisait, et elle avait posé toutes les chaussures du ménage dessus. Elle s'apprêtait au cirage hebdomadaire.

« Où étais-tu passé ?

— Chez Leduche.

— Ah ? Bien... »

Elle a dû se mordre la langue pour ravaler ses habituelles railleries. Une lueur d'espoir matrimonial la retenait sans doute, du côté de la fille aux cheveux queue de vache.

« N'oublie pas les contributions. »

Avant que je ne sorte pour me rendre au café, elle m'avait signalé que la feuille des impôts était arrivée. C'est moi qui la remplissais. Tout document officiel à compléter faisait peur à mes parents, ils le soupçonnaient de contenir des traquenards destinés à piéger les gens simples. J'étais donc délégué à la totalité de la paperasse des taxes, des assurances, des pensions, sous prétexte que je disposais du brillant diplôme d'aide-pharmacien.

Je me suis installé au scriban qui se trouvait à côté du poêle dans la grande place. La déclaration a été expédiée en cinq minutes. Quelques cases à remplir. À part leur pension, mes parents n'avaient aucun revenu.

Une fois la feuille dans l'enveloppe officielle, je suis resté là, à réfléchir devant ce meuble qui contenait toutes les archives de la maison. J'ai ouvert les tiroirs, un à un. Je n'avais jamais eu l'idée de les explorer auparavant. J'espérais vaguement dénicher quelque chose en rapport avec les révélations de mon père. Tout ce que j'ai trouvé, c'étaient des factures, des extraits de compte chèque postal, des bordereaux d'emprunt, des contrats d'assurance, des garanties – la plupart périmées –, des recommandés des ACEC et des Forges de la Providence, trois carnets d'épargne, ceux de mes sœurs et le mien avec un dépôt de cinquante francs à la date de notre naissance, un fatras d'autres pièces du même genre. Rien d'intéressant.

De quoi fournir peut-être à un historien, dans un futur éloigné, matière à réaliser une étude passionnante. Il pourrait publier une monographie intitulée : « Les époux Jansens, un ménage type du Borinage à la fin de l'ère industrielle ». Il conclurait avec aplomb que les prolétaires de cette époque avaient tout de même disposé de moyens modestes, qui les avaient maintenus à l'abri du besoin, et qu'ils avaient coulé des jours relativement heureux, sans trop se soucier de la disparition prochaine de leur monde.

En réalité, ce savant ne saurait pas le premier mot de ce qui avait occupé l'existence de mes parents. Mon père avait aimé toute sa vie une femme qui n'avait pas voulu de lui. Il avait épousé ma mère par dépit. Elle le savait, peut-être dès le début, ou elle l'avait compris ensuite. Comment n'aurait-elle pas détesté Adrienne ? Adrienne, de son côté, avait vécu avec André qu'elle n'aimait pas non plus, selon mon père.

Incroyable ? Jusqu'à ce jour-là – je répète que j'avais vingt-neuf ans –, j'avais naïvement cru que les gens se mariaient avec les gens qu'ils aimaient. D'accord, ça arrive. Mais, depuis, j'ai constaté qu'il arrive aussi bien souvent qu'on épouse des gens qu'on n'aime pas. Il suffit, au sein d'une petite bande de jeunes, qu'une seule personne fausse le jeu des sentiments pour que toutes les relations s'effondrent en cascade, comme des dominos.

C'est ce qui était arrivé avec Adrienne. Adrienne avait aimé Calogero. Elle brûlait du feu d'une première passion, qui sans doute se serait apaisé, peut-être même éteint avec le temps. Mais, au milieu de cet incendie, Calogero avait perdu la vie. La mort l'avait figé dans la figure idéale qu'Adrienne se faisait de lui. Le destin avait sacralisé Calogero.

Après cela, tout autre amour devenait sacrilège. S'il s'en présentait un, il fallait le chasser comme la braise sur la main. Mieux valait se jeter dans les bras d'un homme quelconque, inoffensif, qui exorciserait toute nouvelle passion. À ce prix, la vénération de Calogero pourrait se perpétuer, comme mon père l'avait bien conjecturé.

C'était le culte de l'homme idéal, le héros qu'Adrienne avait cherché plus qu'une autre fille, parce que son père – je veux dire Vanhout, le chirurgien – ne l'aimait pas. Elle le savait ou elle le sentait. Une fille, dans ce cas, ne doute-t-elle pas de sa féminité ? Ne se jettera-t-elle pas avec une reconnaissance éperdue dans les bras du premier homme qui lui montrera de l'intérêt ?

Voilà pourquoi Adrienne s'était vouée de façon si précoce à un simple mineur italien. Elle cherchait un père plutôt qu'un amant. Et, quelques années plus tard, quand elle avait découvert Colbers, elle s'était accrochée à lui avec la même dévotion.

J'ai refermé l'abattant du scriban. Il me semblait qu'enfin, j'y voyais un peu plus clair, malgré tout.

Ma mère nous a appelés pour le souper. La soupe aux pois était dans les assiettes. Mon père est arrivé, très pâle. Il s'est attablé, a avalé lentement quelques cuillerées. Apparemment, ça ne passait pas. Soudain, il s'est levé, s'est précipité à l'extérieur, dans le jardin, où il s'est mis à vomir. La chimay bleue n'a jamais fait bon ménage avec les pois cassés.

Tout de suite, ma mère a couru dehors, près de lui. Elle le soutenait.

« Qu'est-ce que t'as, mon Roger ? Qu'est-ce qui se passe ? »

Il ne répondait pas. Il soufflait en gonflant les joues.

« Respire, respire à fond, c'est ça, m'amour. »

Elle l'a emmené plus loin, jusqu'au banc près des plates-bandes, lui courbé en deux, elle qui le tenait par la taille. Ils se sont assis. Elle lui parlait avec une douceur dont je ne l'aurais pas crue capable.

Depuis le début de cette affaire, je n'avais pas beaucoup pensé à ma mère, sinon pour lui reprocher sa froideur vis-à-vis d'Adrienne. Elle avait l'habitude de me houspiller. C'était une femme énergique, un peu rude. Peut-être autrefois avait-elle compté sur cette force qui était en elle pour se gagner peu à peu l'amour de mon père. Elle l'avait aimé sincèrement toute sa vie, mais ce qu'elle avait pu obtenir, ce n'était qu'une honnête affection. Je crois qu'elle se serait ouvert le ventre avec son couteau à éplucher, même à ce moment-là, à plus de soixante ans, pour mériter enfin l'amour de son Roger.

11.

C'est Madeleine Potelle, la femme du pharmacien, qui m'a rappelé auprès de Mme Potelle mère. La vieille dame voulait me parler. Potelle avait mis son veto, soi-disant que j'avais fait dangereusement monter la tension de sa mère lors de ma visite. Mais elle s'obstinait, elle avait chargé l'épouse de me téléphoner. Je pouvais venir le jeudi soir. De huit à onze heures, Potelle jouait au whist avec des amis dans un café de la basse ville.

Quand je suis ressorti de l'officine, Mme Robert, qui avait comme toujours décroché la première avant de me passer la communication, n'a pas pu s'empêcher de me darder une flèche à sa façon.

« Tu pourrais peut-être donner ton numéro de portable à ces dames, puisque tu en as un ? Suppose qu'il faille un médicament urgent à un malade. Tu accapares la ligne. »

Elle pouvait bien me laver la tête autant qu'elle voulait, j'étais trop content pour songer à lui répliquer. Le rappel de Mme Potelle était inespéré. J'étais dévoré de curiosité. Qu'allait-elle m'apprendre ? J'avais rallumé de vieux souvenirs en elle.

Depuis notre conversation, j'imagine qu'elle avait passé ses journées désœuvrées à les revivre. Personne ne s'y intéressait depuis des années. J'étais le seul. Pour le faire renaître de ses cendres, on a souvent besoin de raconter le passé à quelqu'un. C'est quand on voit s'allumer dans les yeux d'autrui une étincelle d'émerveillement qu'on peut croire soi-même à sa beauté.

Le jeudi soir, j'ai sonné à la porte privée à côté de la vitrine de la pharmacie, sur laquelle le volet était descendu. L'épouse de Potelle m'a ouvert avec des airs de conspiratrice.

« Promettez-moi de ne pas la fatiguer. Si jamais... si jamais..., mon mari ne me le pardonnerait pas. Sa mère, c'est son dieu.

— Ne vous tracassez pas. Je vais seulement l'écouter.

— Bien, bien. Vous êtes gentil. Elle radote un peu, vous savez. Ça fait des jours qu'elle demande qu'on vous fasse venir. Pour Henri, pas question. Je pensais qu'elle allait se lasser. Mais, à cet âge-là, ils font des caprices, pires que des enfants gâtés. Ça tourne en idée fixe. Enfin, on ne sait pas comment on sera, n'est-ce pas ? »

Elle m'a introduit chez sa belle-mère, mais elle n'est pas restée. Le jeudi, à la télé, c'était le jour de Maigret avec Bruno Cremer. À cause de mon arrivée, elle avait déjà raté le début de l'épisode. Mme Potelle mère, elle, n'avait pas allumé son petit poste noir et blanc. Elle m'attendait.

Il y avait deux vieux fauteuils clubs dans la pièce, pourtant, comme la première fois, elle était assise à la table, sur laquelle était étendue pour l'occasion une nappe au crochet en forme d'étoile. Au milieu, deux verres à pied et une carafe qui ne contenait guère plus que de quoi les remplir. Je l'ai saluée, je me suis installé en vis-à-vis. Son visage semblait avoir rajeuni.

« Je suis si contente que vous soyez venu ! » a-t-elle murmuré. Pour ouvrir la bouche, elle avait attendu que sa belle-fille sorte. Elle m'a fait un signe de tête en direction de la carafe. J'ai rempli les verres.

« Santé, Claude ! Votre petit nom, c'est bien Claude ?

— Oui, madame.

— Hortense. »

Du chianti, comme à ma première visite.

Quand elle a eu reposé son verre, elle a fermé les yeux en renversant un peu la nuque en arrière, comme si elle rassemblait ses idées. Puis elle a commencé.

« Depuis que tu es passé, Claude, je n'ai pas arrêté une minute de repenser à Calogero. C'est comme s'il était revenu. Je le vois, même. Tiens, là, à la place où tu es. Il était si jeune. Comme toi. Quand il rentrait de la mine, on buvait un verre de vin. C'est lui qui m'a appris. Avant, je n'en buvais jamais. Ça ne me disait rien. Le dimanche, du temps de mon homme, on allait chercher deux bouteilles de bière de table au magasin, une de blonde pour lui, et pour les enfants et pour moi, une de brune, de la sucrée. »

Sans s'en rendre compte, elle s'était mise à me tutoyer ainsi qu'elle le faisait certainement quand elle s'adressait à Calogero. Elle parlait lentement, avec des pauses, pendant lesquelles ses yeux, pleins de la même douceur qu'ils devaient avoir pour cet homme, se reportaient sur moi, afin de juger peut-être de l'effet de ses confidences. Puis elle reprenait. Sa tête, alors, s'inclinait sur le côté, son regard semblait considérer quelque chose d'invisible, réfugié dans les coins obscurs de la pièce.

Il y avait tant d'émotion, de pudeur dans ses paroles que je n'ose pas les recomposer, de peur de les défigurer. Peu à peu, j'ai senti ce que Calogero avait pu représenter pour elle, veuve depuis cinq ou six ans, qui avait élevé ses trois garçons en se saignant aux quatre veines et s'était retrouvée seule dans sa maison de la rue des Sarts, lorsque le pharmacien frais émoulu de l'université s'était installé rue de Turenne. Elle avait cru que sa vie était finie.

À cette époque-là, la plupart des filles se mariaient avant vingt ans. Elles consacraient leur vie à leur foyer, aux enfants. À cinquante ans, elles étaient usées. Elles se trouvaient vieilles. Elles adoptaient la tenue qui seyait à ce crépuscule, sombre ou du moins grise, de quoi se fondre dans le décor. Adieu Hortense, bonjour mam' Potelle.

Voilà ce qu'elle allait devenir quand un type jeune, le teint basané, les cheveux noirs tirés en arrière a sonné à sa porte. Il portait un manteau qui descendait jusqu'à ses mollets et, à la main, une valise avec une étiquette attachée à la poignée par une cordelette.

« Pardon, madame, *parlo* pas bien français. La chambre, je prendrai. »

Sur la fenêtre en façade, en effet, une affichette manuscrite indiquait : *Chambre à louer.*

Mme Potelle a d'abord hésité.

« Italien ?

— *Si, si !*

— C'est quatre cents francs. Vous pouvez payer ? »

Le mot « francs », au moins, n'avait pas échappé à la compréhension de Calogero. Alors, il a déposé la valise par terre et a extrait un portefeuille des profondeurs de la poche intérieure de son pardessus. Il en a sorti un billet de mille francs qu'il a voulu fourrer aussitôt entre les mains de Mme Potelle.

« Non, non ! C'est trop !

— *Troppo ?*

— Oui, vous paierez plus tard. »

Elle n'a pas pu se retenir de sourire de la déconvenue du jeune homme. Elle l'a fait entrer. Sa naïveté l'avait déjà convaincue. Il a visité le deuxième étage en répétant : « *Bene, bene, tutto bene...* » De sa poche, il a encore sorti son contrat d'embauche au Bois du Cazier. Mme Potelle lui a dit de s'installer pendant qu'elle redescendait préparer du café.

Calogero n'était pas comme les autres Italiens qui venaient en famille et comptaient s'établir en Belgique. Ceux-là avaient trouvé à se loger provisoirement dans les abris de fortune que les charbonnages leur avaient indiqués. C'étaient le plus souvent des baraquements construits après la guerre pour les prisonniers allemands condamnés à la mine. Calogero n'avait ni femme ni enfants.

Il avait accompli son service militaire dans la marine italienne. Il avait navigué, il avait vu le monde, du moins un morceau suffisant pour ne plus s'effrayer de partir à l'aventure. S'il fallait le croire, il avait économisé sur sa solde. En tout cas, il s'était procuré assez d'argent d'une manière ou d'une autre pour partir en Belgique. Selon l'Ufficio di collocamento, les mineurs y gagnaient de l'or en barre. Deux ou trois années à faire la taupe et il rentrerait en Italie, fortune faite.

Calogero était gai. Il chantait, au début à mi-voix, jusqu'à ce que Mme Potelle lui dise de ne pas se gêner. Tandis qu'elle préparait la table, le matin, elle s'arrêtait de tourner la manivelle du moulin à café pour l'écouter. Très vite, elle l'avait convaincu de prendre avec elle ses repas avant et après le travail. Elle lui confectionnait les copieux casse-croûte dont il avait besoin au fond.

Albert, le mari de Mme Potelle, était un brave type. Bien des familles ouvrières leur enviaient leurs trois fils dont ils avaient fait des bourgeois. Les garçons vénéraient leur mère. Elle pouvait être fière d'avoir mené à bien seule ce qu'elle avait commencé pour eux avec Albert. Mais, tout ce qu'elle avait accompli, elle l'avait accompli par devoir. Tout, y compris le bref rite conjugal auquel son mari tenait le samedi soir autant qu'aux bouteilles de bière du dimanche midi.

Pour la première fois de sa vie, elle entrevoyait qu'on peut s'occuper de quelqu'un par plaisir. N'était-ce pas trop tard ? Elle sentait le ridicule des pensées nouvelles qui l'envahissaient. Pourtant, quelques mois après l'arrivée de Calogero, sous prétexte que le printemps s'annonçait, elle était allée jusqu'à Charleroi et avait acheté un coupon de tissu imprimé dont les petites fleurs violettes, gaies, mais pas criardes du tout, lui avaient plu. Et elle s'était cousu une robe légère, à manches courtes, bien prise à la taille, car, même à cinquante ans, elle était restée mince.

L'après-midi où elle l'avait terminée, elle l'avait essayée dans sa chambre, mais la lumière n'était pas bonne. Elle était redescendue à la cuisine où elle l'avait assemblée tout à l'heure à la clarté de la grande fenêtre pleine de soleil. Elle voulait faire vite avant que Calogero ne rentre, car il n'était pas question tout de même de porter cette robe en semaine. Elle la garderait pour le dimanche.

La robe était vraiment jolie, elle tombait à merveille. Elle pouvait bien l'étrenner quelques minutes encore, le temps de préparer le repas. L'affaire d'un quart d'heure, avec un tablier naturellement pour ne pas l'abîmer. Au bout du quart d'heure, elle avait dénoué le tablier, elle était prête à remonter dans la chambre. Cependant, elle avait encore dressé la table pour sentir le froufrou si léger de la doublure de soie autour de ses jambes.

C'est alors que Calogero était rentré et l'avait surprise dans cette toilette qui la rajeunissait de vingt ans. Son cœur se démenait comme un beau diable : Calogero allait se moquer, ça ne faisait pas un pli... Eh bien, pas du tout ! Il s'était arrêté dans l'encadrement de la porte, souriant, silencieux. Puis il avait murmuré : « *Bellissima...* » Elle aurait voulu rentrer dans un trou de souris.

« Mon Dieu, Calo ! Excuse-moi. Je venais de terminer cette robe, je voulais l'essayer. Je n'ai pas eu le temps de l'enlever. Je vais aller me mettre autre chose, ne t'inquiète pas.

— S'il vous plaît, Hortense, ne change pas.
— Ce sera pour dimanche.
— Non, non, garde-la *asteûre.*
— Maintenant ?
— *Si,* pour moi... »

Déjà, il se débrouillait très bien en français. Il y mêlait des mots wallons qu'elle corrigeait par réflexe, comme elle s'y était toujours évertuée avec ses garçons, dans l'idée que le wallon était vulgaire.

Et donc, elle avait cédé, à condition néanmoins de pouvoir passer un gilet sur ses bras nus. Ils avaient soupé puis, après la vaisselle, un autre événement remarquable avait suivi. À la radio, l'émission *Voulez-vous danser ?* venait de commencer. Calogero avait poussé la table de côté et il avait invité Hortense. Ils avaient valsé trois ou quatre morceaux, pas plus, parce que la tête lui tournait : elle n'avait pas dansé depuis une éternité. Les bras de Calogero autour de sa taille, sur ses épaules, sa joue si proche, son souffle qu'elle respirait par moments, toute cette vigueur musclée à laquelle elle s'était abandonnée en fermant les yeux, c'était plus qu'un retour à la vie, c'était comme si elle la découvrait sans l'avoir jamais connue. Elle devait s'asseoir, reprendre sa respiration.

Je conçois sans peine les ricanements que provoqueraient de nos jours les émois d'Hortense. Refilez cette scène à un cinéaste, il vous expédie illico Hortense et Calogero sur un canapé, voire sur la table de cuisine, pour une partie de jambes en l'air, avec bruits de succion et ahanements en *Dolby Stereo.* L'actrice a cinquante berges ? Pas de problème ! Au contraire, elle rêvait de prouver à son cher public qu'elle avait encore de quoi lui rincer l'œil.

Ça ne se passait pas ainsi en 1954. Hortense, bien entendu, n'a jamais couché avec Calogero. Cela ne lui serait même pas venu à l'esprit. N'empêche qu'elle l'avait aimé vraiment. Seulement, le sexe, pour elle, n'aurait pu exprimer la sorte d'amour qu'elle ressentait pour lui. L'usage qu'elle en avait eu avec Albert l'avait définitivement disqualifié pour l'admiration, la tendresse, la complicité qui la liait au jeune homme.

Surtout, elle ne voulait pas le mettre en cage. Elle comprenait très bien qu'il recherche la compagnie de femmes beaucoup plus jeunes. Le week-end, le plus souvent, il disparaissait. Il ne dormait pas dans sa chambre. Il se payait des virées, pas seulement en Belgique, mais en France, en Allemagne, en Hollande. Toutes les frontières, ici, sont à un jet de pierre. Ça lui rappelait les relâches du temps de son service dans la marine. Le lundi, il racontait ses aventures à Hortense. Elle en riait car elle le croyait trop sentimental pour pousser ses flirts trop loin.

C'est ainsi qu'un jour, il lui avait parlé d'Angelina. Un dimanche, au début de la dernière année de sa vie, il était allé au cinéma à Waterloo, où il y avait une salle de ciné-club qui proposait régulièrement des films italiens. Quel film il voulait voir, Mme Potelle ne s'en souvenait plus. En consultant le lendemain *L'Encyclopédie du cinéma* de Boussinot, j'ai trouvé qu'il s'agissait probablement du chef-d'œuvre de Fellini, *Il Bidone*, sorti en février 1956, un de mes films préférés.

Deux jeunes filles avaient pris place dans la même rangée que Calogero, à quelques sièges, sur sa droite. Juste avant que le noir ne se fasse, celle qui était la plus proche avait tourné son visage vers lui. Et, prétendait-il à Hortense, à l'instant, il avait ressenti une secousse dans la poitrine, comme si son cœur s'était bloqué. Sa vie était restée suspendue, en dehors du temps, peut-être une seconde seulement, mais pas une seconde ordinaire, une seconde d'éternité, pendant laquelle seule la jeune fille avait existé. Lui-même avait disparu dans le néant d'avant la venue au monde et, quand il en avait émergé, il savait qu'il venait de naître à une autre vie.

Pendant toute la projection, il regardait à la fois le film sans essayer de le comprendre et, du coin de l'œil, le profil de la fille balayé par les réverbérations mouvantes de l'écran. Une émotion inconnue se répandait dans son corps entier, comme la chaleur quand on rentre du froid, ou les picotements sur la peau quand les effets d'une anesthésie se dissipent. Il ne savait comment nommer cette impression. « Amour » n'aurait pas convenu, il avait déjà si souvent utilisé ce mot, puis s'en était débarrassé. Il cherchait quelque chose de vierge. « Vénération » aurait peut-être pu aller. En cherchant à expliquer ce qu'il avait ressenti, il avait confié à Hortense : « C'était comme une apparition. Si un ange apparaît, je crois que c'est la même chose. J'ai vu un ange. »

Lorsque les lumières s'étaient rallumées dans la salle, il s'était levé et tout de suite avait accosté la fille. Il n'avait pas hésité un instant, il ne pouvait être question de timidité et moins encore de séduction. Il faisait juste ce qu'il avait à faire, avec la plus totale soumission à la chance que le destin venait de lui offrir.

Les deux amies avaient accepté un Coca au bar. Ensuite, il les avait escortées dans la rue. Et, quand l'autre les eut quittés à un carrefour, il reconduisit l'ange soudain silencieux jusqu'à l'entrée de la villa de ses parents, où il avait pu voir, fixée à un pilier, une plaque en cuivre lui faisant comprendre que son père était médecin.

« C'était ma tante Adrienne. Son père, le docteur Vanhout, était chirurgien.

— Oui, oui. Devant moi, pourtant, Calo n'a jamais appelé ta tante qu'Angelina. Ah ! ce qu'il a pu m'en parler de son Angelina !

— Ils se voyaient souvent ?

— Il aurait bien voulu. Il est allé dans la famille une seule fois. Ça s'est très mal passé. Angelina était très jeune, trop jeune évidemment. Puis, lui, ce n'était qu'un mineur, italien, par-dessus le marché. Un "macaroni" comme on les appelait en ce temps-là.

— Et, alors, comment ils se sont débrouillés ?

— Ç'a été difficile. Pour qu'il ne puisse plus la voir, les parents ont mis Angelina dans un pensionnat, je ne sais plus où.

— À Bruxelles, chez les Dames de Saint-André.

— Possible. Moi, je lui disais de l'oublier, tu comprends. Cette fille n'était pas pour lui. »

Comment Mme Potelle avait-elle digéré l'idylle de Calogero avec Adrienne ? Quand elle avait tenté de le dissuader, était-ce seulement dans son intérêt à lui, ou pour le faire revenir à elle tout entier? Et lui, Calogero, comment ne voyait-il pas le tourment qu'il lui infligeait en la bassinant avec les péripéties de sa passion? Je me demande s'il a jamais compris ce qu'Hortense ressentait. Entre elle et lui, il y avait le fossé de l'âge. Les attentions qu'il lui témoignait étaient sincères, mais ce n'était qu'un jeu, de berge à berge, comme celui des petits garçons qui déclarent devant la famille : « Un jour, je me marierai avec maman. »

« J'ai lu les lettres qu'ils ont échangées quand elle était à Bruxelles.

— Ah ça! il lui en a écrit, des lettres! Il se mettait là, à côté de moi, avec le *Larousse.* Pour aller plus vite, souvent même, il me demandait d'épeler les mots. »

Épeler des mots d'amour afin que l'homme qu'on aime les envoie à une autre : un supplice plutôt raffiné. Mme Potelle devait se le remémorer, elle a mis un peu plus de temps avant de continuer.

« Les lettres se sont arrêtées aux vacances évidemment. Il ne pouvait pas lui écrire chez elle. Ça explique la bêtise qu'ils ont faite.

— Quelle bêtise?

— Tu sais bien. Elle s'est enfuie avec lui, ils sont allés à la mer. Juste trois jours, puis il l'a ramenée mais, tout de même, les gendarmes sont venus. Il risquait des ennuis, s'il n'y avait pas eu...

— Pas eu quoi?

— La catastrophe. La catastrophe est arrivée le mercredi après. Pauvre, pauvre garçon... »

Elle a ressorti de sa manche le même petit mouchoir que je lui avais vu à ma première visite.

Elle s'est tamponné les yeux. La suite, je la devinais. À son retour de la mer, les parents d'Adrienne avaient décidé de la remettre au pas, surtout le chirurgien qui devait la considérer comme congénitalement vicieuse. Elle était enfermée peut-être. Mais, à l'annonce de la catastrophe, sa mère a cédé, elle est venue avec elle devant les grilles du Bois du Cazier. C'est là que Mme Potelle les avait rencontrées.

« Quand les sauveteurs remontaient, les femmes criaient des noms : "Antonio ? Vous n'avez pas trouvé Antonio ?" Ou Fabio, ou un autre. Il y avait une fille qui demandait Calogero. Je l'ai reconnue. Je l'avais vue sur les photos. »

Calogero, en effet, avait demandé à Hortense de porter la pellicule des photos de la mer chez le photographe Courtois. Quand elle les avait retirées, la catastrophe avait eu lieu, d'où le geste de ce brave type qui n'avait pas voulu qu'elle les paie. En reconnaissant Angelina devant les grilles, son cœur s'était brisé. La douleur de la jeune fille, c'était la sienne. Elle avait emmené Angelina et sa mère chez elle pour lui remettre les photos et les lettres. L'unique occasion où elle avait entendu qu'Angelina dans la bouche de sa mère devenait Adrienne.

« Et après, vous l'avez revue ?

— Non, jamais. »

Je sentais bien qu'elle était arrivée à la conclusion. Elle était soulagée, mais fatiguée. Il restait un fond de chianti dans la carafe. Je l'ai partagé entre nos deux verres. Elle a repris une gorgée, puis, comme si le vin l'avait réconfortée, elle a ajouté :

« Sa mère m'a téléphoné quelques semaines plus tard.

— Ah oui ?

— Elle voulait connaître l'adresse de Calogero en Italie.

— Vous la lui avez donnée ?

— Comment aurais-je pu ? Je ne la connaissais pas. La sœur de Calo est venue rechercher ses affaires, le lendemain de l'enterrement au cimetière communal de Marcinelle. Elle n'y avait pas assisté, elle avait raté une correspondance de son train, si j'ai bien compris. Je lui ai remis la valise, mais elle n'a pas laissé d'adresse. Les Italiens en voulaient à tous les Belges, tu sais. Elle me regardait durement, elle était prête à m'accuser d'avoir exploité son frère. Donc je n'ai pas pu aider Angelina pour ça ni pour le reste. »

Qu'est-ce qu'elle voulait dire avec le reste ? Elle me dévisageait comme si elle essayait de m'inciter à poser une question. Finalement, elle l'a dit elle-même : « Angelina était enceinte. »

12.

Je n'ai pas besoin de m'étendre sur l'état dans lequel je me trouvais en quittant Mme Potelle. J'étais abasourdi au point que je ne me souviens plus de la manière dont j'ai pris congé. J'ai attrapé un bus pour le boulevard Paul Janson, mais je ne suis pas rentré à mon studio. Je suis allé jusqu'au Bagdad Café, le bistrot voisin du cinéma Cinecitta, où j'avais mes habitudes d'après séance.

« Seul ? m'a demandé le patron en me servant ma chimay bleue.

— Oui.

— Bon film ? »

J'ai répondu : « Surprenant » ou quelque chose de ce genre, en pensant évidemment à ce que je venais d'apprendre.

« Italien ?

— En effet ! »

Les révélations de Mme Potelle étaient tout à fait dignes du cinéma italien, on n'aurait pu mieux dire. Une sorte de *Sedotta e abbandonata*, un autre de mes films cultes, avec Adrienne dans le rôle de Stefania Sandrelli. *Sedotta* à l'hôtel L'Écluse, le week-end avant la catastrophe, le 4 ou le 5 août 1956. *Abbandonata* par Calogero, mort trois jours plus tard; seule, quand elle avait constaté en septembre qu'elle était enceinte.

Et alors, qu'est-ce qu'elle avait ressenti? De la panique, sans doute. Désemparée, si jeune... À qui demander de l'aide? À sa mère. Sa mère l'avait soutenue devant les grilles du charbonnage, elle pouvait se confier à elle.

Pour Mme Vanhout, alors, quel retour de bâton! Elle était replongée dans son propre désarroi lorsqu'elle s'était aperçue qu'elle attendait un enfant de Colbers. Les mêmes drames, dirait-on, sont condamnés à se répéter de génération en génération. Elle avait pris Adrienne dans ses bras, elles avaient pleuré ensemble, certainement. Peut-être la première occasion, pour elle, de verser des larmes sur son propre malheur.

Restait le docteur Vanhout. Comment avait-il encaissé? Après la mère, la fille! Décidément, les chiens ne font pas des chats. Aux yeux de son monde, il avait pu arranger la naissance d'Adrienne en laissant croire qu'il était son père. Il avait sauvé la face. Mais pour ce nouveau rejeton, comment s'y prendre? Allait-il devoir abriter une fille mère dans sa maison? Inimaginable. La honte de sa vie.

Il n'y avait qu'une solution, un remède radical, un seul mot qui n'aurait jamais pu franchir les lèvres d'Adrienne et de sa mère, mais qui, dans la bouche du chirurgien, pouvait revêtir un aspect simplement clinique : AVORTEMENT. Certains pays en avaient déjà reconnu le bien-fondé, dans un esprit de sain eugénisme, la Suède, par exemple, où il avait des contacts.

Il fallait agir au plus vite. Il avait fait part de sa décision à son épouse, afin qu'elle la fasse passer à Adrienne, avec les ménagements qu'elle voudrait.

D'abord, la mère avait été horrifiée. C'était comme si, rétrospectivement, il lui avait demandé de se débarrasser du fruit de ses amours avec Colbers. Elle aurait refusé avec la dernière vigueur. Peut-être avait-elle envisagé de s'enfuir, de chercher refuge avec Adrienne dans la famille de Calogero. D'où son coup de téléphone à Mme Potelle, qui n'avait pas pu l'aider. Avant de raccrocher, elle avait soulagé son cœur auprès d'une inconnue ; elle avait besoin de parler, elle avait cru sentir un peu de bonté chez cette femme qui les avait accueillies le mois précédent.

Finalement, elle avait bien compris que la famille de Calogero avait déjà assez de son malheur pour s'occuper d'un supposé enfant posthume. Elle avait baissé les bras. Après tout, ne devait-elle pas renvoyer l'ascenseur à Vanhout, lui qui avait fermé les yeux sur ses propres errements.

Adrienne n'avait jamais eu que deux enfants avec mon oncle André, Julie et Philippe. Donc, elle avait acquiescé. Écrasée de chagrin, elle était incapable de réagir. La douleur nous enferme dans son horrible présent. L'avenir lui était indifférent. Elle avait laissé faire. Était-elle partie à l'étranger ou Vanhout avait-il pu arranger l'affaire sur place ? Je n'osais envisager qu'il ait pratiqué l'intervention lui-même. Mais après tout...

Plus tard seulement, elle avait pris conscience de ce qui lui était arrivé. Le remords alors avait commencé à la ronger. Jusqu'à son décès, il ne l'avait plus lâchée. Il s'exaspérait avec les années. Le fond du secret qu'elle voulait tant me révéler avant sa mort, c'était cela. J'en étais sûr désormais, il ne me restait plus aucun doute.

J'avais d'abord cru qu'il s'agissait seulement de Colbers. Mais Colbers n'intervenait qu'à titre accessoire. La mère d'Adrienne avait probablement fini par avouer les circonstances de sa naissance à sa fille. Elle aussi était passée par le creuset de la passion, elle voulait qu'Adrienne sache qu'elle pouvait très bien se mettre à sa place.

Ce père inattendu, Adrienne s'y était raccrochée. Elle l'avait cherché, elle avait découvert un homme modeste, craintif. Guy Colbers devait se cacher de sa femme, qui lui reprochait sa faute. Un père innocent, c'était mieux qu'un père qui l'avait poussée à rompre sa grossesse. Un soulagement, déjà. Insuffisant, toutefois, pour guérir la blessure qui continuait à brûler en elle.

Elle avait trahi Calogero, voilà ce qu'elle s'était mis en tête. Calogero avait laissé sa présence en elle et elle ne l'avait pas sauvée. C'était comme s'il était mort deux fois, dans les entrailles de la terre et dans ses entrailles à elle.

Tandis que je me triturais la cervelle en buvant distraitement ma bière, une jeune femme est entrée au Bagdad Café. Je la connaissais. Nous avions été quelquefois au cinéma ensemble. Elle était employée, je ne sais plus dans quelle administration, au cadastre, si je me souviens bien. Elle s'est dirigée vers moi.

« Claude ! On ne te voit plus ! Je pensais que tu serais là ce soir. Tu n'avais pas envie de voir *Farinelli* ? »

Le titre du film, je me le rappelle. Tout le monde en parlait. Finalement je l'ai raté à sa sortie, je ne l'ai vu que des années plus tard à la télé. J'avais bien autre chose en tête. Ça devait se remarquer parce que Sandrine – ou s'appelait-elle Sandra, peu importe – s'est aussitôt inquiétée si j'allais bien. Elle s'est assise, elle a commandé quelque chose.

On a parlé mais, en moi, c'était un automate qui répondait. Je la contemplais, elle était très jolie, plus âgée qu'Adrienne au moment de Calogero, encore que pas tellement. À travers elle, je m'interrogeais sur Adrienne et même sur les femmes en général.

Une fois de plus, je vais avoir l'air d'un nigaud. Tant pis ! À cette époque, je considérais qu'une femme vraiment femme était un être délicat, réservé, en attente. Je n'ai jamais beaucoup dansé, c'est vrai ; tout de même, à la salle des fêtes de Vieusart, par exemple, c'étaient les garçons qui invitaient les filles et pas l'inverse. Eh bien, je réalisais maintenant que cette représentation naïve s'appliquait peut-être à Adrienne quand je l'avais connue, mais qu'elle ne cadrait pas du tout avec Adrienne jeune.

Si je me remémorais les lettres de Calogero et les siennes, cela crevait les yeux que ce n'était pas lui qui avait amené Adrienne à la mer pour la piéger. C'était elle – chacun de ses mots l'annonçait – qui l'avait attiré dans ses filets. La fugue, elle l'avait organisée, peut-être même contre le gré de Calogero. Il n'y avait qu'à voir sa figure embarrassée sur certaines photos. Leur visite à la chapelle de Marie-Madeleine avait encore affermi la résolution de son Angelina. Sur le tableau du maître-autel, le Christ lui-même regardait avec amour la pécheresse qui lui avait oint les pieds et les essuyait avec ses cheveux. Un geste de courtisane qui prépare son amant aux suprêmes délices.

En écoutant distraitement Sandrine, je ne songeais qu'à cela. Est-ce qu'elle était prête elle aussi à se livrer corps et âme à l'élu de son cœur ? Est-ce que toutes les femmes attendaient cette offrande qui leur était souvent refusée sans doute, parce qu'un abruti leur ôtait des mains ce qu'elles auraient voulu donner ?

Tout à coup, je l'ai interrompue, je lui ai demandé de but en blanc : « Tu crois au grand amour, toi ? »

Elle était si interloquée qu'elle en est d'abord restée bouche bée.

« Qu'est-ce qui te prend, Claude ?

— Rien. Je voudrais savoir, c'est tout.

— Tu penses à nous deux ?

— Mais non ! Je me demande seulement si toi, tu attends quelque chose de ce genre-là, tu vois ce que je veux dire, une sorte d'absolu dans lequel tu te jetteras un jour sans réserve.

— Écoute, Claude, je pense que ce genre de truc, plus personne n'y croit. »

Je me fais peut-être des idées, il est possible que je sois aveuglé par mon sentimentalisme, néanmoins j'ai cru percevoir plus de déception que de cynisme dans sa réponse.

J'avais connu Adrienne quand elle avait l'âge d'Hortense accueillant Calogero. Et j'avais moi-même l'âge de Calogero. Qu'est-ce qui occupait l'âme de ces deux femmes arrivées à la cinquantaine – comme moi aujourd'hui – sinon le grand amour ? Hortense ne l'avait pas connu et voilà que Calogero lui représentait trop tard ce qu'il aurait pu être. Elle avait sans doute passé le reste de sa vie dans ce regret. Adrienne, elle, avait goûté au grand amour, mais pour peu de temps. Ensuite, elle avait vécu dans le remords d'en avoir tué le fruit.

Sandrine et moi, nous nous sommes quittés. On s'est donné rendez-vous pour un prochain film. Elle voyait bien que je n'étais pas dans mon assiette. Elle m'a embrassé tendrement. On s'est revus par après, on est restés un moment en contact. Puis fini. Je me demande ce qu'elle est devenue aujourd'hui.

Je suis rentré chez moi, persuadé d'avoir tout compris. Je philosophais gravement en moi-même sur la destinée humaine. Qu'est-ce que je me prenais au sérieux, alors qu'en quelques jours, mon beau système, une nouvelle fois, allait tomber en quenouille !

Le samedi suivant, je ne suis pas retourné à Vieusart. Avec les révélations que j'avais encore sur l'estomac, je craignais de me trouver en face de mon père. Lui, qui ignorait l'existence de Calogero, forcément ne savait rien de ce qui était arrivé à Adrienne après la catastrophe du Bois du Cazier.

Il avait déjà mal encaissé la priorité de l'Italien dans le cœur de la femme qu'il avait aimée, comment en aurait-il supporté la terrible suite ? Je n'imaginais pas rester en sa présence sachant ce que je savais sans pouvoir le lui révéler. Se comporter avec quelqu'un comme si de rien n'était, alors qu'on a au bord des lèvres un secret qui changerait nos relations s'il en était informé, c'est le genre de singerie que je n'ai jamais pu accepter. Mieux vaut laisser le temps déposer ce qu'on ne peut avouer au fond de la conscience, parmi les multiples rebuts de la vie.

Le dimanche après-midi, je me suis dit que je pourrais retourner au Val d'or dire bonjour à M. Norbert. Mon but n'était pas du tout de lui faire le compte rendu de mes découvertes au sujet d'Angelina. Peut-être, d'ailleurs, avait-il déjà oublié notre conversation. Mais, comme je me croyais au bout de mon enquête, avant de tirer la ligne définitive, je n'arrêtais pas de repenser aux étapes inattendues que j'avais parcourues pour arriver à sa conclusion. C'est ainsi que la figure de M. Norbert, solitaire dans sa chambre du Val d'or, m'était revenue plus d'une fois à l'esprit. En même temps, la jeune femme de l'accueil qui m'avait trouvé si généreux de venir voir un vieillard abandonné me gratifierait sans doute du même regard plein de reconnaissance et d'admiration. Dans les moments pénibles de l'existence, ce sont des agréments dont on aurait tort de se priver.

Cette fois, j'ai acheté tout de suite des pralines à la boutique dans le hall d'entrée. Je me suis signalé au guichet de l'accueil. J'avais oublié le numéro de la chambre de M. Norbert, je l'ai redemandé. La réceptionniste, malheureusement, n'était plus la même. Apparemment, celle qui avait pris sa place ne trouvait rien de très magnanime à ma visite. Au contraire, en pointant mon ballotin de chocolats Galler, elle m'a envoyé un coup de semonce aussi sec : « Ne le gavez pas, s'il vous plaît ! Après, il se paie une indigestion, et c'est nous qui ramassons les morceaux ! »

Arrivé à la chambre, j'ai dû toquer une dizaine de fois avant que M. Norbert n'émette quelques grognements. Tout compte fait, je comprenais que le personnel entre sans frapper. Vêtu des mêmes vêtements, chaussé des mêmes charentaises, il était dans son fauteuil, exactement dans la même position où je l'avais trouvé la première fois. À se demander s'il avait bougé depuis. Il clignait les yeux pour distinguer l'hurluberlu qui avait attendu sa permission avant de pénétrer chez lui. Dès que je me suis avancé, sa face s'est illuminée.

« Ah, monsieur Johnson !

— Jansens, Claude Jansens, monsieur Norbert ! Comment allez-vous ? »

Il était ravi au point de faire mine de se lever. Je l'en ai empêché. J'ai tiré ma chaise devant lui et j'ai déballé les pralines sur mes genoux. Il a tout de suite pêché une blanche – les meilleures, fourrées de crème fraîche – et l'a enfournée avec délectation. Après la troisième, j'ai refermé le coffret et je l'ai déposé sur le lit.

« Vous avez raison ! L'autre fois, j'ai été malade. Elles m'ont puni.

— Puni ?

— Oui, privé de dessert pendant une semaine. Les aides-soignantes ne rigolent pas ici, vous savez.

— Les infirmières sont gentilles, tout de même.

— Y en a, oui. La plus gentille, c'est Emine. Elle, je l'aime bien. Les Turcs respectent encore les vieux. Emine, elle me rappelle un peu Angelina. Ah, monsieur Janson, depuis votre visite, ce que j'ai pu y repenser à notre Angelina ! »

Il rayonnait. Que font-ils, les vieux, M. Norbert et les autres, qui passent la plus grande partie de leurs journées dans leur fauteuil ? Ils regardent leurs idées errer, comme à l'approche du sommeil, sautant d'une image à l'autre, sans s'arrêter sur aucune. Le passé s'est fragmenté en eux, les miettes se sont dispersées, ils picorent au hasard.

Pourtant, si on appelle leur attention sur un point précis, comme je l'avais fait pour Adrienne chez Mme Potelle et chez M. Norbert, ils plissent le front, attentifs, soudain. Ils sentent que, des morceaux épars de leur vie, quelque chose de cohérent pourrait ressurgir. Alors, lentement, les pièces retrouvent leur place dans le puzzle, les souvenirs s'enchaînent, des séquences reprennent vie devant leurs yeux étonnés. Ainsi, le passé n'était pas mort ! Quel bonheur de le retrouver plus beau que lorsqu'il n'était qu'un présent chaotique, resplendissant désormais de l'éclat glorieux des corps ressuscités !

Toutefois, ces visions fugaces peuvent quitter leur âme aussi rapidement qu'elles y sont apparues. Afin de rafraîchir la mémoire de M. Norbert, j'avais prévu de lui offrir ma photo d'Adrienne à la mer, celle que je lui avais fait voir la première fois.

Je l'avais montée dans un cadre à dresser sur sa table de nuit.

Il l'a regardée longuement, il était très ému. Il a continué en la gardant précieusement entre ses mains.

« Quand vous êtes venu, l'autre jour, je ne me rappelais pas grand-chose d'Angelina. Juste comment elle était assise à la table près de la fenêtre, puis la dispute avec la femme de l'électricien. Mais, après, ça m'est revenu, au compte-gouttes, comme qui dirait. Je vous ai raconté qu'elle restait toujours toute seule. En fait, c'est arrivé plusieurs fois que des hommes s'installent près d'elle. Dans les cafés, c'est comme ça. Une femme seule, vous diriez un aimant, ça attire la limaille.

— Ah ? Et comment est-ce qu'elle prenait la chose ?

— Oh, elle aurait pu la prendre de haut, hein, c'était une grande dame. Mais elle n'a jamais fait d'embarras.

— C'est-à-dire ?

— Eh bien, elle laissait le bonhomme se poser, elle lui causait un peu. Je ne sais pas ce qui se passait, toujours est-il que, quelques minutes après, il se levait respectueusement, puis qu'il tirait ses guêtres. Gêné, je dirais.

— Gêné ? Comment ça ?

— Faut être un fameux malappris pour embêter une dame dans un café, non ?

— Vous avez raison.

— Je n'ai jamais supporté ces manières. »

Il a redressé le menton fièrement. Quarante et des années à observer les consommateurs, de loin, le dos au comptoir, ou, de près, debout à côté de leur table : il devait en connaître un bout sur l'humanité. Dans sa veste blanche, le plateau sous le bras, il se confondait avec le décor. Personne ne prendrait garde qu'un homme à qui tout le monde donne des ordres est occupé à sonder les cœurs et les reins.

« Quand le malappris décampait, Angelina m'adressait toujours un petit clin d'œil. J'approuvais. On se comprenait, tous les deux. S'il avait fallu, je serais intervenu, bien entendu.

— Ça n'est jamais arrivé ?

— Non... Enfin, si, une fois j'ai cru que j'allais devoir. Mais elle m'en a empêché.

— Qu'est-ce qui s'était passé ?

— Un homme est venu, un vendredi, à l'heure où elle était toujours là. Pas quelqu'un qui entrait par hasard. Tout de suite, il a regardé autour de lui. Il la cherchait. D'un coup, quand il l'a vue, il est allé s'asseoir près d'elle, sans demander s'il pouvait. Ils se connaissaient, ça sautait aux yeux. Elle n'avait pas ses façons indulgentes comme avec les autres. Quand je me suis approché pour demander ce que je pouvais lui servir, il s'est tu. Angelina avait l'air inquiète.

— Ce monsieur, vous savez qui c'était ?

— Sur le coup, je ne l'avais pas reconnu. C'est quand il est reparti que je l'ai remis.

— C'était l'électricien ? Colbers ?

— Colbers ? Quel Colbers ? Ah oui ! Non, ce n'était pas lui.

— Qui alors ?

— Eh bien, le Père Paul. »

Je n'ai pas compris tout de suite qu'il s'agissait d'un prêtre. J'ai cru à un vieillard. L'usage ici n'est pas d'appeler les prêtres « Père », on dit plutôt « L'abbé » suivi du nom de famille. Mais ce Père Paul n'était pas le premier ecclésiastique venu, comme j'allais bientôt le découvrir.

« Vous ne connaissez pas le Père Paul ?

— Non, je ne vois pas.

— C'est vrai qu'il est retiré depuis quelques années maintenant. Il s'est fait ermite, à ce qu'il paraît.

— Ah ! Ce père, c'est un moine ?

— Un moine, je ne sais pas. Un curé, en tout cas. Il était bien connu à Charleroi. Il y a même eu une émission à la télévision. Toute une émission. On l'appelait le "curé rouge". Ça ne vous dit rien, le curé rouge ?

— Non.

— Vous êtes trop jeune, j'oublie toujours.

— Il est venu voir Angelina ?

— Oui, une seule fois, peu de temps avant la scène que je vous ai racontée, avec la femme de l'électricien.

— Et qu'est-ce qu'il lui voulait ?

— Je ne sais pas. Tout ce que je peux vous dire, c'est qu'il l'a prise par les épaules des deux mains, il la serrait, je vous jure, j'étais prêt à lui sauter dessus. Angelina m'a fait signe de laisser. J'ai vu qu'il pleurait. Et il répétait : "Pardonne-moi ! Pardonne-moi, je t'en supplie ! Pardonne-moi tout le mal que je t'ai fait." »

13.

S'il y a bien un monde qui m'était devenu étranger à cette époque, c'est celui de la religion, de l'Église et des prêtres. Je ne suis pas athée pour autant. Exclure l'existence de Dieu me semble passablement présomptueux. Il n'y a pas plus de stupidité à croire qu'un dieu a créé l'univers qu'à se convaincre qu'il est apparu tout seul. Que du néant quelque chose puisse naître, c'est plutôt dur à avaler.

Cela dit, j'ai renoncé à m'intéresser à Dieu après ma communion solennelle. Jusque-là, mes parents – disons ma mère surtout, pour être précis – m'avaient envoyé à la messe, j'avais suivi le catéchisme à Vieusart et j'avais même été enfant de chœur. J'ai terminé ma carrière à l'encensoir, la fonction la plus convoitée. Le thuriféraire – c'est ainsi qu'il se nomme – jouit, en effet, du privilège exclusif de se retirer à la sacristie pendant l'office, quand ça lui chante, sous prétexte de souffler sur les braises de sa cassolette. Quand il fait sa rentrée, les autres le regardent avec envie ébranler, désinvolte, son instrument fumant par tous ses orifices.

Le célébrant lui-même ne fait pas le poids face à lui. Il l'ensevelit dans le brouillard épais de ses fumigations. Tant que je l'ai exercé, cet emploi me ravissait au septième ciel.

Cependant, lorsque le curé, ayant observé que ma voix muait, m'avait demandé de céder la place à plus jeune et plus sûrement virginal, comme il convient au service de l'autel, je m'étais retrouvé parmi les ouailles ordinaires, dans les travées, avec la seule occupation de prier, à laquelle je n'avais jamais songé auparavant.

Je ne sais si Dieu répond à certaines personnes quand elles s'adressent à Lui mais, à moi, Il a toujours battu froid. Pas le moindre signe d'attention. Pas même une fin de non-recevoir : je m'en serais contenté. Rien. En conséquence, nous avons rompu, tous les deux.

Je n'avais donc aucune idée de qui pouvait être le Père Paul, le fameux curé rouge, dont M. Norbert m'avait parlé. Je ne me serais pas davantage intéressé à lui si ses rencontres avec Adrienne ne s'étaient soldées par la scène où il lui demandait pardon pour le mal qu'il lui avait fait. Un épisode pathétique, arrosé de ses larmes. Que s'était-il passé ? À quel mal pouvait faire allusion un homme unanimement apprécié au point que la télévision publique, qui bouffait du curé à tous les repas, lui avait consacré un reportage ?

Il ne s'agissait d'ailleurs pas tant de lui que de ma tante. À la pensée qu'il l'avait fait souffrir, mon cœur se désolait. Comme si elle n'avait pas assez de ses autres malheurs. Je voulais savoir de quoi il retournait, comme un père ou une mère demande à son enfant malmené par un autre : « Qu'est-ce qu'il t'a fait ? Qu'est-ce qu'il t'a fait, dis-le-moi ! »

Le Père Paul était toujours en vie. M. Norbert m'avait laissé entendre qu'il s'était fait ermite. Restait à le retrouver, puis aller le voir. Où se cachait-il ?

Immédiatement, j'ai pensé à quelqu'un qui pourrait m'aider : ma collègue, Mme Robert ! Mme Robert devait être pratiquante. Pas mangeuse de crucifix du tout, plutôt de gauche, dans la ligne probablement de ce prêtre. Ça, je le savais.

J'avais gardé à l'esprit une discussion qu'elle avait eue avec le patron, M. Brichard, dans mes débuts à la pharmacie. Le midi, nous avions l'habitude de manger dans un coin de l'officine. M. Brichard s'était fendu d'un four à micro-ondes dans lequel Mme Robert faisait réchauffer des pâtes, du potage, ou même, assez souvent, les restes de blanquette ou de bœuf bourguignon de son souper familial de la veille. Naturellement, elle voyait bien qu'elle me mettait l'eau à la bouche et, très régulièrement, si elle en avait assez pour elle-même, elle me cédait une portion. Après quoi, je pouvais remballer mes tartines de confiture, qui n'auraient pu soutenir la comparaison.

Donc, un Vendredi saint, jour de jeûne et d'abstinence, nous étions attablés et M. Brichard s'était joint à nous, comme il lui arrivait de temps en temps. Sinon, il avait sa serviette dans une brasserie du boulevard. Ce jour-là, comme il était catholique bon teint, il se passait de restaurant. Il avait juste deux pistolets sans garniture dans un sachet en papier.

Or voilà Mme Robert qui enfourne brièvement le contenu de son Tupperware dans le micro-ondes, pose le plat sur la table et soulève le couvercle, envoyant à nos narines des effluves à damner un saint.

« Un reste de mon navarin d'hier soir. Les enfants n'aiment pas l'agneau. Donc, si le cœur vous en dit, il y en a pour tout le monde !

— Mais, mais, madame Robert, vous savez quel jour on est ? demande M. Brichard, en retirant le bout de ses dents stoïquement engagé dans le premier pistolet.

— Vendredi, non ?

— Oui, mais quel vendredi ?

— Vendredi 19.

— Je vous signale que nous sommes Vendredi saint, nous commémorons la mort de Notre-Seigneur aujourd'hui.

— Oui, bien sûr.

— C'est jeûne et abstinence.

— Je sais, mais moi je ne jeûne pas.

— Tiens donc ! Et en quel honneur ?

— En l'honneur du Christ lui-même, monsieur Brichard. Le Christ ne jeûnait pas plus que moi.

— Comment ça ? C'est impossible.

— Non seulement ce n'est pas impossible, mais ça figure en toutes lettres dans les Évangiles. Je suis dans un groupe d'exégèse pour les laïcs. "Barabbas", il s'appelle. On se réunit tous les jeudis. Hier, nous avons étudié les passages sur le jeûne. Les pharisiens demandent à Jésus pourquoi lui et ses disciples ne jeûnent pas et Jésus les envoie balader. »

Je ne me souviens pas de la référence exacte qu'elle a citée mais, par la suite, j'avais vérifié. Elle ne disait que la stricte vérité. Elle a ajouté que le jeûne n'était qu'une lubie de l'Église pour culpabiliser les gens, à mettre dans le même panier que la tempérance ou la chasteté.

« Vous vendez la pilule, monsieur Brichard ?

— La pilule ? Quelle pilule ?

— Vous le savez bien : la pilule contraceptive, celle que le pape condamne.

— Euh... oui, c'est-à-dire que...

— Eh bien, moi je mange du ragoût d'agneau le Vendredi saint. Vous en voulez ? »

D'un geste de la main, M. Brichard a décliné. Je dois avouer que j'ai moi-même refusé parce que je venais d'entrer à la pharmacie. Je préférais être dans la manche du patron plutôt que dans celle de Mme Robert. J'ignore ce qu'il en était de ce groupe Barabbas auquel elle appartenait, mais il devait certainement se situer à l'aile gauche de l'Église, celle où l'on connaissait les curés rouges.

Le lendemain de ma visite au Val d'or, j'ai attendu avec impatience la pause de midi. Le lundi était souvent le jour le plus intéressant de la semaine parce que Mme Robert, qui aimait mitonner des petits plats le dimanche en famille, me faisait profiter de ses spécialités. Je ne sais plus très bien ce qu'elle m'a servi avec la formule rituelle : « Tu m'en diras des nouvelles. » Peut-être son fameux poulet à la lyonnaise, de toute façon du meilleur, je n'avais jamais besoin de la flagorner. Après cela, elle était toujours de bonne humeur. À mon tour de la cuisiner !

« Le Père Paul, vous connaissez ?

— Père Paul ? Oui, je le connais. Enfin, je l'ai connu, ça fait un bout de temps maintenant. Pourquoi ?

— Comme ça. Hier, j'étais au Val d'or, quelqu'un m'en a parlé.

— Tu as quelqu'un au Val d'or, toi ?

— Euh... Un parent, un vague parent.

— Qui a connu le Père ?

— Rencontré en tout cas. On l'appelait le "curé rouge" d'après lui.

— Exact.

— Il était communiste ?

— Un peu, sur les bords. Il avait été prêtre-ouvrier, je pense bien, enfin jusqu'à ce qu'on les crosse. Rome les a interdits, comme tout ce qui risque de fonctionner dans l'Église. Je te parle des années cinquante. Je ne l'ai pas connu à cette époque-là, hein, j'étais gamine. Après, il est resté vicaire dans les quartiers populaires. Il est venu nous causer une fois ou l'autre dans notre groupe. J'étais dans un cercle de réflexion.

— Barabbas ?

— Ah, tu connais ?

— Non, mais vous en avez parlé une fois quand je suis arrivé ici. Vous vous souvenez ? Quand vous avez mis votre navarin sous le nez de M. Brichard, un Vendredi saint ?

— Ah oui ! C'est vrai. »

Elle riait de bon cœur. À l'égard de M. Brichard, elle ne manifestait jamais la moindre déférence, mais cela n'empêchait pas son affection. Alors qu'il aurait presque pu être son père, elle le traitait comme un enfant. Elle avait pitié de lui, parce qu'il n'aimait pas la pharmacie. Hélas ! les Brichard étaient pharmaciens de père en fils depuis l'époque autrichienne. M. Brichard aurait voulu être peintre. Comme mon père, peut-être, soit dit en passant. Dans mon studio, il y avait deux huiles signées Brichard, dans le style de Willoos, à qui il vouait une admiration particulière. Les substances chimiques lui donnaient de l'eczéma, sauf celles qui entrent dans la fabrication des couleurs. Du coup, il s'en remettait à ses aides-pharmaciens, surtout à Mme Robert en qui il avait pleinement confiance malgré ses hérésies. Elle adorait les préparations magistrales qu'elle exécutait comme des recettes de cuisine.

« Pauvre monsieur Brichard, je pense qu'il regrette la messe en latin.

— Vous, sûrement pas !

— Moi ? Plus de messe du tout, mon petit Claude.

— Mais Barabbas ?

— Fini, terminé ! Dans ce genre de chapelle, le plus gros des effectifs, ce sont des refoulés, si tu veux mon avis. Des gens mal dans leur peau. Ils se jettent dans la religion pour essayer de se décoincer. L'interprétation des Écritures, tu penses s'ils s'en battent l'œil ! Je ne pouvais plus les saquer. Maintenant, je prends la vie comme elle vient. Je ne fais de mal à personne. Après, je verrai. Mais vivre avec des pisse-vinaigre, non merci.

— Le Père Paul, c'était aussi un pisse-vinaigre ?

— Je ne peux pas te le dire. Je ne l'ai pas assez pratiqué. À mon avis, il n'avait pas beaucoup le temps de se payer des états d'âme. C'était une sorte de syndicaliste, toujours sur la brèche. N'empêche, il a fini comme moi, je crois.

— Comme vous ?

— Il a tout plaqué. La religion, à la longue, ça use. Les plus malins, ce sont ceux qui se convertissent sur leur lit de mort. Absolution générale, paradis clé sur porte, même si on a vécu une vie de bâton de chaise.

— Qu'est-ce qu'il est devenu, le Père ?

— Un jour, il a ramassé ses cliques et ses claques et il a disparu sans bonjour ni bonsoir. On a appris qu'il s'était fait ermite.

— Où ça ?

— Une cabane dans les bois du côté de Ham-sur-Heure. Les gens continuaient à aller le voir, comme un saint. Ça aussi, ça a fini par le fatiguer. Il est parti.

— Parti ?

— Oui, il est en Suisse, à ce qu'il paraît, maintenant. Un chalet dans la montagne. Là, au moins, plus personne ne l'embête. »

J'aime beaucoup la Suisse. Je pouvais comprendre que le Père Paul s'y soit retiré. J'en aurais bien fait autant autrefois, mais pas pour les mêmes raisons. Lui voulait s'éloigner du monde dans la solitude des montagnes, tandis que moi, c'étaient plutôt les vallées qui m'auraient plu, parmi les gens de là-bas.

J'ai fait un stage chez Roche, à Bâle, quand je terminais mes études d'aide-pharmacien. Les firmes offraient des bourses, pas totalement désintéressées, ça se passe de commentaire. Je n'ai jamais eu l'occasion de séjours plus longs à l'étranger. Celui-là, du coup, avait pris une dimension un peu mythique en moi. Bâle était devenu une sorte d'Eldorado, le séjour d'un peuple aimable et raffiné, où je rêvais de me réfugier, les jours de déprime. Entre Bâle et Charleroi, inutile d'insister, il n'y a pas photo.

Je brûlais d'en savoir plus sur le Père Paul. Si seulement je pouvais le rencontrer ! Mais comment ? Mme Robert ne savait pas exactement où il gîtait dans les Alpes. M'absenter de mon travail pour me rendre sur les lieux, c'était de toute façon inenvisageable.

Une fois de plus, j'en étais réduit le soir dans mon petit studio à me torturer les méninges aux prises avec ce nouvel intrus dans l'histoire d'Adrienne. Son entrée en scène prenait place sans doute dans le prolongement de l'avortement. Adrienne avait voulu se confier à un prêtre. Cela s'était passé quelques années plus tard, quand elle était mariée à mon oncle André, qu'ils habitaient à Charleroi, au moment, peut-être, où la naissance de Julie puis de Philippe lui avait représenté ce qu'aurait pu être l'enfant de Calogero. Elle avait entendu parler de ce curé rouge, elle avait pensé qu'il serait plus compatissant qu'un prêtre ordinaire. Des femmes en détresse, il devait en croiser tous les jours. Elle se confesserait, il la relèverait. Il soulagerait sa conscience et lui offrirait la miséricorde de Dieu qui est infinie, mais qu'il faut tout de même implorer.

Le hic, c'est qu'au Cabaret vert, le Père Paul s'était comporté plus en repentant qu'en consolateur. Il demandait pardon à Adrienne pour le mal qu'il lui avait fait ! Le mal ! Comment lui aurait-il fait du mal ?

Plus haut, je me suis moqué des ciné-forums auxquels j'ai assisté, adolescent, dans les mouvements d'action catholique. J'ai eu tort. Ils m'ont instillé la passion du cinéma, ils m'ont fait goûter aux grands classiques si injustement relégués de nos jours, où l'on ne s'intéresse plus guère qu'aux nouveautés.

Je me suis rappelé un film d'Hitchcock, *La Loi du silence*, que j'avais vu lors d'une de ces séances. Hitch raconte l'histoire d'un prêtre, joué par Montgomery Clift, accusé à tort d'un meurtre commis dans sa paroisse à Québec. Il ne peut se défendre, car il a reçu les aveux du criminel lui-même. Il est tenu par le secret de la confession.

Le jésuite qui animait la discussion après le film nous avait fait remarquer quelques erreurs dans le scénario. Outre qu'Hitchcock semble ignorer royalement qu'on parle français dans les presbytères de Québec, il n'a pas l'air très à cheval sur le droit canon. En effet, l'homicide est un péché « réservé », c'est-à-dire qu'un prêtre ordinaire n'a pas le pouvoir de l'absoudre. Le criminel doit s'adresser à l'évêque du lieu. Donc Montgomery Clift aurait dû envoyer son pénitent à l'évêché. L'effet dramatique en aurait pris un coup, c'est sûr. Toutes les fictions se permettent des accommodements avec la réalité. S'il fallait s'en tenir aux faits, comme je m'y attache ici, quelle serait la part de l'auteur ?

Notre jésuite nous avait énoncé une liste d'autres péchés réservés, comme le mariage d'une religieuse, les coups contre un dignitaire de l'Église (on n'est jamais trop prudent), l'absolution mutuelle entre complices – par exemple, deux prêtres qui s'absolvent mutuellement, retour d'un lupanar ! – mais aussi, en dehors de ces cas pittoresques, l'AVORTEMENT. Là, son regard s'était empreint d'une brusque sévérité, ses yeux avaient parcouru les rangs, glissant sur les garçons, s'arrêtant sur les filles, une à une, jusqu'à ce qu'elles baissent les paupières comme si elles étaient déjà devant le tribunal épiscopal.

Le Père Paul avait-il pu déclarer autre chose à Adrienne que ce qu'il avait appris au séminaire ? Il ne pouvait lui-même lui accorder le pardon de Dieu. Et Adrienne, alors, comment aurait-elle pu s'adresser à l'évêque ? Pourquoi pas au pape ? Elle était restée seule avec son tourment, écœurée sans doute par la bureaucratisation de la bonté divine. Voilà le mal que le Père Paul s'était reproché finalement quand lui-même, d'après ce que Mme Robert m'avait dit, était près de jeter le froc aux orties.

Je m'efforçais de me rappeler mes conversations avec Adrienne. Avions-nous jamais abordé les questions religieuses ? Je n'en avais aucun souvenir. Adrienne, en tout cas, n'allait pas plus à l'église que moi. Elle avait été élevée dans la morale catholique. Comment en aurait-il été autrement chez les Dames de Saint-André, à une époque bien plus rigoureuse que celle où moi-même j'avais grandi ? Toutefois, l'épisode de Calogero montrait assez qu'elle était capable de piaffer dans les brancards. D'autant, comme je m'en étais persuadé, que c'est elle qui l'avait embobiné lors de leur équipée amoureuse à la mer. Elle s'était jetée corps et âme dans ce qui passait pour le pire des péchés, parce qu'elle n'avait pu croire que Dieu condamnait vraiment l'amour qu'elle sentait en elle.

Qui sait, cependant, si, ensuite, elle n'avait pas vu dans la mort tragique, pour ainsi dire immédiate, de Calogero, puis dans la perte du fruit de leur passion, une manifestation du feu du ciel qui frappe les impies ? On a beau vouloir s'affranchir, il reste toujours au fond de nous une crainte fondamentale qui peut se réveiller brusquement quand un coup du sort nous désempare. Adrienne se serait alors réfugiée auprès du Père Paul, puis, devant les chicaneries du sacrement, elle aurait définitivement tourné le dos à l'Église.

À force de cogiter, je me suis souvenu que j'avais tout de même pu voir un objet religieux à la villa Circé, bien qu'il n'y eût pas le moindre crucifix comme chez mes parents qui en avaient disposé presque dans toutes les pièces. C'était une icône byzantine ou russe, représentant une Vierge à l'Enfant. Elle se trouvait dans le petit salon orange où j'avais déposé la dépouille d'Adrienne le jour de sa mort, mais où je m'étais aussi incliné avec elle quelque temps auparavant devant le cercueil de mon oncle André. Ce jour-là, une bougie l'éclairait sur la tablette de cheminée en marbre noir, audessus du poêle, où elle était exposée.

Soudain un détail de la scène m'est revenu quand Adrienne avait essayé de me confier son secret et que je l'avais arrêtée. Avant de quitter le salon, elle s'était approchée de la cheminée, avait pris l'icône en main et l'avait embrassée longuement.

Voilà le peu que j'avais retrouvé des sentiments religieux d'Adrienne. Cependant, ce baiser désormais m'absorbait l'esprit. Il me touchait presque aux larmes sans que je puisse m'expliquer pourquoi. J'y ai pensé le reste de la soirée et, le lendemain matin, j'ai appelé ma cousine Julie avec le Nokia de M. Brichard.

« Ah, Claude ! Des révélations ?

— Quelles révélations ?

— Les papiers secrets de maman ! Tu les as lus ?

— Oui.

— Et alors ?

— Alors..., rien.

— C'était quoi ?

— Des choses sans importance.

— Dis-moi !

— Eh bien... des poèmes. Des poèmes d'adolescente qu'elle avait gardés. Elle m'a toujours pris pour un littéraire. C'est pour ça qu'elle me les a laissés sans doute. En fait, je n'y connais rien.

— Et toi qui pensais qu'elle nous cachait quelque chose !

— Moi ? À quel sujet ?

— Son enfance, sa jeunesse, c'est ce que tu m'as dit l'autre jour, non ?

— Oui, en effet.

— Après tout, les mystères de nos parents, est-ce qu'on peut vraiment les connaître ? Et maintenant, ça nous avancerait à quoi, d'ailleurs ? Bon... Tu voulais me parler ? »

Je lui ai demandé si la villa avait été complètement déménagée. Le brocanteur qu'elle m'avait mentionné était passé, mais il avait laissé pas mal de babioles sans intérêt qu'il avait entassées dans le garage pour un copain à lui qui faisait du vide-grenier. Celui-là n'était pas encore venu.

« Je n'avais pas réfléchi à ta proposition, lui ai-je dit. Tout compte fait, j'aurais bien pris quelque chose en souvenir d'Adrienne. L'icône du salon orange, si tu vois. »

Julie ignorait si l'icône se trouvait dans le garage. Elle devait faire visiter la villa pendant la semaine. Elle vérifierait et, le cas échéant, elle déposerait l'icône chez mes parents.

« Pourquoi cette icône, Claude ? »

Je ne savais que répondre. J'ai hésité, puis j'ai dit : « Je crois que ta mère l'aimait beaucoup.

— On peut le dire ! Une fois, quand j'étais petite, je l'avais installée dans ma maison de poupée. La comédie que maman m'a faite, je ne te dis pas !

— Ah ?

— Personne ne pouvait y toucher. Même pas papa... Fais bien attention à toi, mon petit Claude... »

Le samedi suivant, on imagine si j'étais impatient de rentrer à Vieusart. Tout de suite, ma mère m'a dit que Julie avait déposé un paquet la veille au soir. Il était sur la table de la grande place, enveloppé dans du papier fort. J'ai coupé la ficelle, j'allais le déballer, mais ma mère m'a retenu.

« Attends, je vais appeler papa. »

Elle est allée chercher mon père à qui en arrivant j'avais fait signe par la fenêtre de la cuisine. Il était occupé à biner ses laitues dans le jardin. Ma mère n'en revenait pas que Julie, qu'elle tenait pour une pimbêche, ait franchi le seuil de la porte pour nous apporter quelque chose, si bien qu'elle s'attendait à une sorte d'événement auquel mon père devait assister.

Quand l'icône est apparue, c'est lui qui a murmuré : « La Vierge du Père Paul...

— Du Père Paul ? Tu connais le Père Paul, papa ?

— C'est lui qui a marié André et Adrienne. C'était son cadeau de mariage à Adrienne. »

14.

Pour mon père, manifestement, il n'y avait rien à ajouter. Il ne s'est même pas penché pour examiner l'icône de plus près. Il est ressorti aussitôt de la grande place. Son corps semblait rapetissé, comme si la réapparition de cet objet l'avait écrasé. Il est vrai qu'il était en chaussettes. Il avait abandonné ses galoches de jardin sur le seuil de la cuisine.

Ma mère l'a suivi, je l'ai rejointe. Mon père était reparti à ses salades. Elle l'observait par la fenêtre. Elle s'est retournée vers moi en soupirant, puis est allée s'asseoir à la table. J'ai tiré une chaise en face d'elle.

« Et toi, tu le connaissais, le Père Paul, maman ?

— Mais oui, bien sûr.

— Comment ?

— Il dirigeait les réunions de la JOC.

— C'est là que tu as rencontré papa ?

— Oui. Il venait à toutes les réunions.

— Avec André ?

— Naturellement.

— Et... Adrienne ?

— Non ! Pas Adrienne ! Qu'est-ce qu'Adrienne aurait fait à la JOC ? Elle n'a jamais été ouvrière. Elle était chez les étudiants, à la JEC. À un certain moment, il y a eu des réunions communes, JOC-JEC. Ton père et ton oncle y sont allés. Moi pas.

— Pourquoi ?

— Pourquoi ? Tu n'imagines pas ce que c'était d'être une fille en usine ! Comment est-ce qu'ils nous considéraient, les étudiants, tu penses ? Hein... ? Après tout, tu dois bien le savoir... »

Voulait-elle vraiment me fourrer dans le même sac que ces petits prétentieux ? Je n'ai jamais été réellement un étudiant, juste élève dans une qualification technique un peu poussée. M'éloigner de mon milieu, des gens comme mes parents, je n'aurais pas voulu. Même avec M. Brichard, je ne me sentais pas à l'aise. Que ma mère puisse me ranger parmi ceux qui l'avaient regardée de haut, cela m'aurait désolé.

« Tu sais bien que ce n'est pas vrai. Je n'ai jamais été comme ces crâneurs. Et Adrienne, sûrement pas non plus, d'ailleurs.

— Ah, tu crois ça ?

— Je la connaissais assez. Elle n'était pas prétentieuse pour deux sous.

— C'est qu'elle était drôlement retombée, alors. »

Évidemment, ma mère n'aimait pas Adrienne, la « baronne » comme elle l'appelait. Elle la trouvait hautaine. Tacitement, elle me reprochait de trahir ma famille en la fréquentant. Savait-elle que mon père en avait pincé pour elle, ainsi qu'il me l'avait avoué ? Je ne voulais pas trop m'avancer sur ce terrain, de crainte de lui faire de la peine. Malgré tout, j'ai cédé au désir d'avoir raison, sans lequel il n'y aurait pas de conversation.

« Elle a bien épousé André, un homme tout simple.

— En effet ! Je ne sais pas si lui-même a compris ce qui lui arrivait.

— Qu'est-ce que tu veux dire ?

— Ça s'est décidé comme ça, du jour au lendemain. Elle était fatiguée de les faire tourner en bourrique, sans doute.

— Adrienne ?

— Mais oui, Adrienne ! a-t-elle repris en singeant mon ton indigné. Une vraie pétroleuse !

— Ce n'est pas possible.

— Tiens donc ! Alors, tu es allé chez elle tous les samedis pendant je ne sais pas combien de temps seulement pour rendre une visite charitable à une pauvre parente esseulée ? Quel dévouement, chapeau !

— Mais, maman, qu'est-ce que tu vas imaginer ?

— Tu me prends pour une idiote ? Tout le monde m'a toujours prise pour une idiote ici. L'idiote de service, hein ? Ça vous arrange ! »

J'allais protester quand, brusquement, elle a enfoui son visage dans ses mains, à l'abri de ses doigts forts et noueux, déformés par de petites boules d'arthrose près des ongles. Elle secouait la tête. Ça m'a fait mal au cœur. Je me suis levé, je voulais passer derrière elle, lui saisir les épaules. Mais elle m'a senti approcher, elle s'est redressée, la figure inapprivoisable.

« Je ne pleure pas, rassure-toi. »

Elle a tiré un mouchoir de la poche de son tablier et s'est essuyé les yeux.

Comme j'étais bêtement debout maintenant, je lui ai servi une tasse de son café transparent qu'elle laissait toujours au bord du fourneau quand mon père travaillait dehors, parce qu'il aimait s'humecter la gorge avec ce jus de chaussette lorsqu'il quittait l'air sec du jardin. Elle a avalé quelques gorgées.

Un vrai miracle qu'elle ait accepté un geste d'attention. Dans son idée, les attentions relevaient uniquement de la mère de famille. Elle les prodiguait, elle n'en recevait pas. On était tous d'accord, je dois bien l'avouer. Quand j'ai repris place en face d'elle, elle m'a souri comme pour s'excuser de s'être laissée aller. Cependant, elle avait lâché prise et elle a continué.

« Ton père – je peux bien te le dire, ça n'a plus d'importance –, Adrienne lui avait mis le grappin dessus avant qu'on ne se connaisse. Il en était complètement *bleu*. Heureusement que le Père Paul s'en est mêlé.

— Qu'est-ce que tu veux dire ?

— Le Père Paul voyait bien qu'Adrienne ne lui convenait pas du tout. Une écervelée. Roger était comme un enfant. Il n'avait jamais approché aucune femme. Trop réservé, trop doux. Il la portait aux nues. Il la respectait comme une sainte, il lui aurait baisé les pieds, alors qu'elle, question de sainte, c'était plutôt sainte-nitouche.

— Maman !

— Tu peux bien pousser les hauts cris ! En fait, Adrienne, avant qu'elle ne vienne à ces réunions de la JOC-JEC, qu'est-ce qui s'était passé dans sa vie ?

Personne n'en a jamais rien su, sauf tout de même que son père ne pouvait pas la voir en peinture. Pourquoi ? J'ai toujours pensé qu'elle n'était pas claire. Elle ne s'était pas ennuyée avant de faire son apparition, je l'aurais juré, et, après son mariage avec André, non plus, si tu veux mon avis. »

Je ne sais pas si c'est cela, l'intuition féminine, ni même si elle existe, pourtant je devais convenir que ma mère n'avait pas manqué de flair, même si elle interprétait de travers les obscurités de la jeunesse d'Adrienne. J'aurais pu éclairer sa lanterne, lui parler de Calogero, puis du reste, mais je voyais bien que tout ce que je lui dirais, elle le retournerait contre celle qui avait été sa rivale. Cela ne servirait qu'à nourrir ses a priori. Je me suis contenté d'une moue de désapprobation, j'avais hâte d'en savoir plus.

« Le Père Paul, tu dis qu'il est intervenu. Qu'est-ce qu'il a fait ?

— Il a parlé à ton père. Il se confessait chez lui. C'était son directeur de conscience, comme on disait à l'époque. Je suppose qu'il lui a ordonné de rompre.

— Tu supposes ?

— Ben, oui. Ton père ne m'a pas fourni les détails, tu penses. Mais, à moi, le Père Paul m'a demandé de m'occuper d'un garçon qui avait eu une grosse déception amoureuse, un jeune homme fragile : mon Roger. Pour tout dire, je l'avais repéré, il me plaisait. Alors, tu comprends, avec la bénédiction de l'aumônier, j'ai mis ma timidité en poche.

— Le mariage d'André avec Adrienne, c'est le Père Paul qui l'a arrangé aussi ?

— Naturellement.

— Alors, il trouvait qu'Adrienne ne convenait pas à papa, mais pour mon oncle, elle était assez bonne ?

— Exactement ! Il n'y avait pas plus différent que Roger et André. Mon Roger, c'était du cristal, elle l'aurait brisé. Tandis qu'André, il était blindé. Il pouvait encaisser.

— Mais encaisser quoi ?

— Le passé d'Adrienne, tiens ! Ce que Roger aurait découvert la nuit de ses noces l'aurait tué, tandis qu'André, il s'en fichait. André avait fait la Corée. Ce n'était pas précisément un enfant de chœur. Plutôt le genre de type à impressionner une midinette. Il avait été au combat, puis en permission, là-bas. On leur fournissait des femmes, tu sais, même que ça s'appelait des femmes de réconfort. »

Elle a dû s'apercevoir qu'elle venait de se hasarder dans une matière qui en temps normal l'aurait fait rougir jusqu'au blanc des yeux. Elle a quitté la table, sans me regarder, a emporté sa tasse et sa soucoupe à l'évier et les a passées sous le robinet d'eau chaude bien plus longuement que nécessaire, comme si elle voulait se débarrasser des confidences qu'elle m'avait faites. En les rangeant dans le placard, elle a bougonné : « C'est pas le tout, j'ai mon souper sur les bras, maintenant. » Une façon de me congédier, moi qui n'aurais qu'à ouvrir la bouche tout à l'heure pour déguster la soupe aux pois fumant dans mon assiette.

Je suis repassé dans la grande place pour emporter l'icône dans ma chambre. Ce n'est pas l'usage que le prêtre qui célèbre un mariage fasse un cadeau à la mariée. Cependant, le Père Paul n'était pas un célébrant ordinaire. Ce mariage, il l'avait arrangé. Il l'avait négocié non seulement avec André, mais avec Adrienne, après avoir forcé la résignation de mon père. Était-ce là le mal qu'il se reprochait de lui avoir fait subir, quand il lui avait demandé pardon au Cabaret vert ?

En tout cas, à l'époque des rencontres JOC-JEC, il avait une extraordinaire emprise sur elle. Ma mère m'avait rappelé bien à propos l'expression « directeur de conscience » qui avait cours dans sa jeunesse. Quand on y pense, comment l'Église a-t-elle pu inciter les gens de cette génération à remettre leur vie intime à un *directeur*? Y a-t-il quelque chose de plus inaliénable que la conscience ? Par quel abus exorbitant quelqu'un peut-il s'arroger le droit de s'emparer de l'âme d'autrui ? Le confesseur n'est-il pas un être humain avec ses propres faiblesses, ses préjugés, ses errements ?

Et la matière de prédilection de ces inquisiteurs, c'était le sexe, naturellement, parce que le sexe leur était interdit et qu'il les fascinait chez les autres. Le Père Paul s'était rendu maître du passé charnel d'Adrienne, il avait liquidé ses amours, ses remords, puis il avait décidé de son avenir sentimental. Je supposais qu'Adrienne au fil des années avait peu à peu pris conscience de cette sujétion insupportable, qu'elle avait fini par secouer le joug.

Néanmoins, elle avait gardé l'icône, elle lui vouait même une certaine dévotion, puisqu'elle l'avait baisée une fois en ma présence dans le petit salon orange.

Je l'ai déposée sur l'appui de fenêtre de ma chambre pour l'examiner à la lumière. Le fond doré sur lequel étaient disposées les figures saintes resplendissait. C'était la représentation traditionnelle d'une Vierge à l'Enfant. La madone auréolée tient contre elle, sur une main, l'Enfant Jésus qui a l'allure d'un garçon d'une dizaine d'années. Le plus curieux, dans leur attitude, c'est que le fils appuie sa joue contre la joue de sa mère, qu'il lui prend même le menton pour attirer délicatement son attention, mais que la mère ne le regarde pas. Sa tête est inclinée pensivement, et ses yeux tristes considèrent quelque chose dans le lointain.

Sans doute l'artiste voulait-il représenter l'innocence de Jésus face à la prescience que sa mère, selon les Écritures, avait des souffrances qu'il aurait à subir. Adrienne devait se sentir proche de cette mère songeuse. Le Père Paul voulait-il offrir à son regard un enfant plein d'affection malgré l'inattention de sa mère ? Et Adrienne elle-même, que voyait-elle dans cette icône ? Un enfant qui avait en vain demandé l'amour de celle qui l'avait mis au monde ?

Tout à coup, les larmes me sont montées aux yeux. J'ai saisi l'icône et je l'ai pressée contre mes lèvres là où Adrienne avait posé les siennes. Quand je m'en suis détaché, par la fenêtre devant laquelle je me trouvais, j'ai vu mon père, agenouillé dans le potager, près des légumes printaniers. Il ne travaillait pas, il m'observait. Il m'a fait un bref signe de tête en direction de la cabane, s'est redressé et s'y est dirigé, la binette à la main.

Je suis descendu à la cuisine. En passant, j'ai dit à ma mère que j'allais faire un tour jusqu'à l'Ornale.

Dans la cabane, mon père était assis au bord du billot sur lequel autrefois il tranchait le cou des poulets qu'il élevait entre mars et juillet dans un petit enclos au fond du jardin. Je me suis installé en face de lui, appuyé sur le chevalet à bûches.

« Ça va, papa ? »

Ses yeux fixaient ses grosses mains aux ongles noircis par la terre des plates-bandes, ces mains si contraires à son caractère, semblait-il, capables de décapiter un chapon ou d'estourbir un lapin sans l'ombre d'une hésitation.

« Alors, en plus de ses papiers, elle t'a légué cette icône ?

— Elle ne me l'a pas léguée. C'est moi qui l'ai demandée à Julie.

— Pourquoi ?

— Pour avoir un souvenir.

— Elle t'avait expliqué que c'était un cadeau du Père Paul ?

— Non, pas du tout. Je l'avais vue chez elle, sur la cheminée, dans le salon orange. Elle me plaisait.

— Le Père Paul, comment tu sais qui c'est, alors ? Tu avais l'air de le connaître tout à l'heure, non ?

— Je ne le connais pas. On en a parlé par hasard cette semaine à la pharmacie. Mme Robert l'a connu dans le temps. »

Je n'avais pas l'intention de le mettre au courant de l'enquête que je menais depuis la mort d'Adrienne, de mes rencontres avec M. Norbert et de mes autres démarches.

« Maman vient de m'apprendre qu'il s'occupait de la JOC. Elle m'a dit que c'était lui qui avait arrangé le mariage d'Adrienne avec André.

— Il n'a rien arrangé du tout. Le mariage, c'était la décision d'Adrienne, je te l'ai expliqué. C'était un coup de tête à elle, ça ne venait que d'elle-même.

— Pourtant, maman...

— Ta mère ! Qu'est-ce qu'elle en sait ? Elle arrange les choses à sa façon. Ce qui s'est passé, je suis plus au courant qu'elle tout de même ! »

C'était bien la première fois que j'assistais à un mouvement d'humeur de mon père contre ma mère. Lui-même, d'ailleurs, avait l'air aussi surpris que moi. Ses yeux sont retournés à ses gros doigts enlacés sur son ventre, agités de petites pressions.

« Le Père Paul ne t'a pas demandé de renoncer à Adrienne ?

— Si. Quand Adrienne m'a annoncé qu'elle allait se marier avec André, je suis allé le voir pour qu'il m'aide. Je voulais qu'il parle à Adrienne, qu'il lui demande des explications. Je pensais que j'avais fait quelque chose qui l'avait choquée. Que je lui déplaisais, je ne sais pas pourquoi. J'étais prêt à tout entendre. Même que je puais du bec ou des pieds. N'importe quoi, mais il fallait que je sache. Le Père Paul m'a promis de lui parler.

— Et alors ?

— Quelques jours plus tard, il m'a rappelé. Il m'a dit de ne pas insister, qu'il n'avait aucune explication, sauf qu'Adrienne ne m'aimait pas, et que l'amour, ça ne se commande pas. Je ne l'ai pas cru.

Je ne l'ai jamais cru. Je ne le croirai jamais. Il m'a menti. Ça, au moins, je le sais aujourd'hui. »

Il a quitté le billot et s'est dirigé vers un caisson métallique qui datait de la guerre, encore marqué US ARMY, dans lequel il rangeait ses affaires. Il en a retiré deux chimays bleues et un décapsuleur. Il a fait sauter les bouchons, puis m'a fourré une bouteille entre les mains.

« Ça t'étonne ? Ben, tu vois, j'ai mes secrets. Des petits secrets minables, je suis d'accord. Je planque de la bière ici, sinon je ne boirais que le samedi et le dimanche. Rapport à ta mère qui veille à ma santé. À la tienne ! »

Il a choqué sa bouteille contre la mienne. On a avalé une gorgée.

« Le jour où je mourrai, viens retirer les réserves. Je ne voudrais pas que ça se sache. »

Il s'est encore envoyé quelques rasades, pensivement.

« Tout compte fait, je suis content de vider mon sac. J'aurais jamais cru que tu t'intéresserais à ma vie. Tu vois comme on se trompe.

— Tout ce qui t'est arrivé me touche, papa. »

Nouveau retour de ses yeux vers ses mains dont l'une autour de la chimay qui faisait saillir ses jointures comme les arêtes d'un coup-de-poing américain.

« Toute ma vie, a-t-il repris, avec des battements de paupières pour contenir ses larmes, toute ma vie, je l'aurai passée à essayer de comprendre pourquoi elle n'a pas voulu de moi. J'ai perdu le Père Paul de vue, puis des années plus tard, j'ai appris qu'il s'était retiré dans une bicoque près de Ham-sur-Heure. Je suis allé le voir. »

Je passe la description de l'endroit où vivait le Père Paul que mon père a d'ailleurs à peine ébauchée, mais que d'autres personnes m'ont complétée par la suite. C'était un ancien relais de chasse, un abri en planches où les rabatteurs viennent manger la soupe les jours de battue. Une seule pièce, une table, deux ou trois chaises, un petit fourneau à bois, un lit de camp et un lavabo militaire en toile. La lumière pénétrait par une fenêtre obscurcie par la galerie couverte sur laquelle elle donnait. Là, il y avait deux fauteuils basculants pour la conversation par beau temps, à condition que Bob, le berger malinois, ou Bobette, la chèvre, ne les occupent pas.

Pour accéder à ce refuge, il n'y avait pas de chemin, un sentier seulement bien damé car le Père était accablé de visites. Les gens venaient le consulter comme on consulte les starets chez les Russes. Ils lui apportaient de la nourriture, du tabac pour la pipe. On lui présentait des chapelets, des médailles à bénir. Il accédait à leurs demandes probablement par pitié devant la détresse de ceux qui n'ont plus que la superstition comme réconfort. Cependant, il ne célébrait aucun office, n'administrait aucun sacrement.

Quand mon père s'était trouvé en sa présence pour tirer au clair son éviction du cœur d'Adrienne, il s'était passé une chose étrange. Le Père Paul lui avait demandé de recevoir sa confession ! Le monde à l'envers en somme. Inutile d'ajouter que mon père était baba.

Alors le Père Paul lui avait avoué qu'il n'avait pas du tout essayé de faire revenir Adrienne à de meilleurs sentiments, pour la simple raison qu'il était lui-même violemment épris d'elle. Mon père était un rival, il se frottait les mains qu'Adrienne l'ait repoussé. Il l'avait encouragée.

Quant au projet d'Adrienne d'épouser André, ce n'était pas lui naturellement qui l'avait inspiré. D'abord, il avait cru que c'était une plaisanterie, une ruse inventée par Adrienne pour éloigner son soupirant. Il en avait bien ri. Devant mon père, il avait fait semblant d'y croire. Mais, finalement, il avait dû en rabattre lui aussi. Adrienne ne bluffait pas. Elle avait même compris son petit jeu et l'avait obligé à célébrer son mariage comme l'enterrement de ses prétentions libidinales.

« Quand j'ai quitté l'ermitage, a conclu mon père, je ne lui en voulais même pas. Après tout, personne mieux que moi ne pouvait comprendre qu'on puisse tomber amoureux d'Adrienne. Elle était tellement fascinante. Il avait joué sa carte contre moi. C'est tout. J'aurais fait pareil. Mais, au bout du compte, je ne savais toujours pas pourquoi Adrienne m'avait laissé en plan.

— Tu n'as jamais demandé à André ?

— Claude ! Claude ! Est-ce qu'on pose une question pareille à son frère ? Tu me vois lui demander : “Comment est-ce qu'Adrienne a renoncé à moi, un si beau parti, pour épouser un gros lourdaud comme toi ?” »

Les bouteilles de chimay étaient vides. Je lui ai tendu la mienne et il est allé les replacer dans le coffre US. Puis il est revenu vers le billot. Il considérait la surface pourpre imprégnée du sang des dizaines de poulets qu'il avait saignés.

« La seule personne qui aurait pu m'apaiser, c'était Adrienne. J'ai attendu le décès d'André pour aller la trouver. Je suis allé à la villa Circé. Plus de trente ans que ça me rongeait les sangs. Tu imagines ? Plus de trente ans, presque quarante ! Je lui ai demandé : "Explique, maintenant. André est mort. Il n'y a plus de mal." Elle n'a rien voulu entendre. Elle m'a prié de partir tout de suite. J'y suis retourné plusieurs fois par après. Ces derniers temps encore. Je sentais la colère remplacer l'amour en moi. Il fallait que ça cesse. Et elle aussi, je voyais bien qu'elle prenait peur. Elle posait un pistolet sur le guéridon dans le vestibule, le pistolet d'André, un Browning GP de la guerre de Corée. Tu imagines ? Un pistolet ! »

Une crainte affreuse commençait à me gagner. Comment n'aurais-je pas songé aux circonstances mystérieuses de la mort d'Adrienne ? Je pensais à elle, étendue sur le carreau de la cuisine, la nuque brisée comme un lapin. La gorge serrée, j'ai murmuré : « Et alors, qu'est-ce qui s'est passé ?

— Quoi, qu'est-ce qui s'est passé ? »

Mon père tout à coup a deviné le sens de ma question. Il a saisi la hachette qui était appuyée au pied du billot et il l'a plantée dans le bois de toutes ses forces. Puis, d'une voix rauque, il a grogné : « Va-t'en, nom de Dieu, va-t'en ! »

15.

La conversation dans la cabane m'avait coupé bras et jambes. En présence de mon père et de ma mère, je ne savais quelle contenance adopter. Eux non plus, d'ailleurs. Ils auraient donné cher certainement pour ravaler leurs confidences. C'était trop tard. Tout de même, il fallait bien se retrouver à table. Nous mastiquions en silence. Après la vaisselle, mes parents eux-mêmes se sont évités.

J'ai passé le reste du samedi et du dimanche au bord de l'Ornale. Je trempais ma ligne machinalement. La dernière chose dont je me souciais, c'était d'attraper du poisson. Par l'effet de la loi de la vexation universelle, j'en ai rarement autant pêché. Une dizaine de truites, et toutes à la dimension réglementaire. À croire que la rivière était en proie à une vague de suicides.

Entre les prises, je ne cessais de penser à mon père. Je le voyais entrer chez Adrienne qui m'attendait. Surprise, elle lui demandait qu'il la laisse, mais il était déjà dans le vestibule, sur le beau carrelage en damier. Pourquoi son fils et pas lui ? Un coup d'œil au guéridon : le pistolet n'y était pas, ma mère le découvrirait dans le tiroir. Adrienne reculait, ils se retrouvaient à la cuisine. Et là, tant pis, il voulait l'embrasser, il la prenait par les épaules, par les bras, elle basculait, heurtait le coin de la table. Elle était par terre, la nuque brisée aussi net que celle des géants des Flandres qu'il arrachait à leur clapier pour le repas dominical.

Je secouais la tête pour éloigner cette vision affreuse qui, plusieurs fois, coïncida avec l'arrivée entre mes mains d'une truite agitée de convulsions, à laquelle je devais moi aussi rompre l'échine.

Si je pensais à ma mère, c'était pour me rappeler qu'en présence du docteur Tortoir qui établissait le certificat de décès, elle avait soigneusement fait l'impasse sur la nuque brisée d'Adrienne. Mon père était rentré précipitamment après le drame. Dans son affolement, il s'était réfugié auprès d'elle, il lui avait tout expliqué. De ce fait, quand j'avais téléphoné à la maison après avoir déposé le corps d'Adrienne dans le salon orange, elle n'avait pas eu l'air étonnée du tout. Je m'en souvenais parfaitement. Elle avait seulement demandé si j'étais bien sûr qu'Adrienne était morte. Une question étrange, sauf si, dans la panique, mon père avait abandonné Adrienne sur le sol sans s'assurer qu'elle avait perdu la vie.

Ma mère avait noyé le poisson avec Mme Jacquet, la femme du croque-mort, toute disposée à croire à une mauvaise chute de la défunte. Il est vrai qu'ensuite, elle avait mentionné bien à la légère le cou brisé d'Adrienne à la voisine. Mais peut-être ne pouvait-elle s'empêcher de savourer ce détail cruel dans la disparition de sa rivale. Enfin, Roger l'avait liquidée comme un lapin – elle avait évoqué le « coup du lapin », j'en étais sûr. Il avait fait ce qu'il fallait et elle l'avait épaulé de tout son amour quand elle l'avait vu désemparé. Elle lui avait tiré une fameuse épine du pied. Désormais, il était totalement à elle.

Au bout du scénario, je m'objectais tout de même que mon père ne semblait guère reconnaissant à ma mère. Au contraire, je n'avais jamais si bien senti combien le joug du mariage pesait sur ses épaules. Des parents meurtriers, complices, c'était de toute façon un gros morceau à avaler.

De retour à Charleroi, l'éloignement aidant, j'ai essayé de me raisonner. Je replâtrais de mon mieux l'explication naturelle de la mort d'Adrienne, crise cardiaque, perte de conscience, chute malencontreuse entraînant une fracture cervicale : le diagnostic sans histoire du docteur Tortoir. Néanmoins, le doute subsistait, il s'était installé en moi comme le ver dans la pomme. Il me pourrissait la vie.

Le lundi matin, dans l'officine, Mme Robert m'a réchauffé l'entrée de son repas de la veille. Quand j'ai constaté que c'était une truite meunière, j'ai eu du mal à réprimer un haut-le-cœur. Après quelques bouchées un peu contraintes, cependant, je me suis laissé conquérir, c'était très bon. Mme Robert était contente.

« J'ai pensé à toi pendant le week-end, mon petit Claude.

— Ah oui ?

— Figure-toi que, samedi matin, en faisant mes courses au Delhaize, je suis tombée sur une ancienne copine. Je ne l'avais plus vue depuis une éternité. On faisait partie de Barabbas, toutes les deux, tu te souviens, le groupe...

— Bien sûr.

— Elle l'avait quitté avant moi, vu qu'elle s'était dégoté un jules brusquement. Un syndicaliste des Forges de Clabecq qui ne croyait ni à Dieu ni à diable, mais qui aimait les rousses avec un cheveu sur la langue. Tu me suis toujours ?

— Je crois.

— Josette était hypercomplexée, c'est ce qui l'avait amenée à la religion. Les curés disent qu'il n'y a pas de foi sans les œuvres, mais il y a des œuvres qui se passent allègrement de la foi ! Celles du syndicaliste de Josette en tout cas ! »

Là-dessus, elle m'a adressé un clin d'œil égrillard, impossible de l'interpréter autrement bien que, jusqu'à ce jour, elle n'eût jamais adopté que des manières parfaitement chastes en ma présence. De la liste des péchés capitaux, j'avais déjà compris qu'elle avait banni la gourmandise. Apparemment, la luxure avait subi le même sort.

« Donc, on a causé avec Josette et, comme tu m'avais parlé du Père Paul pendant la semaine, son nom est arrivé sur le tapis. Josette était au courant qu'il avait viré sa cuti mais, quand j'ai fait allusion à la Suisse, elle m'a dit qu'il n'y était plus. Il est revenu.

— Il a repris ses fonctions ?

— Non, pas du tout, mais il n'a pas pu rester là-bas. Étranger, pas de métier, impossible d'obtenir un permis de séjour. Les Suisses l'ont prié gentiment de regagner ses pénates.

— Il est rentré à son ermitage ?

— D'après Josette, non. Il a disparu de la circulation, même s'il ne doit pas être bien loin. »

J'ai oublié le reste de la conversation consacré à Josette, d'ailleurs et, en particulier, maintenant que Mme Robert était lancée sur la question, à la relation entre la ferveur religieuse et la frustration sexuelle. Je ne pensais plus qu'au Père Paul de retour, à portée de la main. Je voulais absolument rencontrer cet homme qui avait tellement pesé sur le destin d'Adrienne et de mes parents. Il devait en savoir plus long que tous ceux que j'avais interrogés.

Comment le retrouver? J'ai d'abord pensé à l'évêché. Le Père Paul devait être resté rattaché d'une façon ou d'une autre à l'autorité ecclésiastique. Le soir même, j'ai téléphoné avec le Nokia. La voix pâteuse d'un réceptionniste m'a répondu, à qui l'évangéliste devait penser quand il écrivit : « Heureux les pauvres d'esprit ! » Il n'était pas autorisé à donner des renseignements sur les prêtres au téléphone. Consulter seulement l'annuaire du clergé ? Non, parce qu'il lui était impossible d'abandonner le téléphone, des fois que quelqu'un appellerait. Tout ce qu'il pouvait faire, c'était me mettre un rendez-vous avec le M. le vicaire épiscopal. Où ça ? À Tournai !

Par mégarde, sans doute, il avait prononcé le nom du personnage, l'abbé Gentil. En cherchant son adresse dans le Bottin, je me suis aperçu qu'en fait, il habitait à Charleroi. Au bout du fil, il ne répondait jamais, si bien que je me suis rendu sur place, rue Charnoy.

Gentil résidait au deuxième d'un immeuble de quatre étages, en béton et aluminium, typique de la laideur des constructions des années soixante. Il m'a reçu dans une pièce mi-bureau mi-séjour, aussi désordonnée que la chambre d'un adolescent. Un pan de mur était occupé par une étagère d'ouvrages qu'il ne devait jamais consulter, car tous les volumes disparaissaient derrière un véritable rempart de photos et de cartes postales. Par terre, à même la moquette, des journaux et des magazines à côté des fauteuils et d'un canapé orientés vers une télévision écran géant.

Justement, il regardait *Coucou, c'est nous.* Il a coupé le son mais pas l'image. Pendant toute la conversation, chaque fois que mes questions l'embarrassaient, son œil bifurquait vers Christophe Dechavanne, comme s'il lui demandait conseil.

En bref, le Père Paul n'avait pas été réduit à l'état laïc, il restait bel et bien prêtre mais, du fait des orientations particulières qu'il avait adoptées, l'évêché ne lui confiait plus de mission sacerdotale.

« J'ai appris qu'il était revenu de Suisse.

— En effet, en effet.

— J'aurais aimé le rencontrer. Vous savez où je pourrais le trouver ?

— Euh, oui...

— Vous pouvez me le dire ? »

Coup d'œil à Christophe Dechavanne.

« Eh bien, non, je ne peux pas.

— Pourquoi ?

— Nous avons décidé - pas moi seul, collégialement - de permettre au Père Paul de vivre dans une retraite complète où personne ne le distrairait plus.

— À sa demande ?

— Pas vraiment. Mais l'intérêt de l'Église...

— Je ne comprends pas. »

Christophe Dechavanne, apparemment, avait participé à la décision, il l'a de nouveau pris à témoin.

« Le Père Paul devenait une sorte... d'illuminé, en marge des institutions. Il prenait des initiatives malheureuses. Il imposait les mains aux malades, des choses de ce genre. Il a même béni des divorcés. Si les gens apprennent où il se trouve, nous craignons que les visites reprennent, qu'une sorte de secte se mette en place.

— Je garderai l'adresse pour moi, je vous le promets.

— Écoutez, si vous voulez rencontrer un prêtre, il y en a beaucoup dans nos paroisses qui peuvent vous entendre. Quel que soit votre fardeau, ils vous écouteront.

— Ce n'est pas un prêtre que je voudrais rencontrer, c'est le Père Paul.

— Dans ce cas, je ne peux pas vous aider. Une règle est une règle pour tout le monde, mais plus encore pour nous autres serviteurs de Dieu. Je ne peux pas y déroger. »

Je n'ai pas insisté. J'imagine qu'il aurait refusé de me donner l'adresse du Christ lui-même, vu qu'il consolait les malades et causait avec une Samaritaine qui avait déjà eu cinq hommes et concubinait avec un sixième.

Avant de rentrer chez moi, je suis passé au Bagdad Café. Tandis que le patron me servait ma chimay bleue, Sandrine, la fille que j'y avais rencontrée quelques jours plus tôt, est entrée en compagnie d'un grand blond que je ne connaissais pas. Elle est venue me faire la bise et s'est installée à ma table, en dépit des réticences évidentes de son cavalier servant.

Tandis qu'elle parlait du film qu'ils venaient de voir, je l'écoutais distraitement tout en continuant à penser au Père Paul. À un certain moment, elle a fait une allusion à son travail à l'administration, d'où il ressortait que le type assis à côté d'elle était un collègue. Brusquement, j'ai pensé qu'elle pouvait m'aider.

« Tu as accès au fichier national à ton bureau ?

— ... Pardon... Tu disais ? »

Elle a dû se demander si je n'avais pas un problème de décrochage au cerveau pour passer de cette façon du coq à l'âne, comme à notre rencontre précédente.

« Tu peux consulter le fichier national dans ton service ?

— Oui.

— Alors, tu pourrais avoir l'adresse de n'importe qui en Belgique ?

— Bien sûr.

— Est-ce que tu voudrais...

— C'est strictement interdit », est intervenu son collègue.

J'ai remis la conversation sur le film. Quand on s'est quittés, j'ai dit à Sandrine que je l'appellerais un de ces jours à son bureau, pour aller au cinéma.

Le type était cramoisi. Elle, ça l'amusait, elle a noté son numéro sur un carton à bière.

Le lendemain, un coup de Nokia et, deux minutes plus tard, je savais que le Père Paul était domicilié à Courtrai, Rodenburgstraat, 930.

Il fallait que je le voie le plus vite possible. Sans répit, les affreux soupçons que j'avais collés à mes parents à propos de la mort d'Adrienne me revenaient en tête. Je les chassais en vain. Plus on veut éloigner les idées fixes, plus elles s'accrochent, c'est bien connu. Je mettais tous mes espoirs dans cette rencontre, comme si le Père Paul, je ne sais trop comment, pouvait dissiper mes appréhensions.

Courtrai est à deux heures de train de Charleroi. J'avais besoin d'une journée pour m'y rendre, trouver la maison, avoir une conversation avec mon homme, revenir. Par chance, grâce à Mme Robert et à une gaffe monumentale que j'avais commise le vendredi, j'ai pu disposer de mon samedi entier.

Le vendredi, en effet, je préparais des sachets contenant la provision de médicaments de deux clientes qui passaient au ravitaillement tous les mois. C'étaient Mme Monbau et Mme Sépulcre. J'ai retenu leurs noms, à cause de l'inévitable plaisanterie mensuelle de Mme Robert : « Claude, tu peux me préparer mon beau sépulcre ? » Cette fois, je n'étais pas loin de la rendre moins drôle, car j'avais mis l'atropine de Mme Monbau dans le sachet de Mme Sépulcre, et l'ibuprofène de Mme Sépulcre dans celui de Mme Monbau. Heureusement, Mme Robert s'en est aperçue. Elle m'a sonné les cloches.

« Écoute, Claude, ça fait un bout de temps que j'ai remarqué que tu n'étais pas à ton affaire. Je ne suis pas aveugle, tu sais. J'ai bien compris ce qui t'arrive. J'ai été amoureuse autrefois moi aussi.

— Mais...

— Tatata ! On n'apprend pas à un vieux singe à faire la grimace. Il faut te décider, mon petit Claude. Y a un pépin ? Elle est mariée ?

— Comment ça, mariée ? Qui ?

— Bon ! Ça me soulage. Eh bien, alors, vas-y ! Elle n'attend que ça, tu peux te fier à mon flair. J'ai un sixième sens pour ce genre d'affaire. Tu veux que je te dise ce que c'est, ton problème ?

— Euh...

— Tu es un indécis ! Tu es le meilleur des garçons, mais tu chipotes sans arrêt. Enfin, tu as passé trente ans...

— Vingt-neuf...

— Qu'est-ce que je disais ? Tu chipotes ! Tu sais quoi ? M. Brichard part à la Côte ce soir. Prends ton samedi. Je me débrouillerai très bien à la pharmacie toute seule. Et lundi, promis, hein, tu me racontes tout ! L'affaire sera dans le sac. »

C'est ainsi que le samedi, je me suis trouvé à neuf heures à la gare de Courtrai et une demi-heure plus tard, devant le 930 de la Rodenburgstraat, une petite maison blanche en brique, au milieu de quelques mètres carrés d'herbes fanées, fermés par une haie vive qui ne se souvenait plus d'avoir été taillée. Une propriété négligée dans un quartier plutôt cossu, qui devait énerver les voisins. Comme si le Père Paul avait reproduit chez les bourgeois son provocant ermitage de Ham-sur-Heure.

J'ai sonné. Au lieu du Père Paul auquel je m'attendais, une femme est apparue. Une soixantaine d'années, vêtue sobrement, jupe, chemisier blanc, gilet boutonné haut. Très maigre aussi, avec un nez aux ailes pincées qui lui donnaient un air d'amertume. Je craignais qu'elle ne s'adresse à moi en flamand mais, tout de suite, elle m'a apostrophé en français :

« C'est pour quoi ?

— Excusez-moi, madame, je cherche le Père Paul. Est-ce que... ?

— Il n'est pas là.

— Il habite ici ?

— Oui, mais il n'est pas là.

— ... Je me présente : Claude Jansens. Je viens de Charleroi pour le voir.

— Désolée. »

J'étais sur le seuil. Comme il y avait une marche assez élevée pour entrer, la femme me toisait à la diagonale de ses paupières. Sa main qui avait entrouvert la porte restait sur la poignée comme si elle s'apprêtait à refermer. Que faire ? Plutôt que de rentrer bredouille, après un aller dans un wagon de scouts criards qui m'avaient déjà mis les nerfs en pelote, j'étais prêt à forcer l'entrée. Quand bien même le Père Paul était absent, je pourrais au moins tirer quelques informations de sa gouvernante. Car j'avais décidé que le cerbère qui me barrait l'accès devait être la gouvernante, comme on disait autrefois pour la servante du curé. Sûrement, elle vivait avec lui depuis des années, peut-être même à l'époque des réunions JOC-JEC auxquelles Adrienne et mon père avaient assisté.

Dans un petit sac à dos, j'avais emporté un en-cas et un Thermos de café. Je l'ai désigné de l'index derrière moi.

« J'avais quelque chose à présenter au Père Paul. Si vous permettez. »

Je suis monté d'un coup sur la marche, si bien qu'elle a reculé d'un pas et a lâché la poignée.

« Si c'est un objet à bénir, je vous le dis tout de suite, il ne bénit plus rien. Il refuse, l'évêché le lui a interdit.

— Il ne s'agit pas de cela, madame. »

Elle a soupiré, a refermé la porte et m'a introduit à gauche dans une pièce rectangulaire meublée à l'avant d'un buffet, d'une petite table et de quelques chaises pour les repas et, plus loin, près de la fenêtre, d'un salon fait de deux fauteuils en cuir râpé. Du côté table, il y avait une porte qui vraisemblablement donnait sur la cuisine. L'atmosphère sentait le tabac de pipe refroidi.

« Alors, cet objet ? »

Je n'avais pas eu le temps de réfléchir à ce que j'avais soi-disant apporté dans mon sac pour le Père Paul. Je n'aurais pu guère en sortir que mon Thermos. J'ai tout de même ôté le sac de mes épaules puis, de la poche intérieure de mon blouson, j'ai sorti une des photos d'Adrienne qui avaient servi à réveiller les souvenirs de Mme Potelle. Je l'ai extraite de son enveloppe et je l'ai tendue à la femme. Quand elle l'a vue, aussitôt elle a porté ses doigts à sa bouche et elle a murmuré : « Seigneur Dieu, Adrienne... »

Elle était bouleversée. La main qui tenait la photo tremblait.

« Vous connaissez Adrienne, madame ?

— Oui, oui.

— Comment la connaissez-vous ?

— Je la connais, c'est tout. »

Elle a fait quelques pas vers l'un des fauteuils en cuir et s'est assise en se cramponnant à son accotoir, comme si elle allait se trouver mal. Ses yeux étaient remplis de larmes. Le temps qu'elle prenne sur elle, je me suis assis dans l'autre fauteuil. Puis j'ai expliqué.

« Adrienne était ma tante, l'épouse de mon oncle André Jansens, pour être précis.

— Était ?

— Oui, elle est décédée le 26 mars dernier.

— Oh, non... »

Cette fois, elle a donné libre cours à ses pleurs. Devant ce chagrin si soudain, j'étais moi-même tout retourné.

« Vous aimiez Adrienne...

— Si je l'aimais ! Mais oui que je l'aimais. Elle était si... jeune, si douce, si courageuse, après tout ce qui lui était arrivé.

— C'est par le Père Paul que vous l'avez rencontrée ?

— Oui.

— Vous étiez à son service ?

— Au service de qui ?

— Du Père Paul.

— Pas du tout ! Je n'ai jamais été à son service. Paul est mon frère, c'est tout. Je suis sa sœur. Il s'est installé chez moi depuis cette année seulement, depuis qu'il est revenu de Suisse. Il ne peut plus rester seul.

— Mais alors, Adrienne ?

— Adrienne a habité avec moi quand j'étais jeune.

— Vous voulez dire... À quelle époque ?

— En 1957. On est restées ensemble pendant six mois.

— Avant son mariage ?

— Ah, ben, plutôt ! »

Elle s'est tue. Les souvenirs affluaient sans doute. Elle secouait la tête.

« On n'était que nous deux. On ne voyait pour ainsi dire personne. Elle se cachait. C'était si bien... et si terrible en même temps. Quand je pense qu'elle est morte, pauvre, pauvre petite ! »

Elle s'est levée pour retirer un mouchoir d'un tiroir du buffet et a mouché son nez pincé sans retenue, comme une petite fille enrhumée.

« C'était à Waterloo ? à Charleroi ?

— Mais non. Ici à Courtrai. J'ai toujours eu cette maison. »

J'y voyais de moins en moins clair. Adrienne à Courtrai, chez cette femme ? C'était à n'y rien comprendre.

« Pardonnez-moi, mais qu'est-ce qu'Adrienne faisait chez vous ?

— Ce qu'elle faisait ? Elle attendait la naissance de son enfant. »

16.

Je viens d'essayer à l'aide de mes notes de me rappeler la suite de la conversation avec la sœur du Père Paul. J'avais noirci trois feuillets de brouillon, j'ai tout balancé à la poubelle. À vrai dire, à part quelques expressions, je n'ai conservé aucun souvenir précis de ses paroles. Ce qu'elle me racontait sortait de ses lèvres comme en lambeaux, déchirés par des moments d'émotion pendant lesquels il lui était impossible d'articuler le moindre mot. Moi-même, j'avais du mal à me représenter les faits qu'elle évoquait. Tout était tellement inattendu. Le temps d'assimiler ce que je venais d'entendre, je perdais le fil de la conversation que je devais rattraper ensuite tant bien que mal.

Plutôt que d'inventer de toutes pièces des propos qu'elle n'a pas tenus, je vais donc tenter de reconstituer méthodiquement les circonstances du séjour d'Adrienne chez Simone. La sœur du Père Paul s'appelait Simone Lipchitz, j'ai oublié de le préciser. Mais, avant cela, je reviens un instant sur ma stupéfaction quand j'ai appris qu'Adrienne avait eu un enfant en 1957.

Jusqu'à ce moment-là, j'avais spontanément imaginé que, dans sa détresse après la disparition de Calogero, pressée par sa famille sans doute, par Vanhout du moins, elle s'était laissé convaincre d'avorter. Jamais il n'avait été question d'un autre enfant avant mes cousins, Philippe et Julie, ni dans sa bouche ni dans la bouche de mes parents ou de qui que ce soit. Peut-être cet enfant était-il mort à la naissance ou en bas âge. Autrefois, dans certaines familles, on tirait un voile sur ces décès. À plus forte raison, dans le cas d'une naissance illégitime. C'est ce que j'ai tout de suite pensé avant même que Simone ait commencé à me livrer ses souvenirs. À tout choisir, je préférais Adrienne poursuivie par le souvenir d'un bébé mort que par la culpabilité d'un avortement.

Donc, le Père Paul avait confié Adrienne enceinte à sa sœur en 1957. Qui était le Père Paul à cette époque ? Ce que je vais dire ressort des révélations de Simone, mais sans doute aussi d'autres éléments que j'ai recueillis plus tard. Peu importe.

Le Père Paul était un jeune prêtre, ordonné deux ans plus tôt. Il exerçait comme vicaire à Marcinelle. Cette affectation, il la devait à l'afflux des Italiens venus travailler dans les mines. Au terme de ses études de théologie en Belgique, en cffet, il avait passé un an à Rome à l'Institut pontifical du Latran où il avait poursuivi une spécialisation en droit canon. Il parlait très bien italien. Déjà au séminaire, il s'était montré élève brillant, un de ceux qu'on repère dans le troupeau parce qu'ils ne bêlent pas comme les autres. Ces taciturnes, on les envoie au seuil de saint Pierre en vue de plus hautes destinées, s'il plaît un jour à Dieu.

Ce qui le distinguait encore aux yeux de l'Église, c'est que Paul était un converti. Par sa naissance, il était juif, d'un milieu par ailleurs sans la moindre pratique ni conviction religieuse. En Lituanie, avant l'exil, ses parents avaient adhéré au Bund, ils étaient athées. Cela ne les avait pas dissuadés en 1942 de confier Paul à un collège jésuite et Simone aux dominicaines de la Sainte-Famille, avant de se rendre eux-mêmes à une convocation du Service du travail qui les avait expédiés de Malines en Pologne, dans une bourgade nommée Auschwitz.

Chez les jésuites, à la fin de la guerre, Paul avait embrassé la foi catholique. À cause de la Shoah. Les croyants parmi les Juifs butaient devant l'amer constat que le Très-Haut les avait abandonnés. Les pères lui avaient expliqué que Jésus, lui, n'avait abandonné personne. Il avait été abandonné par tous. Il était mort innocent, humilié, torturé, comme le dernier déporté des camps d'extermination. Il ne planait pas dans l'azur au-dessus des barbelés. Il errait en costume rayé avec l'étoile jaune sur le cœur au milieu de ses frères. Cette totale subversion de l'idée divine était la seule consolation dans laquelle Paul avait pu se réfugier lorsqu'il avait appris l'anéantissement de sa famille entière, Simone exceptée.

Il n'y a pas plus zélés serviteurs de Dieu que les convertis. Ils ne vivent pas la foi, ils la dévorent. En leur présence, ceux qui en ont été nourris depuis leur enfance rougissent de la fadeur de leur appétit. Les autorités ecclésiastiques avaient pensé se réserver les talents du Père Paul, en faire immédiatement un révérend, un rond-de-cuir d'évêché, comme le vicaire épiscopal que j'avais rencontré rue Charnoy. Lui, cependant, avait imploré qu'on le laisse parmi les gens – pas dans les quartiers chic, dans les corons. Au séminaire, il avait rêvé de devenir prêtre-ouvrier. Mais Pie XII avait interdit l'organisation en 1954, il lui avait coupé l'herbe sous le pied. N'empêche qu'à Marcinelle, il n'hésitait jamais à retrousser les manches. Souvent, on l'apercevait sur les échafaudages en bleu de travail, la soutane en bouchon dans un coin du chantier, occupé à balancer des briques à des ouvriers qui retapaient une bicoque après leur journée. D'où la rumeur qu'il avait été prêtre-ouvrier à laquelle Mme Robert avait prêté foi.

Quand était survenue la catastrophe du Bois du Cazier, il s'était dévoué sans compter, auprès des Italiens en particulier. Au cours des interminables jours d'attente où les secours remontaient les corps, les femmes priaient, priaient au point d'élimer les grains de leur chapelet. Il passait de foyer en foyer, mal rasé – c'est à cette époque qu'il avait fini par se laisser pousser la barbe –, sans col romain à cause de la chaleur d'août, le buste ouvert sur un de ces tee-shirts à col rond mis à la mode par Marlon Brando. Les épouses lui baisaient les mains, elles le suppliaient, comme s'il avait le pouvoir de racheter à Dieu la vie de leurs maris. Il tentait de leur expliquer que Dieu Lui-Même n'aurait pu faire que ce qui était arrivé ne soit pas arrivé. Pour tout réconfort, il prétendait que le Christ était avec leurs hommes à mille mètres sous terre ainsi que le credo l'affirmait par le verset : « Est descendu aux enfers ».

Un mois plus tard, alors qu'il venait de célébrer sa messe de six heures à l'église Saint-Martin, une femme s'était présentée à la sacristie. Sans doute l'avait-il déjà remarquée pendant l'office. Elle se tenait probablement en retrait de la grappe de jeunes veuves et de vieilles filles qui constituaient l'assemblée de semaine. Il ne l'avait jamais vue auparavant. Tandis qu'il ôtait un à un, en les marquant du baiser rituel, ses vêtements liturgiques face au grand meuble de rangement, elle s'était placée humblement derrière lui, sous les yeux de l'enfant de chœur qui rendossait son sac d'écolier. Il suffit que je me reporte à ma propre enfance pour imaginer la scène. Avant de prendre le large, le gamin avait dû annoncer : « Monsieur le vicaire, une dame pour vous ! »

Le Père Paul s'était retourné. Elle s'était présentée : Hélène Vanhout, elle aurait voulu lui parler. Désirait-elle se confesser ? (Il avait remarqué qu'elle n'avait pas communié.) Non, lui parler seulement.

Dans ce cas, il l'avait emmenée au presbytère, lui avait proposé du café, une brioche peut-être. Il était vigoureux, il avait hâte de rompre le jeûne eucharistique. Tandis qu'il se restaurait, elle lui avait expliqué la situation. Sa fille, Adrienne, était enceinte. Elle n'avait que dix-sept ans. Quelques mois plus tôt, elle s'était entichée d'un mineur italien. Elle-même et son mari, le docteur Vanhout, avaient tout fait pour la ramener à la raison. Ils l'avaient confiée à un internat très strict à Bruxelles. Peine perdue. En dépit de toutes ces précautions, l'irréparable avait été commis. À cela s'ajoutait – était-ce un bien ou un mal, elle n'osait se prononcer – que le séducteur était mort dans la catastrophe du 8 août.

Toujours était-il que la vie au sein de la famille Vanhout avait viré au cauchemar. Elle, la mère, en voulait à sa fille, bien entendu, mais cela n'entamait nullement son amour. Il était même plus fort que jamais. Son enfant était comme une petite malade dont la souffrance brise le cœur des parents. Comment la juger d'ailleurs? Que celui qui n'a jamais péché lui jette la première pierre.

En revanche, le docteur, à qui elle avait dû avouer l'état d'Adrienne, avait très mal pris la chose. Adrienne pleurait son bel Italien à longueur de journée. Son chagrin non seulement indifférait Vanhout, il l'exaspérait. Ce qui lui importait, c'était l'honneur de la famille, rien d'autre. Une mère célibataire chez les Vanhout? Inconcevable!

Contrairement à ce que j'avais imaginé, Vanhout n'avait jamais envisagé l'avortement, semble-t-il. Pas pour une question de conviction personnelle, je crois. Il s'occupait de chirurgie, pas de morale. Il était du genre mandarin, très sûr de sa supériorité intellectuelle. À ses yeux, l'interruption de grossesse était une intervention, non sur un être en puissance, mais sur un processus vital. Pourquoi cette ingérence serait-elle à distinguer de celles que la médecine pratique à bon droit sur le même processus lorsque, par exemple, il conduirait un patient à la mort?

Le vrai problème en 1957, c'est qu'un médecin ne pouvait prendre le risque de se rendre complice d'un crime rigoureusement réprimé par le Code pénal. Chirurgien réputé, Vanhout s'était attiré assez d'ennemis en embuscade qui n'hésiteraient pas un instant à lui faire un croc-en-jambe si l'affaire venait à filtrer.

Le chef de famille ne disposait donc que d'une seule solution, en usage dans la bourgeoisie depuis que les bourgeois sont bourgeois : marier Adrienne. Dans ces circonstances, on avait toujours bien sous la main le fils d'un banquier, d'un industriel, d'un notaire qu'un léger dérapage de mère nature avait affublé d'un faciès ingrat et de la cervelle correspondante. Les parents du pauvre garçon comptaient beaucoup sur les égarements des filles de leurs relations. Ils étaient tout disposés à fermer les yeux sur les détails de la transaction.

Un soir, descendant de sa chambre pour le souper, Adrienne s'était trouvée nez à nez avec un monsieur et une dame tirés à quatre épingles. Leurs regards ruisselants d'indulgence dégoulinaient de son visage innocent à son ventre coupable bien qu'encore inaltéré. Un jeune homme les accompagnait, silencieux, qui salivait en la lorgnant comme un cornet de glace à deux boules. On l'avait placée face à lui, si bien qu'elle s'était sentie mal. Elle avait quitté la table après le potage.

Le lendemain, Vanhout était hors de lui. Il avait été contraint jusqu'à minuit de tenir la jambe à des invités qu'il méprisait. Adrienne n'était qu'une ingrate. Il l'avertissait : le saliveur viendrait la chercher le samedi soir pour l'emmener au cinéma, que ça lui plaise ou non.

Le cinéma pour Adrienne, c'était sa première rencontre avec Calogero. S'y rendre avec un autre homme aurait constitué une sorte de profanation. Elle ne pouvait s'y résoudre. Elle avait décidé de s'enfuir. Où ? En Italie, dans la famille de Calogero, où elle confierait son enfant à qui voudrait l'élever ! Une folie, comme le désespoir peut en produire.

Elle avait supplié sa mère de l'aider. Mme Vanhout s'était laissé convaincre, prête à tout, elle aussi, plutôt qu'au marchandage auquel voulait se livrer son mari. D'où sa visite au Père Paul. Elle avait vu sa photo dans *La Cité* au-dessus d'un article intitulé « Le curé des Italiens ». Mme Potelle, la logeuse de Calogero, on s'en souvient, n'avait pu lui donner son adresse en Italie. Le Père Paul pourrait sûrement la découvrir, puis user de son prestige de prêtre.

Quel effet cette requête avait-elle produit sur le Père Paul ? Il faut se le représenter alors, frais tonsuré, inexpérimenté, bouleversé par la récente tragédie de la mine, face à une mère aux abois. Certainement, la pitié l'avait saisi, il n'avait pas réfléchi à l'absurdité du projet d'Adrienne. L'adresse de Calogero n'était pas difficile à trouver, il suffisait de la demander à l'administration du Bois du Cazier. Il avait écrit en Italie. Il expliquait les faits et, aussi délicatement que possible, il laissait entendre qu'Adrienne ne viendrait pas les mains vides. Elle disposerait d'un confortable pécule – sa mère l'en avait assuré. Elle ne serait pas à charge de la famille, elle pourrait même la soulager.

Je suppose qu'en fermant l'enveloppe, il avait déjà compris quelle réponse une pareille lettre méritait. Quelques jours plus tard, elle était sur son bureau, signée d'une femme qui se présentait comme la sœur de Calogero. C'était NON.

Cette fille, une dévergondée comme toutes les filles du Nord, avait tout aussi bien pu coucher avec la moitié du charbonnage. Calogero était un garçon séduisant, mais pas du genre à déflorer des gamines. Leur argent, les Belges pouvaient se le garder. La vieille mère de Calogero était suffisamment accablée. Qu'on ne vienne pas tourmenter son dernier souffle en salissant l'image de son fils martyr.

Le Père Paul aurait pu en rester là. Il avait fait ce qu'il avait pu. Pourquoi avait-il pris le sort d'Adrienne tellement à cœur? Je ne peux le garantir, mais je devine ce qui s'est passé. Quand elle a été informée du refus des Italiens, Mme Vanhout est revenue voir le Père Paul. Mue par un instinct plus féminin que maternel, elle s'était fait accompagner d'Adrienne. Peut-être était-ce de nouveau à la messe du matin, derrière le maigre groupe des fidèles. Quand il a aperçu le visage d'Adrienne, si beau et si malheureux, nimbé par la lumière oblique d'un vitrail, le Père Paul a perdu contenance. Pour la première fois depuis qu'il montait à l'autel, qui sait s'il n'avait pas prononcé distraitement les formules sacrées. Et, après l'*ite missa est*, dans la sacristie, en découvrant la personne électrique d'Adrienne qu'il s'était figurée jusqu'alors comme une petite gourde, le jeune homme de vingt-sept ans en lui avait décidé qu'il la tirerait d'embarras, qu'il se l'attacherait, comme le bon berger recueille la brebis égarée sur ses épaules saillant dans un tee-shirt Marlon Brando.

« Ne perdez pas courage, mademoiselle, vous non plus, madame, je trouverai un moyen. »

Huit jours plus tard, il demandait à les revoir à Waterloo, en présence du père. Il tenait une solution qui sauverait les apparences, garantirait à Adrienne l'avenir qu'elle méritait et préserverait au mieux l'existence du malheureux résultat d'un moment d'égarement.

« Quoi donc ? s'impatientait Vanhout au comble de l'agacement après tous les refus d'Adrienne de sortir avec son épouseur.

— L'accouchement sous X.

— Impossible ! Interdit par la loi.

— En Belgique ! Pas en France. »

Dès que la grossesse d'Adrienne serait visible, on l'éloignerait. La sœur du Père Paul était prête à l'accueillir. Elle habitait à Courtrai, à la porte de Lille, où une clinique pratiquait ce genre d'arrangement. Il s'occuperait de tout, les parents n'avaient qu'à le laisser faire. Alors ?

À voir la tête de Vanhout soudain fendue d'un sourire, l'affaire était dans le sac. Pour la forme, il demandait à réfléchir. Le lendemain, au téléphone, c'était tout réfléchi. Le Père Paul avait carte blanche.

Parmi les expressions de Simone quand elle m'a raconté sa première rencontre avec Adrienne, j'ai gardé le souvenir du mot « conversion ». Il est arrivé dans son récit à peu près comme ceci :

« Paul était allé chercher Adrienne en train. J'avais accepté d'héberger sa protégée pour lui faire plaisir. J'étais seule, je disposais de cette maison de nos parents. Elle est autant à lui qu'à moi. Je travaillais comme assistante sociale pour la ville de Courtrai. Les gens en détresse, c'était mon rayon. Les vrais malheureux, je veux dire. Par contre, le cas de cette gosse de riches engrossée par un Italien, franchement, ça me semblait presque risible.

»J'étais ici, dans cette pièce. J'ai entendu que Paul et la fille entraient dans le corridor. J'ai ouvert la porte. Paul la poussait en avant, il tenait ses valises à bout de bras. Elle s'est arrêtée. Les mains le long de son manteau trop large, les yeux levés vers moi, une sorte de supplication à un coin de la bouche. Pas de bonjour, pas de présentation, rien. L'attente seulement, l'attente totale, comme si elle était prête à accepter une gifle aussi bien qu'une caresse. Je pouvais choisir.

»Depuis des années, depuis la disparition de nos parents sans doute, je n'avais aimé personne. J'avais vingt-neuf ans. Mes seuls sentiments, c'était de la compassion parfois, mais professionnelle, contenue, refoulée même, sinon le métier devient impossible. Et, là, tout à coup, j'ai senti mon cœur se fendre, je ne peux pas mieux dire.

»Après, j'ai repensé bien souvent à cette scène. J'ai compris ce que c'est de se convertir. Paul s'est converti au Christ, moi à Adrienne. La conversion se passe en une seconde. On saisit d'un seul coup que tout ce qu'on a vécu jusqu'alors n'avait aucun sens. Le sens est là, brusquement. On sait immédiatement pour quoi on va vivre ensuite. C'est ça qui m'est arrivé. »

J'imagine que la conversion provoque une joie sans pareille. Nous n'avons pas besoin de ces phénomènes exceptionnels pour faire tous une fois ou l'autre l'expérience de parenthèses heureuses, de moments d'ivresse où le fond d'ennui de l'existence s'évanouit, où la crainte souterraine de la mort elle-même disparaît, où le simple bonheur d'exister, d'être présent dans le flux de la vie nous submerge.

Cette période de grâce à la suite de sa conversion, Simone l'avait connue avec Adrienne. Elles passaient tout leur temps libre ensemble. Pour elle, elle avait acheté *Le Conseiller culinaire* de Gaston Clément, elle s'était mise à cuisiner. Elle l'emmenait le dimanche, le plus souvent en France, du côté de Tourcoing, de Roubaix, elles buvaient un guignolet kirsch dans les estaminets. Le soir, elles écoutaient Radio Luxembourg, feuilletaient *Elle* ou *Femmes d'aujourd'hui.* Elles parlaient peu. À la conversation, Adrienne préférait la main de Simone dans ses cheveux devant le poêle à charbon rougissant.

Pendant que Simone travaillait aux services sociaux de la ville, Adrienne était censée préparer les examens du jury central, comme Vanhout l'avait exigé. Sa mère passait une heure tous les quinze jours. Elle lui apportait les manuels nécessaires, les exercices qu'elle remettait à un professeur particulier et les corrigés. Adrienne n'avait pas vraiment le cœur à étudier. Il n'y avait que la poésie qui arrivait à l'intéresser. Elle passait ses journées dans l'anthologie jésuite du Père Hanquet.

Entre-temps, Simone tenait-elle lieu de mère pour Adrienne ? Non, elles étaient trop proches par l'âge sans doute. La voyait-elle plutôt comme une petite sœur ? On pourrait le croire. Pourtant, dans la manière dont elle me parlait d'Adrienne transparaissait, me semble-t-il, un attachement plus profond, plus intime, qu'elle ne pouvait exprimer ouvertement.

J'avais fréquenté assez ma tante pour sentir de quoi il s'agissait. Comment Simone ne se serait-elle pas éprise d'amour pour elle, tout simplement ? Qu'on n'aille pas tout de suite imaginer une liaison sulfureuse ! Dans l'autre, ne peut-on voir l'être humain d'abord, en dehors de l'accident qui en a fait un homme ou une femme ? C'est pour l'âme d'Adrienne que Simone s'était enflammée. Tant pis si ce vieux mot n'a plus cours aujourd'hui.

Quant à Adrienne, comment aimait-elle Simone ? Simone était son unique refuge. Indésirable chez ses parents, indésirée en Italie. Elle éprouvait sûrement de la reconnaissance pour la femme qui l'avait prise sous son aile. Elle l'aimait à sa façon, comme elle m'avait aimé moi aussi, c'est-à-dire sans jamais mesurer la force de mon affection. Elle m'accordait la sorte d'intérêt que les saints consentent à la ferveur de leurs dévots, une attention bienveillante mais lointaine, qui s'épanche de leur piédestal.

Son seul véritable amour avait été Calogero. Même à l'enfant qu'elle portait, elle n'aurait pu s'attacher. Quand elle s'était offerte à Calogero, elle était trop jeune pour lier ce don à la perspective d'un enfant. Mère à dix-sept ans, elle n'y pensait pas. Impossible. Pas la peine de prendre des précautions. L'instant de fusion qu'elle voulait entre elle et Calogero ne les concernait qu'eux seuls. Enceinte, elle l'était déjà d'ailleurs, comme elle le disait dans ses lettres, mais du seul bébé qui lui importait : Calogero. La place était prise.

L'autre qui, à sa grande surprise, s'était manifesté en elle un mois plus tard résultait d'une sorte de ruse de la nature. La vie avait profité de son élan vers Calogero pour s'immiscer en elle, à la façon dont la fleur est fécondée par les abeilles qui ne pensent qu'à butiner. L'enfant était là maintenant comme un passager clandestin. Il fallait le débarquer sans faire d'histoires.

C'est ainsi qu'elle avait compris l'accouchement sous X. Elle avait hâte de pouvoir se consacrer de nouveau tout entière à l'amour de Calogero. Chez Simone, si elle se taisait si souvent, c'est qu'elle ne cessait de penser à lui. Le reste finalement l'indifférait.

L'accouchement avait été une horreur. Simone était restée plus de dix heures à ses côtés. Elle gémissait et, pour finir, elle prétendait même qu'elle allait mourir. Elle voulait être enterrée près de Calogero au cimetière de Marcinelle. La bonne sœur qui venait régulièrement constater l'avancement du travail répétait avec une assurance satisfaite que les femmes enfantent dans la douleur, y compris les honnêtes. Je crois que Simone avait souffert autant qu'Adrienne.

«Je n'ai pas pu l'accompagner en salle d'accouchement. J'étais derrière la porte. Elle a hurlé. Le médecin la brusquait. Pas de cri d'enfant, ça non.

J'ai vu Adrienne ressortir sur le lit roulant. La bonne sœur qui l'emmenait m'a dit : "M'est avis qu'elle avait fait moins de chichis pour l'attraper que pour le sortir." Adrienne était exténuée, le visage couvert de sueur, les veinules des joues éclatées. Je crois qu'elle n'a même jamais vu le bébé. Mon frère m'a dit qu'il était mort à la naissance. »

17.

Simone était épuisée comme quelqu'un qui vient d'accomplir un parcours harassant. Elle a séché ses yeux, s'est mouchée et a levé sur moi un regard gêné.

« Excusez-moi... Tous ces souvenirs... Cette pauvre fille... Je reviens dans un instant. »

Elle m'a laissé et est passée dans le corridor. J'ai entendu les marches de l'escalier craquer, puis ses pas à l'étage, à travers le plafond. Un peu après, j'ai cru percevoir quelques bribes de conversation entre sa voix à elle et une autre plus basse, qui semblait bougonner. Quand elle est redescendue, j'avais déjà deviné que le Père Paul n'était pas vraiment absent. Il se barricadait dans sa chambre.

« Ce n'est pas spécialement contre vous, m'a dit Simone désolée. Il ne veut plus voir personne du tout. »

Bien sûr, Simone venait de me dévoiler un pan entier de la vie d'Adrienne que j'ignorais, mais le Père Paul devait être au courant de bien plus encore. Après l'affreux drame de son accouchement, il avait continué à la voir. Des années plus tard, il la relançait au Cabaret vert. Qu'est-ce qu'il avait voulu dire quand il l'avait saisie par les épaules sous les yeux de M. Norbert et qu'il lui avait demandé pardon pour le mal qu'il lui avait fait? Ce mal, ce n'était pas l'accouchement, le séjour chez Simone. Il l'avait plutôt tirée d'embarras. Jusqu'alors, il n'avait rien à se reprocher. Ce n'est qu'ensuite, si je me remémorais les paroles de mon père, qu'il s'était immiscé de manière pour le moins ambiguë dans la vie sentimentale d'Adrienne. Il s'était félicité de voir mon père laissé sur le bord de la route puis, à contrecœur, il avait célébré le mariage de mon oncle André et d'Adrienne. L'icône de la Vierge à l'Enfant qu'il lui avait offerte, que signifiait-elle? Allusion à sa maternité secrète, certainement, mais dans quel sens? Ce que ce cadeau devait répéter à Adrienne, n'était-ce pas finalement : « N'oublie pas ce que j'ai fait pour toi? »

Il l'aimait. Il n'avait pu se détacher d'elle. Des années durant, il l'avait poursuivie. Il l'avait épiée en train de boire ses cappuccinos quand elle guettait Colbers. À ce sujet, il avait maintes fois rencontré la mère d'Adrienne. Lui avait-elle fait des confidences? Est-ce lui qui aurait ensuite dessillé les yeux d'Adrienne sur sa naissance? Il n'avait pas mesuré combien il la perturberait, le mal que cette révélation lui ferait. Était-ce pour cela qu'il avait imploré son pardon?

Toutes ces questions se pressaient en moi tandis que Simone me préparait du café à la cuisine avant que je ne reparte. J'ai fouillé dans mon portefeuille et j'ai retrouvé un autre exemplaire de la carte de visite du représentant Teraplan. J'ai rapidement griffonné quelques mots au verso :

Cher Père Paul,

J'ai bien peur que mon père, Roger Jansens, n'ait commis un meurtre sur la personne de ma tante Adrienne Jansens et qu'il n'ait maquillé les faits avec la complicité de ma mère. Je ne sais que faire. Aidez-moi, s'il vous plaît.

Claude Jansens

Je m'apprêtais à remettre ce billet à Simone pour qu'elle le porte à son frère, mais je me suis dit qu'elle ne voudrait pas remonter dans sa chambre d'où il venait de la congédier. Alors, j'ai ajouté en post-scriptum :

P-S : Mon numéro de portable est le 0475/541564.

Je n'y étais pas allé avec le dos de la cuiller, je m'en rendais bien compte. Malgré tout, cela me soulageait d'avoir osé mettre noir sur blanc les soupçons qui m'empoisonnaient l'esprit. À tout prix, il fallait que je rencontre le Père Paul. Pour attirer une grosse pièce dans l'Ornale – un brochet par exemple, on en trouve quelquefois –, il ne faut pas lésiner sur les appâts. Avec un meurtre chez ses anciens fidèles, je devais ferrer leur confident.

J'ai plié la carte de visite en quatre et je l'ai remise à Simone après avoir expédié mon café.

« C'est très personnel. Une confession. »

Je voulais m'assurer de sa discrétion. Elle a hoché les épaules.

« Il ne confesse plus, vous savez. Enfin, si vous y tenez, je lui passerai. »

Je suis reparti. À peine débarqué à Charleroi-Sud, mon téléphone a sonné. À cette époque-là, quand il y avait des cabines partout ou, du moins, des isoloirs en plexiglas, je me voyais mal prendre l'appel au milieu des gens en plein hall de la gare. Je me suis précipité aux toilettes.

« Allô, c'est Paul ici, Paul Lipchitz.

— Le Père Paul ?

— C'est ça... Vous êtes le fils de Roger ?

— Oui.

— On doit se parler.

— Le problème, c'est que je suis à Charleroi, maintenant. »

Je n'ai pas précisé : « dans les toilettes de la gare », c'était tellement incongru. Je me tenais près du sèche-mains, juste à l'entrée. Deux types venaient d'entrer. Contrairement à la posture universelle de l'homme face à l'urinoir, tête baissée vers la coquille, ils se dévissaient la nuque en biais pour mieux entendre ce que je racontais. Me mettre à chuchoter dans un pareil lieu, ç'aurait été suspect.

« Demain, vous êtes libre ? demandait le Père Paul.

— Oui.

— Est-ce que vous pouvez venir à Mons, à l'église Sainte-Élisabeth, vers midi et demi ? »

Les deux types se lavaient les mains, il fallait que je décampe. Je me suis engouffré dans un W-C.

« Pardon, vous pouvez répéter ?

— L'église Sainte-Élisabeth, près de la Grand-Place. Vous voyez ?

— Je trouverai.

— Vous y serez ?

— Oui, j'y serai. À demain. »

Je suis ressorti sous l'œil goguenard des deux zigues qui avaient attendu avant d'enclencher le sèche-mains. J'étais rouge comme si je venais de filer un rancard à un copain gay.

Avant de rentrer à mon studio, je me suis arrêté chez Nunzia. Je n'avais rien avalé de solide depuis le matin. J'ai demandé la portion « géante » accompagnée de la sauce pickles qu'elle préparait elle-même avec des poivrons à la place des cornichons.

« À propos, j'ai retrouvé toutes les paroles de la chanson pour ta fiancée, m'a-t-elle dit en secouant la salière sur les frites.

— Ma fiancée ?

— Angelina. *O bell'Angelina...*

— Ah oui !

— Mon mari la connaissait. Je pourrais te la chanter, en piémontais, seulement !

— Ça raconte quoi ?

— Ben, justement, ce n'est pas une “saranade”.

— Sérénade.

— Si tu veux. C'est une chanson de deuil. Cette Angelina, elle a été tuée par son ancien amoureux. »

On pense si ça m'a fichu un coup !

Il y a quelque temps, j'ai lu que, dans certaines régions d'Italie, des femmes autrefois improvisaient des romances sur les événements de leur village. Elles pouvaient même se considérer comme des prophétesses susceptibles de révéler, sous prétexte de chanson, les secrets que personne n'osait dénoncer. On donnait l'exemple d'une lamentation sur une fille tombée d'une falaise, que son amant avait peut-être un peu poussée.

Nunzia, ce jour-là, du haut de sa baraque à frites, m'a fait l'effet d'une sibylle. La nuit, je me suis réveillé en sursaut. Je voyais ma mère penchée sur le cercueil ouvert d'Adrienne, elle s'assurait de sa mort, tandis que mon père, un peu en retrait, se lavait les mains dans les lavabos de Charleroi-Sud.

Le lendemain, quand je suis entré dans l'église Sainte-Élisabeth où flottaient encore les vapeurs d'encens de la messe de onze heures, je n'ai d'abord aperçu que quelques femmes disséminées dans les travées. Je me suis avancé par un des bas-côtés jusqu'à une chapelle latérale où un homme au crâne dégarni était assis face au lumignon rouge qui brûlait sur l'autel.

« Père Paul ?

— Oui. »

D'un signe de la tête, il m'a désigné la chaise basse à sa gauche. Sa grosse veste de cuir dégageait une odeur de tabac poivrée. Il était un peu négligé. Une barbe grise lui mangeait les joues. Notre entretien tout entier s'est déroulé dans cette disposition en parallèle que les hommes d'Église adoptent par instinct, parce qu'ils ne sont pas avec nous, mais à côté, sur leur propre chemin.

« Ton père n'a pas fait de mal à Adrienne. C'est impossible. »

Tout de suite le tutoiement, une habitude d'aumônier des jeunes, du temps de la JOC-JEC, le ton direct, la simplicité.

« Pourtant...

— C'est impossible. Je connais Roger, mieux que personne. Et ta mère, tout autant. Explique-moi. »

J'ai raconté comment mon père avait tenté de reconquérir Adrienne après la mort d'André, au point qu'elle s'en était effrayée et avait disposé un pistolet dans un meuble de l'entrée. Le Père Paul a souri, il a murmuré : « Toujours bien elle ! » La nuque brisée d'Adrienne ? Il a haussé les épaules : puisqu'elle était tombée ! Cela ne voulait rien dire. La mort de sa protégée, qu'il avait apprise la veille par Simone, ne semblait pas l'avoir ébranlé comme sa sœur. Dans ses paroles, son attitude, je sentais plutôt une résignation douloureuse mais attendue. En quelque sorte, il venait enfin de tourner la dernière page de l'histoire d'Adrienne. Désormais, il pouvait relire et commenter tel ou tel épisode sans s'inquiéter de la suite ni du dénouement.

Ainsi, il y avait le chapitre des frères Jansens. Oui, Roger avait été fou d'amour pour Adrienne. Pourquoi l'avait-elle repoussé ? À cause, évidemment, de l'enfant secret qu'elle avait eu de Calogero. Ce faux pas, Roger n'aurait pu l'accepter. Elle ne pouvait le lui avouer. Roger était un bon petit catholique « élevé dans les niaiseries de l'Immaculée Conception ». Je reproduis textuellement les paroles du Père. Si Adrienne lui avait dit la vérité, son auréole en dégringolant de sa tête aurait incendié mon père. Elle ne voulait pas réduire en cendres l'idéal de la femme qu'il s'était fabriqué devant les statuettes phosphorescentes de la Vierge qu'on recevait alors au catéchisme. Une autre au cœur chaste le lui offrirait. Ce devait être ma mère. Les conditions virginales, elle les remplissait mais, pour le reste, ma mère était un simple être diurne, incapable d'illuminer les rêves de qui que ce soit.

Sûrement, le Père Paul avait caressé le projet de se réserver Adrienne. Pas question d'une relation charnelle, en tout cas à cette époque-là, quand son zèle d'apôtre l'emportait encore sur toute autre ferveur. Ce qui le poussait, c'était sans doute le désir pervers, qu'on voit chez certains ascètes, d'attirer des êtres innocents derrière le grillage où ils se sont enfermés à l'abri de la vie.

Adrienne n'était pas un oiseau de volière. Elle avait résolu de se marier pour échapper à l'ambiance familiale. Elle avait besoin d'un homme à qui elle pourrait expliquer son passé sans qu'il en fasse un plat. Le grand amour, elle l'avait eu. Cela ne s'attrape pas deux fois. Il lui suffisait d'un peu de compréhension et d'affection.

Ici, je voudrais rendre justice à mon oncle André. Bien sûr, il n'avait rien du preux chevalier après qui sa dame soupire au sommet de sa tour. Il avait roulé sa bosse. Le modeste pied de nez d'Adrienne à la morale bien-pensante, qu'est-ce que ça pouvait bien lui faire à côté des horreurs qu'il avait vues en Corée, dans lesquelles, bon gré, mal gré, il avait trempé ? Vanhout avait consenti au mariage en représailles contre Adrienne. Sa suffisance de grand bourgeois glissait sur la carapace d'André. André était un type ordinaire, un homme qui me rend fier d'appartenir à cette modeste confrérie.

Mon estime rétrospective pour André, le Père Paul, cependant, n'avait pas l'air de la partager. Bien entendu, les manières qu'il avait acquises dans ses fonctions lui interdisaient d'afficher son mépris. « Ce brave André », prononçait-il pour le désigner, avec une demi-moue indulgente. Rien à lui reprocher, même s'il n'avait pas inventé l'eau chaude, sauf qu'Adrienne aurait pu trouver mieux. Le « mieux », dans ce genre de charitable remarque, se réfère en général au railleur. En l'occurrence, il sous-entendait : « Un homme comme moi, Père Paul, si j'avais été sur les rangs, mais j'appartenais à Dieu. »

Un instant, le visage de mon oncle mort m'est réapparu, lorsque nous le veillions, Adrienne et moi, dans le salon orange. Un masque tranquille, apaisé, beau, malgré ses oreilles comme des bannières. Avec ses modestes moyens, André avait fait son possible pour procurer à son épouse une vie convenable. Il en connaissait les ténèbres. Il y avait allumé sa petite chandelle, qui venait de se consumer. Voilà pourquoi Adrienne avait tenté de me transmettre ses secrets devant sa dépouille. Quelqu'un devait reprendre son modeste flambeau. Elle m'avait choisi et moi, je n'avais pas voulu l'écouter. Ses airs énigmatiques, à mes yeux, ne recouvraient qu'une bagatelle. C'est bien là toute la considération que nous avons pour le mystère des autres ! En voyant Adrienne s'emparer de l'icône sur la cheminée et poser ses lèvres sur le visage de l'Enfant Jésus, elle qui ne manifestait jamais aucune forme de piété, j'aurais pu, au moins, me poser des questions.

À la condescendance du Père Paul pour André, j'ai voulu rétorquer : « Mon oncle a toujours beaucoup aimé Adrienne.

— Oui, sûrement, à sa façon...

— Ils ont travaillé ensemble, ils ont eu une vie correcte, ce n'est déjà pas si mal. Avec deux enfants, pour oublier le petit qui était mort. »

Le Père Paul est resté un long moment à contempler le lumignon rouge qui tremblotait devant nous. Il pouvait s'en tenir là, me congédier, il estimait probablement que sa parole de prêtre m'avait assez rassuré sur mon père et ma mère.

Mais il ne s'agissait pas de moi. Il s'agissait de lui. Quand mon père lui avait rendu visite à son ermitage, il avait déjà voulu se confesser. Sa confession, cependant, était incomplète, à la mesure de ce qui les concernait l'un et l'autre. À présent, il délibérait. Est-ce qu'il allait se mettre à table, une bonne fois pour toutes, maintenant qu'Adrienne n'était plus ? À travers le lumignon, il consultait peut-être celui qu'il avait servi si longtemps, qui avait dit par la bouche de l'évangéliste : « La vérité vous affranchira. »

« Tu veux parler de l'enfant né sous X ?

— Oui.

— Simone t'a raconté qu'il était mort ?

— En effet.

— Eh bien, non, il n'est pas mort.

— Quoi ?

— C'est moi qui ai dit à ma sœur qu'il n'avait pas vécu. Autrement, un jour ou l'autre, elle se serait demandé où il était passé.

— Mais... et Adrienne ?

— Je n'ai pas pu lui mentir. J'ai hésité. J'aurais dû peut-être. Je lui ai seulement donné les informations autorisées : l'enfant était bien conformé, en bonne santé, adopté sur-le-champ. »

À nouveau, j'étais dans les cordes. Je ne savais plus que dire. Plutôt que cette révélation, je me demande si je n'aurais pas préféré la confirmation de la mort du bébé à laquelle j'avais cru quelques heures. Il aurait rejoint Calogero et laissé Adrienne reprendre le cours de sa vie. Vivant, malgré toutes les précautions de l'accouchement sous X, il ne disparaissait pas. Il restait là, quelque part, en réserve, pour le jour où la destinée de sa mère le requerrait.

Ce jour-là, comme le Père Paul me l'a expliqué, est arrivé à la naissance de Julie. Bien que ma cousine fût passée comme une lettre à la poste, son arrivée ne procurait aucune joie à Adrienne. À peine l'enfant dans ses bras, elle s'en déchargeait sur l'infirmière ; après une seule tétée infructueuse, elle avait renoncé à la nourrir ; elle ne supportait pas ses pleurs, elle avait demandé qu'on l'emmène la nuit pour qu'elle puisse dormir de son côté.

De retour à la maison, elle avait sombré dans la dépression. En attendant qu'elle se rétablisse, André avait engagé une nurse. Adrienne, cependant, continuait à broyer du noir, si bien qu'il avait fait venir le Père Paul. Depuis le mariage, il n'avait plus aucun contact. Le Père était accouru. La scène, il l'avait encore parfaitement à l'esprit.

« C'est André qui m'a présenté Julie, dans ses gros bras, sur son tablier de boucher. Fier ! Même Adrienne souriait vaguement, non pas à sa fille, mais du bonheur de son mari, qu'elle ne pouvait partager. Quand on a été seuls, elle m'a aussitôt demandé si je savais où se trouvait le bébé, son premier bébé. Je lui ai répondu que je n'en avais aucune idée. Elle a fondu en larmes. Elle sanglotait, c'était terrible. Je l'ai prise dans mes bras. Je n'avais jamais vu un pareil chagrin. Une vraie débâcle.

— Avant ça, elle ne s'était jamais inquiétée de son enfant ?

— Non. Elle était si jeune, si désemparée, à la naissance. À ce moment-là, elle n'avait pas compris ce qui lui arrivait. Puis je suppose qu'elle avait fait une sorte de barrage à ses remords, parce qu'elle avait assez de problèmes sans ça. Mais devant cet autre petit être fragile sorti de ses entrailles, le barrage a cédé. Elle ne pouvait s'attacher à Julie, si fort qu'elle le veuille, si elle ne se rattachait pas d'abord à son premier-né. Ç'aurait été trop injuste. »

L'attitude d'Adrienne n'était pas aussi étonnante qu'on pourrait le croire. Par la suite, j'ai eu tout le temps d'y réfléchir. À la pharmacie, Mme Robert et moi, nous avons connu une jeune fille qui venait sans cesse réclamer de nouveaux laxatifs. Jusqu'au bout, elle avait refusé d'attribuer le ballonnement de son ventre à une grossesse. Dans les années qui ont suivi, les journaux ont rapporté bien souvent le cas de mères porteuses qui s'imaginaient léguer un enfant comme on offre un rein à un malade. Au bout du compte, elles comprennent que le bébé nourri de leur sang est autant le leur que celui des acquéreurs.

« Et ensuite, qu'est-ce qui s'est passé ?

— J'étais tellement bouleversé, elle suffoquait contre moi. J'étais paniqué. Je lui ai promis de rechercher son enfant.

— C'était impossible, non ? »

Le Père s'agitait de plus en plus, il se tordait les mains.

« Dans toute cette affaire, j'ai mal agi, Claude. J'ai tergiversé, j'ai menti, j'ai dissimulé. Depuis le début. Mais le pire, ç'a été à partir d'alors.

— Qu'est-ce que vous voulez dire ?

— Je savais parfaitement où se trouvait l'enfant.

— Ah ? Vous l'avez dit à Adrienne ?

— Justement, non ! J'ai attendu des années... Cinq ans avant de le lui dire.

— Cinq ans ! Mais pourquoi ?

— Pour continuer à voir Adrienne ! Je faisais semblant d'enquêter, je remuais ciel et terre prétendument alors que je ne bougeais pas le petit doigt. Elle me rendait visite, tous les mois pour ainsi dire. Je voulais me la garder. Est-ce que tu peux comprendre ça ? Je la traînais en longueur. Pour la voir, pour qu'elle vienne près de moi, pour que je l'entende, que je la voie, que je la respire. »

Ses yeux maintenant brûlaient de fièvre. Ses traits avaient pris une expression hagarde presque effrayante.

« Comment saviez-vous où était passé le bébé ? »

Il a repris son souffle.

« L'accouchement sous X était entre les mains d'une institution religieuse. Elle faisait des facilités aux ecclésiastiques. Il y avait toutes sortes de combines. Je connaissais un couple, des gens très bien, très pratiquants. Ils me demandaient des messes, ils faisaient des neuvaines pour avoir un enfant. La femme était stérile. Définitivement. Il n'y a pas de miracle connu contre cela. Alors j'ai arrangé les choses. Le miracle, c'était moi, en somme. Ils ont pris l'enfant le jour de sa naissance.

— Vous avez dit qui étaient ces gens à Adrienne ?

— Oui. Finalement, oui. J'ai dû. Ç'a été le plus abominable. »

Il s'est encore arrêté avant de recommencer péniblement.

« Elle avait fini par deviner que je la menais en bateau, que j'avais trouvé, mais que je ne voulais pas le lui dire. Forcément, je m'emmêlais dans mes soi-disant investigations. Elle a d'abord pensé que je craignais qu'elle ne veuille reprendre l'enfant. Elle m'a juré qu'elle n'essaierait jamais. Elle voulait seulement savoir où il était. C'est tout. Puis, peu à peu, elle a compris que ce n'était pas ça que je redoutais. Je tremblais qu'elle ne vienne plus une fois qu'elle saurait tout. Elle l'a senti. Elle était si sensible, elle lisait en moi...

— Et alors ?

— Alors, il y a eu une scène affreuse. »

Il s'est pris la tête entre les mains, a appuyé ses coudes sur ses genoux, il était prostré comme un supplicié attaché au poteau, qui attend les coups sur son dos.

« Un soir, elle est venue me voir, elle a proposé de coucher avec moi, si je lui donnais le nom de l'enfant et de ses parents adoptifs.

— Quoi !

— Oui... Coucher avec moi ! Dieu sait si je l'avais désirée pendant toutes ces années. Mais ça, ça m'a tué. J'ai saisi tout à coup à quel point j'étais un salaud. Comment est-ce que j'avais pu l'amener à cette humiliation ? Comme elle devait me mépriser ! »

De petits soubresauts agitaient ses épaules. Il sanglotait. J'étais embarrassé. Je me retournais vers la nef pour m'assurer que les femmes en prière ne nous observaient pas. C'était un geste absurde chez un pénitent sans doute mais, par pitié, j'ai posé ma main sur son dos pour le réconforter.

« Vous lui avez dit pour l'enfant ?

— Oui. Le plus cruel, c'est que les parents n'habitaient pas très loin. Ils étaient à Charleroi, rue Léopold. »

En entendant le nom de la rue, mon cœur évidemment m'a envoyé une terrible ruade dans la poitrine.

« Rue Léopold ? Ils s'appelaient comment, ces gens ?

— Colbers.

— Colbers ?

— Oui. La petite s'est appelée Nadine Colbers. »

18.

Mon esprit a subi comme un court-circuit. L'irruption des Colbers dans l'histoire de l'enfant d'Adrienne, c'était une surcharge qu'il ne pouvait supporter. Pour moi, je le rappelle, Colbers était le vrai père d'Adrienne et, brusquement, voilà qu'il devenait le père adoptif de la fille d'Adrienne ! Un moment, mon cerveau s'est mis à l'arrêt, en sécurité. Cela valait mieux. J'avais perdu les pédales.

À côté de moi, plié en deux, le Père Paul reprenait lentement sa respiration. Il a senti ma main dans son dos. Il s'est redressé, je l'ai retirée. Alors, il a voulu s'en emparer. Je me suis esquivé. Bien sûr, j'avais pitié de lui, pas au point pourtant de tomber dans des familiarités déplaisantes. Ses problèmes, il les avait bien cherchés. Pour dissiper le malaise, il a fallu que je trouve quelque chose à dire.

« Ces personnes, les Colbers, je les connais.

— Tu les connais ?

— Oui. Ils n'habitent plus rue Léopold, ils ont un appartement à la tour Apollo.

— Ah...

— Le mari est mort récemment.

— Guy ? Un brave type. »

Ces échanges élémentaires ont remis doucement mes neurones en marche. Le Père a pris un air vaguement perplexe.

« C'est Adrienne qui t'avait parlé d'eux ?

— Non, pas du tout. C'est... Ça s'est fait... par hasard. Ce serait trop long à expliquer.

— Et Nadine, tu la connais ?

— Non. Je n'ai jamais rencontré que Mme Colbers et encore, à une seule occasion. En plus, ça ne s'est pas très bien passé. »

J'avais trop d'interrogations en tête pour lui relater les péripéties de mon enquête. D'ailleurs, dans l'état où il se trouvait après ses aveux, il n'avait pas vraiment la force de s'y intéresser. Il avait déjà rebaissé la tête.

Tout compte fait, Colbers était-il réellement le père d'Adrienne ? Avait-il eu une liaison avec Mme Vanhout, comme je l'avais imaginé ? Je commençais à pressentir combien ces supputations étaient absurdes, mais la question me brûlait les lèvres.

« Les Colbers connaissaient la famille d'Adrienne ?

— Non, pas du tout. »

Il a tourné le cou sur le côté seulement, sans me regarder.

« Le père, Guy Colbers, n'avait rien à voir avec Mme Vanhout ?

— Avec Mme Vanhout ? Mais comment ?

— Je ne sais pas...

— Laisse Mme Vanhout, c'était une sainte. »

Maintenant quelques personnes entraient dans la chapelle et prenaient place çà et là en nous dévisageant d'un air curieux tandis que nous achevions de parler à mi-voix. Un prêtre revêtu d'une aube et d'une étole est arrivé. Il tenait un ostensoir à la main. Il est monté à l'autel, a ouvert le tabernacle d'un double claquement de serrure, en a retiré une hostie et l'a logée dans la lunule. Il a retroussé son aube pour prendre un briquet Bic jaune fluo dans la poche de son pantalon, a allumé les chandeliers et s'est retiré après une génuflexion à deux genoux. En passant devant nous, il nous a décoché un regard désapprobateur, vu que nous étions les seuls impies assis parmi les adorateurs prosternés du Saint-Sacrement.

Le Père Paul s'est levé, je l'ai suivi. Dans le porche, il m'a regardé tristement.

« Est-ce que tu me pardonnes ?

— À moi, vous n'avez rien fait.

— Quand on est coupable, on est coupable envers tous, tu sais...

— Ah... c'est possible. »

Le Père, à l'évidence, avait son compte. Il voulait partir, regagner sa tanière chez sa sœur. Je sentais bien que ce serait notre dernière rencontre. J'avais beaucoup d'autres questions à lui poser, mais elles ne me sont revenues clairement que par la suite. J'étais moi-même trop secoué. Il a encore ajouté :

« J'aurais tant voulu qu'Adrienne puisse me comprendre, m'excuser. Je ne l'ai plus rencontrée qu'une fois, des années plus tard, dans un café. Elle n'a pas voulu me parler. Je lui ai demandé pardon pour tout le mal que j'avais provoqué. Je ne sais pas si elle y a jamais consenti. »

Ses yeux luisants de larmes me suppliaient.

« Est-ce que tu penses qu'ensuite... quand tu l'as connue ?

— J'en suis sûr. Adrienne ne voulait de mal à personne. »

Il m'a attiré vers lui et m'a fourré la tête dans les poils de sa barbe grise. Puis il s'est éloigné en reniflant.

Après cela, je ne l'ai jamais revu. Il doit être mort à présent. Quel malheureux destin, quand on y pense ! Devenu prêtre pour conjurer la disparition de ses parents dans la Shoah, généreux, plein de compassion pour les pauvres, aimé des jeunes : un véritable apôtre. Et, à la fin, un désespéré qui ne peut plus supporter personne, qui renie les croyances, les dévotions, les rites – à Sainte-Élisabeth, il n'avait même pas accordé un regard à l'ostensoir. Comment expliquer cela ?

Pour une part, sûrement, il y a l'effondrement général de l'Église dans les dernières décennies. Les prêtres étaient des pasteurs. Plus personne désormais ne veut vivre en troupeau. Ceux qui ont gardé l'appétit du mystère broutent la foi à l'herbe fraîche des fossés, loin des enclos. Les bergers se sont retrouvés seuls avec le vieux foin desséché de leurs fenils.

Mais il y a autre chose. Ces pasteurs, l'autorité a prétendu les faire vivre en eunuques. Pas de sexe, jamais ! Si la tentation survenait, ils étaient priés de se châtrer eux-mêmes.

Heureux s'ils passaient leur vie dans la compagnie de punaises de sacristie ! Mais si Dieu – ou Satan – les mettait en présence d'une Adrienne, comment bâillonner en eux l'élan le plus élémentaire de l'homme ?

Il aurait mieux valu que le Père Paul quitte aussitôt la soutane et s'enfuie avec la femme dont il s'était épris. Il n'avait pu se décider ni pour le Ciel ni pour la terre, et il avait perdu l'un et l'autre. Ce qu'il se reprochait n'était pas seulement ses torts envers Adrienne, c'était sa lâcheté. Elle lui inspirait un profond dégoût de lui-même et, par la même occasion, de tout ce à quoi il avait cru.

Les lâches souvent se consolent en se convainquant que les autres le sont tout autant qu'eux. Ainsi, le Père Paul m'avait assuré que mon père était incapable de faire le moindre mal à Adrienne. Mais ne fallait-il pas nécessairement que mon père soit un dégonflé ? Sinon le freluquet qu'il avait autrefois dérouté d'Adrienne lui aurait finalement damé le pion !

Au bout de la rencontre à l'église Sainte-Élisabeth, je n'étais pas du tout rassuré sur le rôle de mes parents dans la mort d'Adrienne. Mais, comme on le pense bien, après les révélations du Père Paul, ils passaient au second plan. Ce que je voulais d'abord comprendre, c'est ce qui s'était passé entre les Colbers, la petite Nadine et Adrienne.

Je ne pouvais oublier le portrait d'Adrienne dans le hall de l'appartement des Colbers, une Adrienne jeune, adolescente, à l'âge où elle avait donné naissance à Nadine. Son image me revenait sans cesse à l'esprit où elle se confondait désormais avec les photos que Calogero avait prises à la mer. Qu'est-ce qu'Adrienne faisait à côté de Colbers sur le petit meuble blanc ? Pourquoi Mme Colbers avait-elle essayé de la cacher ?

Quelque chose avait lié son mari et Adrienne. L'idée rocambolesque qu'il était son père, je pouvais la laisser tomber, non seulement parce que le Père Paul avait exclu tout contact entre Colbers et Mme Vanhout, mais parce que je n'en avais plus besoin. J'avais Nadine désormais pour trait d'union évident entre eux.

Lorsque Adrienne avait appris du Père Paul le nom de la famille qui avait adopté sa petite fille, elle avait cherché à rencontrer Colbers. Elle le guettait au Cabaret vert. Pourquoi le voyait-elle ? Pour avoir des nouvelles de sa fille ! Tout simplement. Elle avait promis au Père Paul qu'elle ne tenterait pas de reprendre son enfant. Ces rendez-vous avaient-ils fini en aventure sentimentale, au point que Mme Colbers avait fait un esclandre au Cabaret vert ?

Depuis que le Père Paul m'avait appris qu'Adrienne lui avait proposé de coucher avec lui, j'étais drôlement moins confiant dans la vertu de ma tante. Les allusions de Nelly, la femme de « Gros Détail », à propos des escapades hebdomadaires de sa patronne à l'époque de la boucherie de la rue du Grand Central, me revenaient à l'esprit. Avait-elle flairé la vérité grâce à la décidément réelle intuition féminine ? Adrienne embobinant le père adoptif de sa fille : un cas magnifique pour les freudiens, non ?

J'étais sur des charbons ardents. Il fallait que je sache. Et pour cela, une seule solution : revoir Mme Colbers.

Mme Robert m'a accordé un après-midi entier. Le lundi, au retour de ce qu'elle imaginait avoir été mon week-end de déclaration d'amour, elle m'a dit : «Je ne te demande pas de raconter, va ! Je ne veux pas être indiscrète, tu as l'amour en tête maintenant, ça se voit comme le nez au milieu de la figure. Il faut battre le fer tant qu'il est chaud, mon petit Claude. Si tu as besoin d'une petite escapade, n'hésite pas, hein ! » Mme Robert, toute bourrue qu'elle parût si souvent, était très heureuse en ménage. Son mari venait quelquefois la reprendre à la pharmacie. Ils s'embrassaient comme des collégiens. Le bonheur souvent transforme les femmes en marieuses.

Je me suis donc rendu à la tour Apollo. Cette fois encore, j'ai trouvé porte close et, alors que j'insistais en frappant, aussi sûrement qu'après les trois coups au théâtre, Antoinette a fait son entrée en scène à la porte voisine.

«Tiens, monsieur Jehanson !

— Jansens.

— Oui, Jansens, excusez-moi ! Vous cherchez Gisèle ?

— Oui.

— Sur les traces de sa fille, hein ? »

Point d'interrogation assorti d'une grimace coquine. J'ai acquiescé pour me ménager ses bonnes grâces et ses informations.

« Elle vient de sortir. Vous l'avez manquée de peu.

— Vous savez où elle allait ?

— Forcément, elle y va tous les matins maintenant.

— Où ça ?

— C'est son docteur qui le lui a recommandé. Depuis la mort de son mari, elle dépérit. Elle est maigre comme un cent de clous. Toujours seule, cloîtrée ici, à se déchirer l'âme. Quand on a perdu quelqu'un, il faut le temps de se rafraîchir le sang, c'est sûr, mais Gisèle, c'est exagéré. À croire qu'elle a autre chose sur l'estomac. Et c'est pas sa fille qui viendrait la soutenir. Vous pourriez lui en toucher un mot ?

— À qui ?

— Ben, à sa fille !

— ... Je n'y manquerai pas. Mais Mme Colbers, où est-elle ?

— Je viens de vous le dire.

— Ah ? Ça m'a échappé.

— Au parc Reine Astrid. Le docteur l'oblige à marcher et à prendre l'air tous les jours.

— Bien, bien. Je repasserai.

— Je lui dirai que vous êtes venu, monsieur Jehanson. »

Au parc Reine Astrid, j'ai trouvé Mme Colbers assise sur un banc, près du monument au pigeon soldat. Je craignais qu'en me voyant, elle ne se lève et me brûle la politesse. Elle n'a pas amorcé le moindre mouvement. Elle s'attendait à ce que je réapparaisse un jour ou l'autre, je crois, comme le pigeon voyageur justement, qui revient à coup sûr au colombier. Je me suis assis à l'autre bout du banc où elle avait posé son grand sac noir.

« Vous permettez ? »

Elle a soupiré.

« Qu'est-ce que vous voulez savoir, à la fin ?

— J'ai appris que vous aviez adopté la fille de ma tante Adrienne.

— Ah... Comme ça, vous avez déniché le Père-la-pipelette ?

— Pardon ?

— Père Paul, vous m'avez comprise.

— En effet.

— Ça ne pouvait venir que de ce saint homme. Vous êtes allé en Suisse ?

— Il est de retour en Belgique.

— Il a repris du service dans le miracle ?

— Non. Il vit chez sa sœur. Il ne voit plus personne.

— Ça vaut mieux. »

En dépit du beau temps, elle portait son manteau d'hiver sombre et des bas noirs. Du bout de ses chaussures plates à lacets, elle a écarté une grenaille qui devait représenter le Père Paul.

« Je ne lui pardonnerai jamais. S'il avait tenu sa langue, qu'est-ce qu'on aurait été heureux ! Votre tante, à la rigueur, je la comprends. Quand elle s'est défaite de la petite, elle n'avait pas un gramme de plomb dans la cervelle. Après, les remords lui sont tombés dessus. Mais le Père Paul n'avait pas le droit de lui dire qui avait adopté le bébé qu'elle avait abandonné. Il nous a trahis. Du joli, pour un prêtre ! Évidemment, j'imagine bien comment elle lui a fait cracher le morceau. Une petite dessalée en son genre...

— Je crois que ma tante était malheureuse surtout.

— Ce n'est pas une raison pour rendre les autres malheureux. Elle a tout fichu en l'air. Mon pauvre Guy, pourquoi est-ce qu'il est mort, comme ça, d'un coup? Malade, d'accord, mais désespéré d'abord, plus envie de vivre. Ça faisait des années qu'il ruminait, qu'il ne parlait plus à personne. Vous savez ce qu'il m'a dit avant de passer? Ses dernières paroles? "On a tout raté..." Tout raté : vous imaginez? »

Son mari venait d'arriver dans la conversation, il fallait saisir l'occasion par les cheveux. J'allais savoir enfin ce qui s'était manigancé avec Adrienne au Cabaret vert.

« Pourtant, votre mari a eu pitié de ma tante...

— Guy? Mais comment ça? Pas du tout! Il lui en voulait autant que moi.

— Il l'a rencontrée tout un temps le vendredi, non?

— Qu'est-ce que vous me racontez?

— Quand elle l'attendait au Cabaret vert.

— Elle n'a jamais attendu Guy au Cabaret vert! C'est Nadine qu'elle attendait! Nadine! »

Quel idiot je faisais! Comment n'avais-je pas compris que c'était sa fille qu'Adrienne cherchait à voir depuis le Cabaret vert? Ce qu'elle voulait, c'était sa fille, Nadine, évidemment! Adrienne n'avait rien à faire de Colbers. Au moment où le Père Paul m'avait appris que Nadine habitait en face du café, cela aurait dû me sauter aux yeux. Seulement, depuis le début, j'avais décidé qu'Adrienne ne pouvait avoir de rendez-vous qu'avec Colbers. J'avais épuisé tous les cas de figure possibles en le posant comme son amant, puis comme son père, puis comme le père adoptif de sa fille, abstraction faite que l'axiome Colbers reposait sur le vide. La logique, hélas ! bien souvent, n'est que l'art de raisonner méthodiquement faux.

J'ai laissé Mme Colbers continuer. Maintenant, elle ne s'arrêtait plus. Je la relançais de quelques questions seulement. Depuis si longtemps le poids de ses malheurs pesait sur son cœur. Tant que son mari vivait, elle l'avait partagé avec lui, en silence sans doute. Il leur suffisait d'un regard pour savoir ce que chacun ruminait. Désormais, elle n'avait plus personne. C'était trop pour elle seule. Elle déprimait, comme Antoinette venait de me le dire, elle s'enfonçait, elle coulait. Elle s'est emparée de moi, comme un naufragé s'agrippe à la première planche de salut venue.

La vie de Mme Colbers pouvait se résumer à cette seule phrase qu'elle a reprise plusieurs fois : « Je voulais être mère. » La plupart des femmes veulent être mères tôt ou tard. C'est la nature. Celles, cependant, qui ne peuvent le devenir du fait d'une déficience physique le veulent d'autant plus que c'est impossible. On ne désire rien si fort que ce qui nous est refusé.

Les médecins du Grand Hôpital de Charleroi avaient déclaré Gisèle stérile. Confirmation de ceux de l'hôpital civil Marie Curie : infertilité d'origine utérine. Désespérée, elle avait tourné le dos à la médecine pour la religion. Dans la Bible, Dieu rend fécondes Sarah et Rachel qui se désolaient de ne pouvoir enfanter. Pourquoi pas elle ? Elle avait prié tant et plus. Elle avait même entrepris un pèlerinage à Saint-Thibaut, à vélo, puis le dernier kilomètre vers la colline du sanctuaire, sans chaussures. Résultat : en cloques, mais aux pieds seulement ! Ensuite, elle avait essayé le diable. Une désorceleuse lui avait préparé des sachets de sel à placer sous la couche conjugale. Aucun effet. Finalement, quelqu'un lui avait parlé d'un jeune prêtre de Marcinelle que tout le monde tenait pour un saint depuis la catastrophe du Bois du Cazier. C'était le Père Paul. Elle lui avait commandé neuf messes.

Le neuvième jour, il lui avait promis que Dieu l'exaucerait, mais à sa manière, qui n'est pas celle des hommes. Quelques semaines plus tard, elle emportait Nadine contre son ventre dans la fourgonnette 2CV de Guy. À la frontière, au douanier qui demandait : « Rien à déclarer ? », elle avait lancé : « Si ! Dieu est bon ! » Irrité, le gabelou avait exigé de visiter la caisse arrière bourrée de matériel électrique, tandis qu'elle pouffait de rire.

Une dizaine d'années d'ivresse avait commencé. Nadine était douce, aimante, sage. La seule ombre à ce bonheur était la crainte qu'il disparaisse aussi brusquement qu'il était apparu. Autant le malheur est résistant le plus souvent, autant le bonheur ne tient qu'à un fil. Gisèle le sentait.

Tant que Nadine n'avait pas quitté la maison, elle s'était rassurée. Dès qu'elle avait fréquenté l'école gardienne, une peur diffuse s'était emparée d'elle. Les institutrices en prenaient-elles soin, les enfants ordinaires, si brutaux, ne la rudoyaient-ils pas ? Elle ne pouvait supporter d'en être séparée une journée entière. Elle la reprenait l'après-midi et l'emmenait ici, au parc Reine Astrid. En se remémorant cette époque, Mme Colbers penchait la tête vers le coude de l'allée, comme si une petite fille allait accourir sur ses jambes de serin en criant : « Maman ! Maman ! »

Cependant, les après-midi au parc n'avaient pas duré. Guy Colbers s'exaspérait que sa femme ferme le magasin si souvent. Dès que Nadine était entrée à l'école primaire, il avait insisté pour que Gisèle lui laisse la bride sur le cou. La petite passerait pour une enfant gâtée, la risée de ses camarades, leur souffre-douleur peut-être.

Bientôt donc, Nadine avait fait le chemin de l'école seule, à pied, comme tous les écoliers en ce temps-là. Et, de même, le vendredi, après la classe, quand elle s'était mise à fréquenter l'académie de musique – la fantaisie d'apprendre la harpe l'avait prise –, elle repartait après son goûter, de la rue Léopold vers la rue Biarent, à côté du parc Reine Astrid.

« C'est alors qu'elle a rencontré votre tante... »

Mme Colbers s'est interrompue un moment, comme si elle devait refaire ses forces pour l'ultime étape de ses confidences, la plus douloureuse.

« Je ne sais pas exactement quand c'est arrivé. On s'imagine que les enfants nous disent tout. Quelle bêtise ! Ils sont capables de garder leurs petits secrets pendant des années. Votre tante la surveillait au Cabaret vert. Elle s'est contentée de la suivre à distance pendant un certain temps. Je ne peux pas dire combien au juste. Puis elle n'a pu s'empêcher de l'accoster. Nadine n'en a pas dit un mot. Mais elle changeait. Elle est devenue songeuse, elle secouait la tête si je la caressais. J'ai pensé que c'était son caractère, que ça s'arrangerait avec de la patience. En fait, c'était toujours pis. À l'adolescence, c'est devenu infernal. Elle s'éloignait de moi. On se disputait pour tout, ses vêtements – c'était la mode des minijupes, je n'aimais pas ça –, ses fréquentations, ses sorties. Jusqu'au jour où elle m'a lancé : "T'es même pas ma vraie mère !" Je tombais tellement des nues que je n'ai pas pu répondre. "Dis-le que c'est pas vrai, dis-le, si tu oses !", qu'elle me criait. Je suis partie en pleurant.

» On ne lui avait jamais dit la vérité, c'est moi qui ne voulais pas. Guy l'a prise entre quat'z'yeux. Elle voyait une dame depuis des années, une belle femme, quelqu'un de chic, genre intello. Tout ce que je n'étais pas. Cette femme prétendait être sa mère. Ç'aurait pu être une détraquée. Mais Nadine avait envie de la croire. De toute façon, Guy a lâché le morceau.

» Après, on a demandé à voir le Père Paul. Il nous a dit qui était la mère, on ne le savait pas. Il a avoué qu'il lui avait révélé où était son enfant. Il ignorait qu'elle avait racolé Nadine. Évidemment, il était penaud. Il se rendait compte du tort qu'il nous avait causé. Mais ce qui est fait est fait.

— Vous êtes allée trouver ma tante au Cabaret vert...

— Oui. Je lui ai interdit de voir Nadine.

— Et alors ?

— Aucune idée. Nadine n'en a jamais plus parlé. Elle a voulu être interne. Puis elle est entrée à l'Institut Sainte-Julienne pour devenir infirmière, elle se débrouillait pour payer ses études. Elle venait encore à la maison, mais toujours plus rarement. Ça a fini par une carte à Noël, c'est tout. Elle ne s'est même pas déplacée pour l'enterrement de son père. »

Je pensais que le plus terrible était passé. Pourtant, Mme Colbers voulait ajouter quelque chose. Elle avait empoigné son sac, elle ne se décidait pas à le soulever.

« Vous savez le plus abominable ?

— Non.

— C'est que j'ai fini par me résigner. Je ne cherche même plus à la contacter. C'est comme si mon cœur s'était vidé d'elle. Un grand trou qui s'est rempli de haine pour votre Adrienne. Il n'y a pas de place pour les deux, l'amour et la haine. C'est l'un ou l'autre. Vivre avec la haine, je ne souhaite ça à personne.

— Ma tante est morte maintenant.

— Je sais, je sais. Bon débarras ! »

Un éclair féroce est passé dans ses yeux. Elle a eu honte, peut-être, car elle a tourné la tête et a fondu en larmes. Elle fourrageait dans son sac. Je lui ai tendu un paquet de mouchoirs en papier publicitaires Teraplan.

« Je vais rentrer », a-t-elle murmuré mais, quand elle s'est levée, elle a vacillé. J'ai proposé de la raccompagner.

Lorsque je suis passé dans l'appartement, je me suis approché du portrait sur le meuble du hall.

« Une photo que Guy gardait dans son bureau, je l'ai trouvée en rangeant ses papiers. Il y tenait sûrement. C'est pour cela que je l'ai mise à côté de la sienne. »

Une circonstance à propos de laquelle je ne m'étais pas trompé. Sur l'essentiel, en revanche, une fois de plus, je m'étais royalement planté.

« Vous voyez comme elle était à seize ans, Nadine ? Le portrait tout craché de votre tante, non ? »

19.

À l'époque, une marque de savon – je n'ai pas pu retrouver laquelle – avait réalisé une campagne de publicité assez étonnante. Chaque mois, dans les magazines féminins, on pouvait voir une page illustrée par la photo de deux jeunes femmes côte à côte, également belles, qui se ressemblaient à s'y méprendre. La légende demandait : « Qui est la mère ? Qui est la fille ? » Puis, en plus petits caractères : « Comme Mme Vandevelde d'Anvers, utilisez le savon Machin, afin de conserver l'éclat du visage de sa fille. » Il y avait même des bannières déroulantes d'un mètre sur quatre-vingts pour les pharmacies qui vendent des produits de beauté – donc, pas chez M. Brichard, mais chez Potelle, par exemple. J'en avais aperçu une, le premier soir où j'étais allé rencontrer sa mère.

Adrienne et Nadine auraient pu poser ensemble pour la même publicité. La ressemblance entre ma tante et la jeune fille du portrait sur le meuble dans le hall des Colbers était confondante. Il a fallu que je me penche de plus près sur le visage de Nadine pour percevoir quelques différences, les sourcils plus marqués notamment, qu'elle devait à Calogero, et son nez très droit, alors qu'Adrienne avait le profil légèrement busqué.

Pendant que je digérais la méprise qui mettait un terme définitif aux relations que j'avais conjecturées entre Colbers et Adrienne, Mme Colbers préparait du café. Le refuser, chez les gens d'ici, serait presque une offense. J'avais précisé : « Un petit noir, pas de biscuit, ne vous donnez pas la peine. » Pourtant, sur le plateau, avec les tasses, elle a apporté une boîte à biscuits De Beukelaer.

«Je voulais vous la montrer. Un cadeau de la petite pour la fête des mères. Elle avait neuf ou dix ans. Naturellement, c'est Guy qui l'avait achetée. Elle, elle avait glissé un poème à l'intérieur et des petits cœurs colorés en pâte à sel à la place des premiers biscuits. »

La boîte était un de ces magnifiques objets en fer-blanc illustrés par Privat, représentant une jeune femme au milieu d'un décor floral luxuriant, une soucoupe de biscuits en main. Mme Colbers a soulevé le couvercle et a sorti un à un les cœurs ternis.

«J'étais tellement heureuse quand Nadine me les a donnés que j'en avais croqué un. Guy voulait que je recrache. Mais je l'ai avalé. Comme si je la mangeais, elle. Après, la boîte n'a jamais plus servi. »

Elle m'a tendu un feuillet quadrillé sur lequel figurait un poème, de l'écriture oblitérée de Nadine. Je me souviens du début :

Quoi de plus beau, de plus grand
Que le cœur de ma maman ?
Il bat pour moi tout le temps
Et je l'aime tendrement.

J'ai dit : « C'est très touchant. » Elle l'a remis dans la boîte, les petites figurines par-dessus et a replacé le couvercle comme sur un reliquaire.

Elle devait le soulever bien souvent. Sur Nadine, elle avait tiré une croix depuis des années. La femme que sa fille était devenue ne lui était plus de rien. La rancœur, pourtant, n'avait pas pris toute la place dans son âme, comme elle me l'avait prétendu au parc. En elle, elle avait conservé un sanctuaire où elle continuait à adorer l'enfant que Nadine avait été. Elle entretenait son culte avec ses souvenirs, avec les vestiges de leur amour dont la mièvrerie même l'attendrissait, avec la procession quotidienne jusqu'au pied de la statue du pigeon soldat où elle espérait peut-être une apparition.

Souvent, nous sommes agacés quand nos vieux parents rappellent des anecdotes de notre enfance. Il nous semble qu'ils font surgir devant nous un inconnu un peu ridicule. On est plusieurs personnes successives dans la vie. L'adulte en qui on se transforme fait bien des fois regretter aux parents l'enfant dont il est issu. À plus forte raison était-ce vrai pour Mme Colbers, que sa fille avait reniée.

Pauvre Gisèle ! Elle avait eu affaire à un adversaire trop fort pour elle. Je ne parle pas d'Adrienne. Je parle de la nature. On a beau faire, les enfants adoptés veulent savoir d'où ils viennent. C'est la métaphysique la plus élémentaire. Leurs vrais parents les fascinent, fussent-ils indignes, parce qu'ils sont la chair de leur chair. C'est une des curiosités de notre époque, totalement vouée au corps, de nier les liens charnels, quand ça l'arrange, au profit de liens affectifs auxquels elle ne croit pas autrement.

Les jours suivants, la pensée d'Adrienne ne m'a pas quitté. Je l'imaginais au Cabaret vert attendant chaque vendredi pendant des années qu'une fillette passe la porte du magasin d'électroménager pour se rendre à l'académie de musique. Elle la suivait et faisait les cent pas dans la rue Biarent durant la leçon, jusqu'à ce que l'enfant réapparaisse. Un jour, n'y tenant plus, elle l'avait abordée. Que s'était-il passé alors? Échaudé par les multiples dérapages de mon imagination, je ne savais quels rapports leur inventer.

Quoi qu'il en soit, après l'intervention de Mme Colbers au Cabaret vert, il y avait eu une rupture. Adrienne n'était plus revenue au café. Avait-elle renoncé à voir Nadine? S'était-elle réfugiée, comme Mme Colbers, dans une sorte de culte du passé, devant l'icône de la Vierge à l'Enfant, qu'elle approchait de ses lèvres pour baiser l'innocent visage divin?

La vie de ces deux femmes avait été dévastée par leur maternité respective du même enfant. Qui sait si la mort tellement confuse d'Adrienne n'était pas le dernier rebondissement de cette double filiation? Je repensais avec effroi à l'éclair de haine dans les yeux de Mme Colbers. Après la mort de son mari, n'avait-elle pas voulu, dans un ultime sursaut, venger l'échec de sa vie ? Elle était venue à la villa Circé. Adrienne lui avait ouvert. Et alors... Alors ? Assez ! Assez divagué !

Dans l'immédiat, une autre victime s'imposait à moi, celle qu'on néglige le plus souvent dans ce genre d'affaire, à savoir l'enfant, convoité par les uns et par les autres, écartelé entre les passions des adultes. Il m'aurait été impossible de mettre le point final à mes recherches sans avoir parlé à Nadine.

Grâce à Sandrine et au fichier national, j'ai obtenu son adresse, impasse de l'Ange à Liège. Je lui ai téléphoné. Une voix de petit garçon m'a répondu, puis a crié : « Maman, c'est pour toi ! » Avant qu'elle arrive, j'ai entendu qu'elle demandait : « Qui est-ce ? » et le gamin qui répondait : « Un monsieur. »

Je me suis présenté, Claude Jansens, neveu d'Adrienne Jansens. Long silence.

« Quelque chose lui est arrivé ?

— Ma tante est décédée. »

Je sentais une profonde émotion à l'autre bout du fil. J'ai expliqué, ma tante avait des problèmes cardiaques, particulièrement depuis le décès de mon oncle, elle n'avait pas souffert, et le principal : j'avais quelque chose à lui remettre de sa part.

« Est-ce que je pourrais vous rencontrer ? Samedi prochain, par exemple, si vous êtes libre, en fin d'après-midi. »

Je n'avais pas envie de réclamer un nouveau congé à Mme Robert.

« Oui, si vous voulez.

— Vers cinq heures ? Impasse de l'Ange ?

— Non, non. Pas chez moi... À la brasserie de la place Cathédrale. À l'étage. Vous voyez ?

— Je trouverai. »

À Liège, il faisait un temps superbe. Les consommateurs se cognaient les coudes sur la terrasse de la brasserie. À l'intérieur, personne, sauf un couple de blonds Hollandais, pâles comme des cachets d'aspirine. Quand j'ai demandé à monter à l'étage, le garçon a tiqué. J'ai précisé que j'attendais une dame. Aussitôt, il s'est incliné avec la formule : « Monsieur m'en dira tant... » qui, assaisonnée à l'accent liégeois, devenait presque : « Monsieur maudira tant... » J'aurais pu, en effet, maudire l'insatiable curiosité qui me tenaillait depuis des semaines. Qu'est-ce qu'elle me révélait à part des souffrances ?

J'ai poireauté une demi-heure devant une chimay bleue qui me semblait moins bonne à Liège qu'à Charleroi. Quand le visage de Nadine est apparu dans la dernière volée d'escalier, mon cœur a fait un bond. Un instant, j'avais cru voir Adrienne. Une fois sur le palier, cependant, j'ai pu constater que Nadine était beaucoup plus grande, plus frêle aussi, alors que la silhouette de sa mère donnait une impression de parfaites proportions.

Le garçon la suivait avec le café qu'elle avait commandé au passage. En servant, il m'a adressé une moue de compliment.

Au cours de la conversation, j'ai appris quelques détails sur la vie de Nadine, je les livre sans attendre pour passer à l'essentiel. Elle avait trente-sept ans, mariée, trois enfants – trois garçons –, son mari était avocat (ou magistrat, j'hésite), elle était infirmière sage-femme dans un hôpital de l'agglomération.

Tout de suite, elle m'a dit que, dès que j'avais prononcé le nom d'Adrienne au téléphone, elle avait pressenti une mauvaise nouvelle.

« Elle était seule chez elle ?

— Oui. Elle m'attendait, c'est moi qui l'ai trouvée.

— Vous la connaissiez bien ?

— Je l'aimais beaucoup, je la voyais très souvent.

— C'est elle qui vous a parlé de moi ?

— C'est-à-dire... Non, pas exactement. Elle l'aurait souhaité, j'en suis sûr, mais je n'ai jamais voulu l'écouter.

— Alors, comment... comment savez vous... pour elle et moi ?

— Eh bien, c'est assez difficile à expliquer. Quand elle est morte, j'ai cherché ce qu'elle aurait voulu me dire. De fil en aiguille, je suis arrivé chez Mme Colbers.

— Vous êtes détective ?

— Non. Aide-pharmacien.

— Ah... Et maman, comment va-t-elle ?

— Maman... ? Mme Colbers ?

— Oui.

— Assez bien, vu les circonstances. Je veux dire, la mort de M. Colbers. Il y a longtemps que vous ne l'avez vue ?

— Des années. Plus de dix ans.

— À l'enterrement de M. Colbers, vous n'êtes pas venue ?

— Je serais venue, mais maman ne m'a pas avertie.

— Je croyais pourtant...

— Non, non. J'ai appris sa mort par hasard. Des gens que j'ai rencontrés à l'hôpital. »

C'est à ce moment qu'elle m'a expliqué qu'elle était sage-femme. Elle avait accouché une personne dont les parents étaient de Charleroi. Ils étaient venus voir le bébé, ils étaient du quartier de son enfance. En bavardant, elle avait compris que Colbers était mort. Elle avait fait semblant d'être au courant.

Naturellement, je brûlais de savoir pourquoi elle avait coupé les ponts avec sa famille d'adoption, mais je ne voulais pas prendre le risque de la brusquer. J'ai laissé ses confidences suivre leur cours. Elle a ramené la conversation sur Adrienne. C'était pour elle qu'elle était venue à ma rencontre. La clé de son histoire, de toute façon, c'était effectivement Adrienne.

« Vous m'avez dit que votre tante vous avait confié quelque chose pour moi.

— Oui.

— Sans vous avoir jamais parlé de moi ?

— En fait, il s'agit d'une chose à laquelle elle tenait énormément. Je m'étais toujours demandé pour quelle raison. Après sa mort, quand j'ai découvert votre existence, j'ai compris qu'elle vous l'aurait certainement destinée.

— Qu'est-ce que c'est ? »

Je me suis penché vers le porte-documents en plastique (encore un cadeau Teraplan) que j'avais posé contre un pied de la table et j'en ai extrait l'icône de la Vierge à l'Enfant. Elle l'a prise à deux mains, comme on reçoit instinctivement les objets sacrés. Elle l'a regardée, puis a levé les yeux vers moi pour comprendre.

« Une icône qu'Adrienne aimait beaucoup. La Vierge Marie et Jésus. Souvent, elle l'embrassait. Marie était une femme seule... Elle savait qu'elle allait perdre son enfant... Vous comprenez ? »

Un voile de tristesse est passé sur son regard. Elle était très émue. Elle a murmuré : « Pauvre femme... » et a reposé l'image devant elle, en poussant la tasse de café.

« Comment avez-vous rencontré Adrienne ? » ai-je demandé doucement.

Alors, elle a raconté.

Pendant des années, Adrienne – elle le lui avait expliqué plus tard – l'avait suivie sans qu'elle s'en aperçoive. Un jour d'hiver, cependant, Nadine avait glissé sur le trottoir. Adrienne s'était précipitée pour la relever. Son genou saignait. Elle l'avait emmenée dans un café où on lui avait mis un pansement. Elle lui avait offert un chocolat chaud. Avant de la laisser repartir, elle lui avait fait promettre de ne pas parler de leur rencontre à ses parents. Ce devait être leur secret, le premier de Nadine, qui en avait trouvé l'idée merveilleuse. Elle avait demandé : « Je vous reverrai ?

— Oui.

— Comment vous appelez-vous ?

— Angelina. »

À partir de ce jour, elles s'étaient retrouvées toutes les semaines. Nadine quittait sa maison, elle marchait un certain temps, comme elles en avaient convenu, le cœur en émoi, puis se retournait. Adrienne était là, à quelque distance. Nadine l'attendait, lui tendait la main, et elles cheminaient ainsi jusqu'à l'académie de musique.

Après la leçon, elles faisaient encore quelques pas ensemble. S'il faisait beau, elles passaient un moment au parc Reine Astrid. (Ironie du destin, quand on y pense, Adrienne avait pris la relève de Mme Colbers au pied du monument au pigeon soldat.)

C'est là qu'un soir, bien plus tard encore, Angelina lui avait posé une question étrange : est-ce qu'elle s'était jamais demandé si ses parents étaient ses vrais parents ? Une idée qui vient souvent à l'esprit des enfants, mais qui ne l'avait jamais effleurée. Pourquoi y aurait-elle songé ? Elle adorait ses parents.

Le doute néanmoins s'était insinué en elle, fortifié par d'autres propos mystérieux d'Angelina. Par exemple, elle lui racontait l'histoire d'une petite fille enlevée au berceau par des bohémiens, que sa maman reconnaissait des années plus tard grâce à une tache de naissance à la saignée d'un bras, la même qu'avait Nadine à cet endroit. Ou encore, en la voyant devenir adolescente, elle lui suggérait : « Tu ne trouves pas qu'on se ressemble de plus en plus ? » Après quoi, Nadine passait des heures devant son miroir. Un jour, enfin, Angelina lui avait glissé au creux de l'oreille : « Est-ce que tu aimerais que je sois ta maman ? » Elle n'avait pas osé lui répondre. Pour cacher son embarras, elle s'était blottie contre sa poitrine.

Au fond d'elle-même, cependant, elle avait commencé à désirer qu'Angelina soit sa mère. Le problème, c'est qu'on ne peut pas avoir deux mères. Il faut en rayer une. Laquelle ? La belle dame, si bien habillée, si parfumée, dont chaque apparition était comme un rêve ? Ou maman, en tablier, les mains dans des gants de vaisselle, qui se mettait en quatre pour elle, qui l'aimait toujours comme son bébé adoré, qui ne la lâchait pas d'une semelle, en pensée, du moins, au point que cela devenait étouffant à la fin ?

À force de balancer, la tête vous tourne. Il faut que cela s'arrête. Un jour, pour une broutille, elle s'est emportée contre maman. Le cri est sorti tout seul de sa bouche : « Tu n'es même pas ma mère ! » Et, à son grand étonnement, maman n'avait pas protesté. Elle s'est enfuie pour cacher ses larmes à la cuisine. C'était comme si le sol venait de se fendre et qu'il y avait maintenant un précipice entre la cuisine et le salon où elle était restée stupéfaite.

Le même jour, papa a tout expliqué. Maman n'était pas sa vraie maman. Plus exactement, elle ne l'avait pas portée dans son ventre, elle était devenue sa maman le jour de sa naissance seulement. Depuis, elle l'avait aimée comme le fruit de ses entrailles. Cent fois plus sans doute. Quant à la femme qui l'avait mise au monde, ni lui ni maman ne la connaissaient. Mais ils savaient qu'elle ne voulait pas de son bébé. Elle l'avait abandonné, personne ne l'avait arraché de ses bras. D'ailleurs, dans ses bras, elle ne l'avait pas pris, elle avait refusé de le voir.

Papa a demandé comment elle avait découvert leur secret. Elle lui avait livré le sien, puisqu'on était à l'heure de vérité. Depuis des années, elle voyait une belle dame qui fréquentait le Cabaret vert. La dame ne lui avait pas affirmé clairement qu'elle était sa mère – Adrienne n'était jamais allée jusque-là –, mais elle l'avait bien compris par ses sous-entendus, ses yeux chavirés quand elle la regardait, ses mains tremblantes quand elle la touchait, des attendrissements plus explicites que des aveux.

Après cela, un silence mortel était tombé sur la maison Colbers.

«Je n'osais plus parler à maman. Je m'en voulais de l'avoir blessée, mais je me donnais l'excuse qu'elle m'avait trompée depuis le jour de ma naissance. De son côté, je crois qu'elle réalisait seulement que je n'étais pas sa fille. Elle avait voulu l'oublier à la minute où elle m'avait emportée de la maternité. En me mentant, elle s'était d'abord menti à elle-même. Elle avait subi un terrible retour de manivelle. Les seuls mots que j'échangeais, c'était avec papa, à qui je ne m'adressais pratiquement jamais auparavant. Quelques jours plus tard, il m'a dit que maman et lui étaient allés voir la personne qui avait arrangé mon adoption. Un prêtre. C'est lui qui avait vendu la mèche "à cette fille perdue", comme ils disaient. Ils n'ont jamais prononcé son nom devant moi, ni moi devant eux.

— Et avec elle, comment ça s'est passé ensuite ?

— On s'est encore rencontrées comme avant, pendant un certain temps.

— Vous lui avez raconté ce qui était arrivé chez vous ?

— Non.

— Que vous saviez qu'elle était votre mère ?

— Non... Je sais, ça paraît curieux. Je n'arrivais pas à aborder le sujet ouvertement. Elle non plus d'ailleurs. Si j'avais parlé, j'aurais dû lui demander pourquoi elle m'avait abandonnée. J'avais peur de ne plus l'aimer, vous comprenez ? À la fin, elle avait senti que j'avais parfaitement capté ses allusions. Intimement, on se comprenait toutes les deux. Comme ça, on arrivait aussi au bout de notre chemin. Elle montrait moins de gaieté en me voyant. Son visage s'assombrissait de rencontre en rencontre. Un vendredi, elle n'est pas apparue. J'étais désespérée. J'ai passé mon dépit sur maman à la maison. L'enfer... Heureusement, la semaine suivante, elle m'attendait à la sortie de l'académie. Quel soulagement ! Et pourtant, c'était la dernière fois qu'on allait se voir. »

Nadine s'est tue. Elle a plaqué ses mains devant ses yeux. Elle est restée un moment ainsi jusqu'à ce que le carillon de la cathédrale parvienne à nos oreilles, accompagnant les six coups de dix-huit heures.

« Qu'est-ce qui s'est passé ?

— Elle m'a annoncé qu'elle ne viendrait plus. Elle m'a demandé de lui pardonner toute cette confusion qu'elle avait provoquée. Maintenant, elle voulait que je l'oublie. Alors, évidemment, je me suis écriée : “Mais tu es ma maman !” On était au parc Reine Astrid, vous savez, près de cette statue où on voit un pigeon qui s'envole. Elle s'est levée, elle m'a regardée longuement avec un sourire douloureux. Puis elle a pris sur elle et, d'une voix étranglée, elle m'a dit : “Non, je ne suis pas ta maman. Je ne m'appelle pas Angelina. Je m'appelle Adrienne,

Adrienne Jansens. J'aurais voulu avoir une fille comme toi, si jolie, si douce, c'est vrai. Mais je l'ai compris trop tard." Et elle est partie, avec un petit geste de la main pour me signifier de rester sur le banc, sans m'embrasser, sans se retourner. »

20.

Après notre entrevue à Liège, je n'ai jamais cherché à recontacter Nadine. J'aurais eu pourtant bien des choses à lui révéler si j'avais voulu. J'aurais pu lui parler de Calogero, lui faire voir les photos, les lettres qu'Adrienne et lui avaient échangées, j'aurais pu raconter le drame du Bois du Cazier, l'épisode de Courtrai quand sa mère était chez Simone.

Je ne l'ai jamais fait. D'abord parce que Adrienne ne l'avait pas fait elle-même. Elle aurait pu s'épancher le jour de la rupture au parc Reine Astrid ou par la suite. Il lui suffisait d'écrire une lettre à sa fille, comme on le voit si souvent dans les romans quand l'auteur ne sait plus comment s'en tirer.

Connaissant Adrienne, qui s'est toujours montrée si réservée avec moi, je crois comprendre pourquoi elle s'est abstenue. Ses explications auraient passé pour des justifications. Des excuses, en quelque sorte. Pardonne-moi de m'être laissé emporter par la passion, de m'être donnée sans réfléchir à l'homme que j'aimais, d'avoir plongé dans le chagrin au point d'avoir été incapable de m'occuper de mon enfant. Tu comprends?

Ces faux-fuyants, elle les refusait. Elle n'avait pas de comptes à rendre. Les enfants n'ont pas à demander raison des actes de leurs parents. Les parents ont vécu, c'est tout. Les enfants feront de même, de leur mieux.

Pendant toutes les années où elle avait rencontré Nadine, Adrienne s'était gardée de lui dire qui elle était vraiment. Elle s'était soigneusement tenue à la lisière de l'aveu. Le meilleur de l'amour, n'est-ce pas quand on ne s'est pas encore déclaré, avant l'évidence des sentiments, lorsqu'on guette chez l'autre les signes de ce que l'on ressent soi-même? Adrienne n'était pas allée au-delà de ce vertige.

Lorsqu'elle avait appris par le Père Paul accouru implorer son pardon au Cabaret vert que Nadine venait d'entendre la vérité de la bouche de Guy Colbers, elle avait encore hésité à parler à sa fille. Elle avait différé jusqu'à ce que Gisèle vienne lui infliger sa terrible scène et l'accuse à juste titre de ruiner son foyer.

Quand elle avait vu Nadine pour la dernière fois, tout aurait porté à croire qu'elle soulèverait enfin le voile. Même à cet instant définitif, elle n'avait rien cédé. Au contraire, elle lui avait dit qu'elle n'était pas sa mère. Sa mère, c'était une certaine Angelina, elle-même n'était plus qu'Adrienne Jansens.

Quelque temps plus tard, elle avait définitivement quitté Charleroi. Elle s'était murée dans le silence à la villa Circé qui, de maison de campagne, était devenue sa résidence principale.

De son côté, Nadine non plus ne m'avait posé aucune question. Elle voyait bien que j'avais fouillé le passé d'Adrienne. Elle m'avait même pris pour un détective. Par exemple, elle aurait pu me demander pourquoi Adrienne s'était fait appeler Angelina. Elle s'était interrogée sûrement, elle avait sans doute imaginé une réponse aussi hasardeuse que celles auxquelles j'avais moi-même d'abord pensé. Pourtant, elle n'avait pas cherché à la vérifier auprès de moi.

En fait, Nadine ne voulait plus rien savoir de cette époque. Quand Guy Colbers lui avait ouvert les yeux, qu'avait-elle ressenti ? Qu'une ère de bonheur inespéré s'ouvrait devant elle ? Allons donc ! En un instant, son univers venait de voler en éclats. Maintenant qu'elle était sa véritable mère, que restait-il de son Angelina ? Une mère ordinaire dont elle allait, comme les enfants ordinaires, éplucher une à une les défaillances, à commencer par le fait qu'elle l'avait abandonnée, et dont elle se détacherait conformément à la loi universelle de la nature. Fini la belle dame, le charme, le mystère !

Quand Adrienne lui avait dit : « Je ne suis pas ta maman », Nadine avait bien compris ce que cela signifiait : Adrienne la renvoyait vers sa mère adoptive. C'était impossible, évidemment. Pas seulement à cause des reproches qu'elle pouvait adresser à Mme Colbers. Gisèle, c'est vrai, avait voulu l'accaparer. Une mère naturelle reçoit son enfant, une mère adoptive l'acquiert. Cela fait une fameuse différence. Un cadeau ne nous appartient pas vraiment ; à une acquisition, on s'agrippe bec et ongles. Nadine aurait pu essayer de comprendre. Mais, au lieu de se dégager doucement des bras de Gisèle, elle l'avait poignardée.

Voilà où l'avait menée l'insatiable désir de savoir. Elle avait ravagé les rêves de ses deux mères. Elle se sentait terriblement coupable. Telle est bien la plus grande injustice de ce genre de situation : c'est l'enfant, l'être le plus innocent, qui en endosse immanquablement la culpabilité.

Nadine, cependant, avait refusé de s'enfermer dans les regrets, les rancunes, les remords. Elle avait décidé de laisser ce fatras derrière elle, de partir sans se retourner, comme Adrienne la quittant au parc Reine Astrid. Elle s'était installée à Liège, une ville qui n'est qu'à une heure et demie de train de Charleroi, mais qui en est plus éloignée par l'esprit que Paris de Marseille. Son mari, ses enfants, j'en suis convaincu, ignoraient tout de son passé. Elle aurait pu me recevoir chez elle, impasse de l'Ange, elle n'avait pas voulu remuer ces vieilles lunes devant les siens, dans le foyer qu'elle s'était créé.

S'il fallait l'en croire, elle serait venue à l'enterrement de Guy Colbers, vu, sans doute, qu'il n'avait été qu'une sorte de comparse désolé dans l'aventure. Gisèle ne l'avait pas avertie. Toujours est-il qu'elle ne s'est pas déplacée pour le sien quelques années plus tard. J'y étais, moi. Je lui avais envoyé un mot. Elle ne m'a pas répondu.

Reste une dernière chose à propos de Nadine, qui n'avait pas attiré mon attention sur le moment, mais à quoi j'ai réfléchi par la suite. Je préviens : nouvelle irruption du docteur Freud !

Nadine était sage-femme. On n'oserait pas l'inventer ! Pourquoi avait-elle choisi cette profession ? À quoi pensait-elle chaque fois qu'un bébé glissait entre ses mains, poussait son cri de surprise et qu'elle le posait sur la poitrine de la maman qui se hissait sur les coudes pour le découvrir ? Je suis sûr qu'elle restait à considérer cette scène, le cœur serré, en songeant qu'elle n'y avait pas eu droit à son propre débarquement dans le monde. Elle remettait les choses en ordre. Elle réparait la vie. Elle rétablissait la conjonction la plus sacrée, celle de la mère et de l'enfant, qu'on représente sur les icônes faute de pouvoir y représenter Dieu Lui-Même.

Mon bref périple à Liège s'est passé le 18 juin. Le printemps 1994 avait été entièrement consacré à mon enquête. Le passage à l'été y mettait fin.

Les congés sont arrivés. J'ai insisté pour céder quelques jours de mes vacances à Mme Robert en remerciement des absences qu'elle m'avait permises. De toute façon, à mesure qu'elles approchaient, la perspective de ces semaines de désœuvrement me pesait de plus en plus.

Un moment, j'ai caressé le projet de me rendre en Italie. Je m'étais mis en tête d'aller voir la famille de Calogero. Mais j'ai renoncé. Sa sœur avait envoyé balader le Père Paul quand il lui avait écrit. Depuis quarante ans presque, de l'eau avait coulé sous les ponts. Qui se souvenait encore du jeune homme d'alors ? Cela ne sert à rien de rouvrir les plaies des survivants. D'ailleurs, il aurait fallu que je me mette sérieusement à l'italien. À force de voir les films en VO, j'avais quelques notions mais c'était très insuffisant et, à l'école, j'avais toujours traîné la patte en langues. C'est à peine si j'ai retenu trois mots d'allemand de mon stage à Bâle, quand j'étais étudiant.

Donc, j'ai passé la plupart de mes journées à Vieusart, au bord de l'Ornale quand il faisait beau; s'il pleuvait, dans ma chambre, autant dire les trois quarts du temps. Cet été-là, comme il fallait s'y attendre, nous a fait payer cher le soleil flambeur de la sortie de l'hiver. Les eaux étaient grosses, les truites grisées s'enferraient toutes seules sur mes hameçons. Je les rendais le plus souvent à la rivière, car devant ma gibecière bien garnie, ma mère grognonnait. On ne pouvait tout de même pas faire vendredi tous les soirs.

J'évitais de rester dans ses pieds, comme elle disait, mais même dans ma chambre, ma présence l'importunait. Elle me demandait à tout bout de champ pourquoi je ne sortais pas avec les jeunes de mon âge (dans sa tête, je n'ai jamais dépassé dix-huit ans). Qu'est-ce que je fabriquais enfermé entre quatre murs?

Je lui répondais : «Tu ne vois pas qu'il pleut? Je lis.»

Il est vrai que je lisais, mais surtout j'écrivais. Plus précisément, je prenais des notes, je rédigeais des fiches sur lesquelles j'ai consigné toutes les étapes de mon enquête. Sans ces rapports, j'aurais eu bien du mal à accoucher des pages qui précèdent. À ce moment, cependant, je ne pensais pas du tout à composer un récit comme celui-ci. Je voulais seulement m'éclaircir les idées, les mettre en ordre avant de conclure mes investigations.

Grâce à ce travail, beaucoup d'événements ont pris en moi leurs contours définitifs. Je ne prétends pas les avoir fixés dans leur vérité absolue. La simple perception des faits comporte une part de subjectivité. À plus forte raison, leur relation. Tout de même, la dernière fiche remplie, j'avais établi, me semblait-il, un schéma assez fidèle de l'histoire de ma tante.

Il restait, bien sûr, un point obscur : la mort d'Adrienne. Comment le tirer au clair ? Je n'en avais pas la moindre idée. En fait, au fond de moi, je n'osais pas m'y attaquer.

Si Adrienne avait été agressée – ce que, malgré mes réticences, je ne pouvais m'empêcher de croire –, il n'y avait pas trente-six suspects plausibles. J'essayais de me concentrer sur Mme Colbers. Je me rappelais l'éclair de haine dans ses yeux quand elle évoquait Adrienne. Sous le choc de la mort de son mari, elle aurait pu vouloir venger sa vie et la sienne gâchées par Adrienne, comme je l'avais déjà imaginé. Mais était-ce vraisemblable que cette femme qui ne ressemblait à rien soit venue à Vieusart pour tordre le cou à son ennemie ? En stop ? Elle n'avait certainement pas de voiture.

Je tentais de me rabattre sur le Père Paul. Cet homme obsédé par ses péchés, qui demandait pardon à tout le monde, à Adrienne, à mon père, à moi-même, ne serait-il pas venu s'accrocher une dernière fois aux genoux de celle qu'il avait convoitée, qui n'avait pas daigné l'absoudre au Cabaret vert ? Mais, pouvais-je croire qu'il ait ajouté le meurtre à la concupiscence ? Aurait-il pu lui arracher la vie de ses mains qui sucraient les fraises ? N'insistons pas.

En dépit de ma répugnance, j'étais toujours ramené à mon père, à notre conversation dans la cabane du jardin, le jour où on y avait bu une bière. Je ne pouvais oublier la fureur qui l'avait saisi quand il avait senti que je le soupçonnais. Il harcelait Adrienne. Elle avait peur, elle tenait prêt le pistolet de mon oncle André sur le guéridon du hall. Si je ne l'avais jamais vu, c'est qu'elle le rangeait dans le tiroir quand elle attendait mon passage, comme le jour de sa mort. La scène que je m'étais si souvent représentée fondait sur moi. Mon père avait remarqué que l'arme n'était pas là comme à ses dernières visites. Il s'enhardissait, Adrienne lui demandait de partir, j'allais arriver, il insistait, ils étaient dans la cuisine, il la bousculait...

Pendant les deux années qui ont suivi, j'ai vécu avec cette appréhension sur le cœur. En présence de mon père, j'étais de plus en plus mal à l'aise. Il desserrait à peine les dents, évitait de se trouver en tête à tête avec moi et, quand mes lèvres touchaient sa joue pour l'embrasser, il s'écartait instinctivement, comme si une mouche s'y était posée. Je rentrais de moins en moins à Vieusart. Comme Nadine, en somme, je me détachais de mes parents.

Le 10 octobre 1996, mon père est mort brusquement. Il était monté se coucher un peu plus tôt que d'habitude. Quand ma mère l'a rejoint après *Dallas* toujours au programme, il était au lit, bien droit, les yeux fermés, les narines collées. Il ne respirait plus. À part le pyjama, il avait déjà tout d'un honnête défunt.

Mes sœurs sont accourues, elles m'ont immédiatement mis hors circuit. Le lendemain, tandis qu'elles accueillaient les gens dans la grande place transformée en chambre mortuaire où ma mère attendait les condoléances, je me suis éclipsé dans la cabane. Lors de notre conversation, mon père m'avait chargé, s'il venait à mourir, de retirer les chimays du caisson métallique US où il les planquait. Le caisson était bien à sa place sous l'établi. Je l'ai soulevé, je l'ai posé à côté de l'étau dans la lumière de la lucarne. J'ai voulu l'ouvrir, mais je me suis aperçu qu'il était fermé par un cadenas.

Où se trouvait la clé ? J'ai cherché. Il y avait deux placards remplis de boîtes contenant des clous, des forets, des joints et toutes sortes d'articles de bricolage, chambres à air, brosses métalliques, pièges à taupes, enfumoir pour les ruches. Impossible de dénicher la clé. J'ai déplacé tout ce qui pouvait bouger, ouvert tout ce qui s'ouvrait, fouillé les moindres recoins. J'ai même passé la main entre les poutres et les chevrons de la charpente. Je n'ai récolté qu'une écharde.

Plus je fourrageais, cependant, plus ma conviction se renforçait que le caisson ne contenait pas que des bouteilles de bière. J'étais certain que mon père y avait déposé sa confession. Il savait que j'ouvrirais le coffre, il l'avait bouclé pour éviter que ma mère ne vienne y fouiner, mais il n'aurait pas pu emporter son secret dans la tombe. J'étais en proie à une terrible fièvre.

Au tableau des outillages était accrochée une scie à métaux. Je l'ai attrapée, j'ai attaqué l'anse du cadenas. C'était long et pénible, ça m'a pris une éternité. Je priais pour que personne ne sorte dans le jardin qui devait résonner des crissements de la lame. Enfin, j'y suis arrivé.

J'ai soulevé le couvercle. Il y avait cinq ou six chimays. J'ai retiré les bouteilles, impatient de découvrir l'enveloppe des aveux. Elle devait se trouver dans le fourbi que j'avais sous les yeux. Du matériel de peinture : pinceaux, couteaux, tubes de couleur à moitié écrasés, flacons de térébenthine, chiffons maculés, rouleaux de toile, tout ce que mon père avait éliminé quand il avait renoncé aux cours des Beaux-Arts. J'ai tout vidé. J'ai même fini par renverser le caisson sur l'établi. Il n'y avait pas le moindre document.

Finalement, je me suis laissé tomber sur le billot teinté du sang des centaines de poulets que mon père y avait sacrifiés, et je crois bien que j'ai pleuré.

Les jours suivants, je me suis ressaisi. Naturellement, on voudrait toujours disposer de pièces à conviction. Mais pourquoi, diable, les coupables nous les offriraient-ils sur un plateau ? Le plus souvent, on doit se contenter des convictions – sans les pièces. La certitude intime que mon père avait provoqué la mort d'Adrienne, je l'avais depuis belle lurette de toute façon, sans oser me l'avouer. Maintenant qu'il n'était plus là, je pouvais l'accepter. C'était la fin du film, quand l'auteur du méfait, plus à plaindre que méchant, meurt à son tour, assurant du même coup le triomphe de la justice immanente.

La seule personne qui aurait pu mettre un sceau à mes conclusions, c'était ma mère, si, comme je le pensais, mon père s'était réfugié auprès d'elle une fois l'irréparable commis. Tout bien pesé, elle avait fait preuve d'un sang-froid extraordinaire. Au lieu de dissimuler que la nuque d'Adrienne était brisée, elle l'avait fait remarquer elle-même à Mme Jacquet, la femme du croque-mort, avant qu'elle s'en inquiète. Ensuite, elle l'avait claironné à sa voisine et sans doute à plusieurs matrones alentour, au cas où Mme Jacquet l'aurait mentionné par après à d'autres personnes. C'était le moyen le plus certain, elle l'avait compris, de transformer un indice suspect en détail curieux mais anodin.

Évidemment, il n'était pas question que je l'interroge. La minute après son dernier souffle, ma mère avait dressé un autel à son mari. Si j'avais osé remettre en cause un malheureux instant de sa vie édifiante, elle m'aurait excommunié sur-le-champ.

Ma mère est restée seule. Dans les premiers temps, j'ai passé tous mes week-ends avec elle. Mes sœurs lui rendaient visite en semaine. Le dimanche, en particulier, était d'un ennui sans nom. C'est à peine si on se parlait.

À mesure que son chagrin s'est estompé, cependant, elle a retrouvé son humeur revêche. Pourquoi est-ce que je ne me mariais pas comme tout le monde ? Question un peu curieuse désormais, car elle-même découvrait l'agrément insoupçonné du veuvage : l'indépendance. Elle s'était inscrite à un club du troisième âge qui proposait de multiples activités, Scrabble, yoga, excursions. Parfois, le samedi, sur la table de la cuisine, je trouvais un billet du genre : «J'ai oublié de te dire que je suis à

Berck-sur-Mer jusqu'à lundi. » Le frigo était vide. Je retournais à Charleroi en rongeant mon frein.

En 1999, j'ai quitté la pharmacie Brichard. Le représentant Teraplan qui m'arrosait de cadeaux et m'avait si souvent invité à Bruxelles m'a fait entrer dans sa firme, au poste de formateur des délégués médicaux. Malgré ma perspicacité légendaire, je ne m'étais pas aperçu qu'il était homo. Il s'était fait des idées. Ça m'a causé beaucoup de peine de le détromper. C'était vraiment un chic type. J'aurais voulu qu'on reste amis, mais ma simple camaraderie, m'a-t-il dit, lui aurait été trop pénible. On ne mesure pas assez la souffrance des gays.

Je me suis installé à Bruxelles. J'avais maintenant un prétexte commode pour mettre fin à mes week-ends à Vieusart. Les années qui ont suivi, j'ai continué à voir ma mère de loin en loin. Elle était en bonne santé, je ne me faisais pas trop de scrupules.

Le temps a passé. Pas le souvenir d'Adrienne. J'y pensais toujours. Je devais bien être le seul. En parler à qui que ce soit aurait été incongru. À ma mère, à plus forte raison, qui ne l'aimait pas.

Il y a six mois, elle a fait une chute en descendant à la cave. Elle portait un bracelet alarme qui a prévenu les secours. Fracture du bassin, grave commotion. À quatre-vingt-deux ans, une opération était trop risquée. Elle-même semblait résignée, comme si ce n'était plus la peine d'insister.

Mes sœurs et moi, nous l'avons veillée à tour de rôle. J'ai passé un jour et une nuit à son chevet. Je repensais à la mort d'Adrienne. J'avoue que j'ai imaginé ma mère me demandant de m'approcher de ses lèvres au petit matin pour déverser à mon oreille ses ultimes aveux. Rien de tel n'est arrivé. J'ai même perçu l'habituel agacement que lui causait ma présence. J'ai voulu éteindre la télé accrochée au mur, elle a fait un signe contrarié de la tête. J'ai seulement coupé le son. Elle s'accrochait aux images, comme à une dernière goulée de vie. Le lendemain, elle s'est éteinte au cours d'un documentaire d'Arte sur les rizières sèches.

Aux funérailles, Julie était là pour représenter sa mère Adrienne et son père André. La dernière fois que je l'avais rencontrée, c'était en 1994, à la villa Circé. Elle a embrassé mes sœurs avec effusion, comme si elles ne s'étaient jamais perdues de vue depuis son enfance quand elle venait en vacances à Vieusart. À moi, elle a dit : « C'est bête, non ? On est tous les deux à Bruxelles et on ne se voit jamais. »

On est convenus de dîner ensemble. Cela s'est fait un mois après, dans un restaurant des galeries Saint-Hubert. Un rapide tour d'horizon pour commencer. Elle, cinquante-sept ans, divorcée et contente, reconvertie dans l'immobilier, une idée qui lui était venue après la vente très réussie de la villa Circé. Moi, DRH chez Teraplan, pas marié, trop tard maintenant.

« Ça nous a touchés que tu sois présente aux funérailles de maman.

— Normal. Je la voyais souvent, tu sais.

— Ah ? Toi ? Elle ne me l'a jamais dit !

— Ça date du jour où je lui ai apporté l'icône de maman, tu sais, celle que tu voulais, tu te souviens ?

— Oui, bien sûr.

— Elle était seule. Elle m'a fait entrer, un peu obligée. Café et spéculoos, comme de juste. Elle ne m'aimait pas beaucoup, c'est certain. La faute à maman. Bon, on a causé tout de même et, quand je suis repartie, elle m'a dit : "Repasse à l'occasion." Ça m'a étonnée. Je ne pensais pas le faire. Puis, un jour, j'étais à proximité et je suis passée. C'est ainsi que j'ai commencé à la fréquenter.

— Papa vivait encore ?

— Au début, oui. Mais il restait dans le jardin.

— Tu n'étais pas à son enterrement, je me trompe ?

— Non. J'étais à l'étranger.

— Et, ensuite, tu as continué à voir maman ?

— Oui, bien souvent. »

Je ne savais pas de quoi je devais le plus m'étonner : du silence de ma mère sur ces visites ou de la bienveillance de Julie pour une vieille dame à qui elle ne devait rien. On se fourvoie tout le temps sur les gens.

« Vous parliez de quoi ?

— De choses et d'autres. On a découvert qu'on était très proches.

— Comment ça ? Proches ?

— Elle avait beaucoup souffert à cause de maman. Moi aussi. Maman ne m'a jamais vraiment aimée, tu le sais bien. Et ta mère, elle avait une dent contre elle. Je crois qu'elle s'était mis en tête de me donner un peu d'amour maternel. À la place de maman. On s'imagine toujours que les vieux attendent qu'on leur apporte quelque chose. En fait, ce qu'ils veulent, c'est pouvoir eux-mêmes offrir encore quelque chose. Son affection pour moi, c'était une façon d'oublier sa vieille rancune. Tu connais l'histoire, je suppose.

— Ben, oui. Papa avait été amoureux d'Adrienne.

— "Avait été", ça aurait passé. En fait, c'était : "était resté". Ta mère me l'a assez expliqué. Le pire, c'est qu'après la disparition de papa, ton père a eu la lubie de reconquérir maman.

— Oui, oui, je suis au courant.

— Oui, mais, ce que tu ignores, c'est qu'il venait la relancer à la villa, il s'acharnait !

— Je sais, je sais. Il me l'a avoué lui-même.

— Ah bon... Je vois que tu es au courant de tout alors.

— Oui, je crois bien.

— Pour la mort de maman aussi ?

— Naturellement, je l'avais deviné depuis longtemps. »

Comment Julie avait-elle appris que mon père avait provoqué la mort d'Adrienne ? Par ma mère ! Ma mère qui n'avait jamais voulu me parler, lui avait parlé à elle, une étrangère pour ainsi dire. Pourquoi ? La réponse était d'une cruelle simplicité : c'est que ma mère avait voué à Julie l'affection qu'elle m'avait refusée. À cela, j'ai eu tout le temps de réfléchir par la suite car, sur le moment, Julie m'a balancé un coup auquel je ne m'attendais pas.

« Tu imagines, l'effet que ça faisait à ta mère, après plus de trente ans de mariage, de voir son Roger se traîner aux pieds de maman qui l'envoyait paître ?

— Évidemment, c'est affreux.

— Franchement, comment lui en vouloir d'avoir disjoncté ? Elle ne voulait certainement pas tuer maman. Ç'a été un accident. »

Il a dû se passer quelque chose que j'ai oublié : j'ai lâché mes couverts, j'ai renversé un verre, peut-être, ou j'ai avalé de travers et je me suis étouffé. Je ne sais plus, mais Julie a bien compris que je découvrais seulement comment Adrienne était réellement passée de vie à trépas. C'est ma mère qui lui avait brisé le cou ! Immédiatement, elle a voulu minimiser les faits. Ma mère lui avait tout expliqué. Adrienne avait menacé mon père avec un pistolet. Il était vert de peur. Ma mère est allée chez Adrienne. Elle était hors d'elle-même. Adrienne lui a ouvert, pensant que c'était moi, elle m'attendait, je le rappelle. Tout de suite, elles se sont retrouvées dans la cuisine. Ma mère vociférait, elle était très forte, elle avait travaillé en usine. Adrienne a pris peur, elle a attrapé le premier objet qui lui est tombé sous la main, pour se protéger. C'était le sucrier. Ma mère a voulu le lui arracher. Elle l'a bousculée, Adrienne est tombée en heurtant le coin de la table en marbre.

« Je croyais que tu le savais. Tu dois m'en vouloir terriblement...

— J'ai toujours pensé que c'était mon père qui... Je préfère connaître la vérité. »

Je ne pouvais plus rien avaler. Julie non plus. Nous avons seulement achevé la bouteille de vin. J'ai demandé des cafés, puis j'ai voulu reprendre.

« Moi-même, j'ai un tas de choses à te dire à propos de ta mère. »

J'étais prêt à déballer tout ce que mes recherches m'avaient révélé, dont elle n'avait pas la moindre idée : Calogero, le Père Paul, Nadine. Julie, cependant, a avancé sa paume ouverte vers moi, comme pour me repousser.

« Ne me dis rien, je préfère.

— Mais pourquoi ?

— Ça suffit pour aujourd'hui... Et même pour toujours. Tais-toi, s'il te plaît. Laissons cela. C'était à ta mère de te dire ce que je viens de t'apprendre. Elle ne l'aurait pas voulu. Je regrette de l'avoir trahie. Pendant des années, je me suis demandé ce qui avait empêché maman de m'aimer vraiment. Je sais bien qu'elle me cachait des choses. Tu les as trouvées sans doute. Pourtant, je t'en prie, ne me dis pas ce que ma mère n'a jamais voulu me confier. Elle avait droit à ses secrets. On a tous droit à nos secrets, Claude. Des secrets, j'en ai aussi, tu sais. »

Elle a posé sa main sur la mienne. Son sourire rachetait tous les sarcasmes dont elle m'avait si souvent accablé.

« Mais à moi, ai-je protesté, elle voulait parler, elle me l'a dit plusieurs fois.

— Décidément, tu ne comprends vraiment rien à rien ! Celui qui a un secret le garde pour lui, comme son bien le plus précieux. S'il arrive qu'il veuille le donner, ce n'est pas à n'importe qui. Il ne le confiera jamais qu'à une personne qu'il aime, comme la plus grande preuve de son amour. »

Cette nuit-là, un songe m'a visité. J'étais à la mer, quelque part au milieu des dunes. J'observais de loin un couple qui marchait sur la plage. J'ai pensé à Adrienne et Calogero. Mon cœur cognait car j'avais toujours espéré voir Adrienne en rêve et jamais elle n'avait consenti à m'apparaître. Par une bizarrerie de nos visions nocturnes, j'ai été transporté à quelques pas du couple, Adrienne s'est arrêtée, elle m'a souri. À son bras, ce n'était pas Calogero. C'était moi. Je me suis réveillé. J'avais des larmes partout sur le visage.

Post-scriptum

From: Claude Jansens
Sent: December 30, 2017 8:31 PM
To: julie.jansens@belgacom.be

Bruxelles, le 30 décembre 2017

Chère Julie,

Depuis notre dîner cet automne, j'ai consacré tous mes loisirs à retracer par écrit ce que j'avais appris au sujet de ta mère à la suite des recherches que j'ai effectuées l'année de sa mort, en 1994. J'y ai ajouté les derniers éléments que tu m'as confiés lors de notre rencontre. J'ai tenté de raconter tout cela sans artifices, même si j'ai fini par me prendre au jeu de la narration, allant jusqu'à nous mettre en scène tous les deux à différents moments.

Si j'ai pris la peine de relater mon enquête, c'est d'abord parce que tu as refusé d'écouter la relation que je voulais t'en faire. Tes révélations sur la mort de ta mère apportaient la touche finale à un destin extraordinaire. Qu'il tombe aussitôt dans l'oubli me semblait inacceptable et injuste vis-à-vis d'Adrienne.

J'ai donc raconté son histoire sans réel espoir que quelqu'un s'y intéresse, avec le simple sentiment de faire droit au désir qu'elle avait exprimé de me la confier. Elle a été présente à mon esprit de la première ligne à la dernière. C'était comme si je renouais avec nos conversations du samedi. J'ai revécu intensément l'amour que je lui avais voué sans le comprendre et je me suis enfin abandonné sans réserve à mes sentiments. Ne fût-ce que pour cette sincérité, l'expérience valait la peine.

Avant-hier, j'ai imprimé mon texte. Je l'ai relu. Depuis, il est là, à côté de mon PC. Plusieurs fois, je l'ai pris en main pour le mettre de côté. Mais, devant la porte ouverte du placard, je faisais demi-tour, je le reposais sur la table. Je ne peux pas me résigner à le ranger, à l'abandonner à l'obscurité et à la poussière.

Effet de la sotte présomption qui s'empare de l'auteur du premier gribouillage venu ? Un peu sans doute, mais rassure-toi, j'ai été aide-pharmacien, je n'ai pas l'habitude de me dorer la pilule. Je sais ce que vaut ma littérature.

Je n'ai pas oublié non plus ce que tu m'as dit à propos des secrets d'Adrienne. Elle avait le droit de te les cacher, tu ne voulais pas les connaître.

Néanmoins, je souhaite te remettre mon récit. Car il n'y est pas seulement question d'Adrienne, mais de moi aussi. Oui, de moi peut-être tout autant. Comme Adrienne qui le souhaitait tellement, j'ai besoin de me confier à mon tour, afin de me libérer, comme elle aurait voulu se libérer, et ainsi reprendre le cours de ma vie.

Tu m'as dit que livrer ses secrets était une marque de grande affection. Pour le faire, je ne me suis trouvé assez d'affection pour personne, sauf pour toi. Tu ne m'as jamais épargné tes coups de griffe. Mais, depuis notre dernière rencontre, je ne les crains plus.

Une femme que j'aimais

Adrienne ne m'a pas obligé à l'écouter. Je ne t'obligerai pas non plus. Tu feras ce que tu veux de ces pages. Moi, je saurai qu'elles sont auprès de toi. Cela me soulagera.

C'est pourquoi, je ne veux pas te les envoyer d'un clic. Je voudrais te les remettre en main propre. On pourrait se revoir, non ? J'attends ta réponse.

Claude

Remerciements

Je remercie Mme M.-A. Cl. – qui se reconnaîtra – pour la générosité et la confiance qu'elle m'a témoignées en me racontant son histoire.

Certains aspects de la vie des mineurs m'ont été inspirés par le beau livre de Raul ROSSETTI, *Échine de verre*, Éditions du Cerisier, 2013.

Merci aussi à mon fidèle R. Thomas.

La photocomposition de cet ouvrage
a été réalisée par
GRAPHIC HAINAUT
30, rue Pierre Mathieu
59410 Anzin

Imprimé en France par CPI
en janvier 2018

N° d'édition : 56528/01
N° d'impression : 144261